W0014485

Eugen Ruge

FOLLOWER

Vierzehn Sätze
über einen fiktiven Enkel

Roman

ROWOHLT

1. Auflage September 2016

Satz Kepler MM PostScript, InDesign,
bei Pinkuin Satz und Datentechnik, Berlin
Druck und Bindung CPI books GmbH,
Leck, Germany
ISBN 978 3 498 05805 0

FOLLOWER

1

Als es ihm endlich gelungen war, die Starre des Halbschlafs zu überwinden, die Finger und schließlich den ganzen Arm zu bewegen und den Lichtschalter zu betätigen, den er instinktiv schräg hinter sich gesucht hatte, sah Schulz im Schein einer total veralteten OLED-Lampe:

das Fußende eines riesigen Doppelbetts, unter dessen aufgeworfener Bettdecke seine Füße zu vermuten waren,

dahinter einen Bildschirm, auf dem eine weiße Fliege umherschwirrte,

links eine akkurat gewellte Gardine von undefinierbarer Farbe, die die ganze Wand von der Zimmerdecke bis zum Fußboden bedeckte,

sowie, unmittelbar neben sich, ein Nachttischchen mit einem Wasserglas, einem mattweiß beschirmten Lämpchen und einem vorsintflutlichen Schnurtelefon, das es so nur noch in Hotelzimmern gab,

aber trotz dieser halbwegs gesicherten Anhaltspunkte, trotz der Knitterfalten seines verschwitzten Schlafanzugs im Rücken und der Trockenheit in seiner Mundhöhle wollte sich ein Wirklichkeitsgefühl nicht recht einstellen, das Rauschen der Klimaanlage nivellierte die Sinne, das Flimmern der uralten OLED-Lampe gab dem Raum etwas chimärenhaft Unzuverlässiges, und besonders die unfarbenen Gardinen kamen Schulz auf einmal unecht vor, als gäbe es gar kein Fenster dahinter, schlimmer noch: als wären sie in Wirklichkeit gar nicht zu öffnen, Nachbildungen aus einem unbeweglichen Material, und dieser Eindruck wurde ihm so unangenehm, dass er das Licht gleich wieder ausschaltete,

aber auch die Tatsache, dass sich die ganze Chimäre durch eine winzige Schalterbewegung zum Verschwinden bringen ließ, trug nicht zur Stärkung seines Wirklichkeitsgefühls bei, einzig die Fliege schien echt zu sein, die fette weiße Fliege, die, eine schwach bläulich leuchtende Spur hinterlassend, durch die Dunkelheit glitt, um auf enervierend vorhersehbare Weise gegen die Ränder des Bildschirms zu prallen, und die, wie Schulz wusste, in Wirklichkeit keine Fliege war, sondern die Uhrzeit, vorausgesetzt, man war nicht leicht weitsichtig oder hatte seine Brille auf,

aber Schulz war leicht weitsichtig und hatte keine Brille auf, seine Glass lag auf dem anderen, dem entfernteren Nachttisch, wo er sie, wie er sich schwach erinnerte, abgelegt hatte, aus Angst, er könnte das Wasserglas, das er für die Nacht bereitgestellt hatte, im Halbschlaf darüberkippen, und der Aufwand, sich auf den Bauch zu drehen und über die andere Seite des riesigen Doppelbetts zu kriechen, um die Glass vom anderen Nachttisch zu holen, erschien Schulz so ungeheuerlich, dass er den Gedanken sofort wieder verwarf und stattdessen darüber nachzudenken begann, wo er eigentlich war, womöglich rührte sein Unwirklichkeitsgefühl einfach daher, dass er keine Orientierung oder, wie er sagen würde, keine *Peilung* hatte, er war buchstäblich *noch nicht ganz da*, ein Zustand, der ihm durchaus bekannt vorkam: die sekundenlange Unschärfe nach dem Erwachen, die Bilder, die ineinander übergingen, bis sich endlich ein Name, eine Ortsbezeichnung einstellte,

aber es stellte sich kein Name ein und keine Ortsbezeichnung, er sah lediglich die Zeitfliege, die mit enervierender Stupidität gegen die unsichtbaren Ränder des Bildschirms prallte und keinen Aufschluss über seinen Aufenthaltsort zuließ, denn die Zeitfliege gab es in zahllosen Hotels dieser Welt, nämlich in allen, die ihren Netzanschluss von UNIVERSE hatten, es war die nicht abschaltbare Zeitfliege von UNIVERSE, und je länger Schulz auf die nicht abschaltbare Zeitfliege von UNIVERSE starrte, desto lästiger wurde sie ihm, natürlich könnte er die Augen schließen, aber

als er die Augen schloss, sah er immer noch die Zeitfliege, schlimmer noch, jetzt hatte er die Zeitfliege im Kopf, jetzt prallte sie von innen gegen seine Schädelwände, schwirrte durch das Innere seines Kopfes, als wäre sein Kopf ein leerer Raum, den die nicht abschaltbare Zeitfliege von UNIVERSE ungehindert durchqueren konnte, was selbstverständlich unsinnig war, trotzdem wunderte er sich und war zugleich verwundert darüber, dass er sich mitten in der Nacht plötzlich darüber wunderte, nämlich über die Tatsache, dass man das eigene Gehirn gar nicht wahrnahm, den Ort, wo das Ich sitzen müsste, aber wenn er versuchte, den Ort auszumachen, an dem sein Ich sich befand, wanderte seine Aufmerksamkeit fast automatisch zu Mund und Nase, genauer: zu Rachenhöhle und Nasenschleimhaut, wo er eine enorme, eine geradezu existenzielle Trockenheit feststellte, und bevor er den Gedanken ganz zu Ende gedacht, bevor er etwa die seltsame Kongruenz von Trockenheit und Ich-Gefühl vollständig erfasst und einen Satz wie *Ich bin dehydriert* gebildet hatte,

öffnete irgendein Neurotransmitter einen Kanal in der Membran irgendeiner Nervenzelle des für Nio Schulz nicht wahrnehmbaren Gehirns und ermöglichte auf diese Weise den Zustrom von ein paar tausend positiv geladenen Kaliumionen, wodurch das Ruhepotenzial der Zelle aufgehoben und ein elektrisches Signal an ein Motoneuron gesendet wurde, welches wiederum ein Signal in das

Muskelgewebe sandte und damit die chemische Konfiguration der Myosinmoleküle veränderte mit der Wirkung, dass die Filamentproteine in ungefähr zwölf verschiedenen Muskeln beziehungsweise Muskelgruppen von Nio Schulz unter Abbau von Adenosintriphosphat kontrahierten, kurz gesagt:

Schulz griff zum Wasserglas,

und schon während er zum Wasserglas griff, und nicht nach dem ersten Schluck, wie er sich kurze Zeit später einreden würde, um seine Ortsvergesslichkeit mit temporärer Dehydration zu entschuldigen, schon während des Griffs zum Wasserglas erinnerte sich Schulz:

zuerst an die Beta-Flux, die er gestern Abend eingeworfen hatte, denn in Kenntnis der Nebenwirkungen des Medikaments – Durst – hatte er das Wasserglas vorsorglich bereitgestellt,

und im nächsten Augenblick an den Grund, aus dem er die Beta-Flux genommen hatte, denn obwohl es sich bei dem Präparat um ein Instant-Antidepressivum handelte, benutzte Schulz Beta-Flux als Schlafmittel, allerdings nur ausnahmsweise, in diesem Fall wegen des zu erwartenden Jetlags,

und bei dem Gedanken an den Jetlag fiel ihm, etwa in dem Moment, als er das Glas an die Lippen setzte, sogar ein, wo er war, zumindest hatte er plötzlich Bilder von seiner Ankunft vor Augen: das futuristische Terminal, die rot-weißen Uniformen der HTUA-Polizei, die junge Frau mit der fotoidentischen Atemschutzmaske, der er nachgeschaut hatte wie einer verflossenen Geliebten, und zusammen mit der Erinnerung an die FAMA, wie die fotoidentische Atemschutzmaske firmenintern genannt wurde, kam auch das Bewusstsein darüber, warum er dieses Mal hier war: *True Barefoot Running*, Termin um zehn Uhr,

und beim Gedanken an den Termin um zehn Uhr öffnete Schulz unwillkürlich die Augen und versuchte, die nicht abschaltbare Zeitfliege von UNIVERSE in eine Ziffernfolge zu zergliedern, aber die Neun, die beim Zusammenkneifen der Lider in der Stundenanzeige aufflackerte, konnte nicht stimmen, denn erstens war es, der Dunkelheit hinter den Gardinen nach zu urteilen, noch mitten in der Nacht, es sei denn, es handelte sich tatsächlich um nachgemachte Gardinen ohne ein Fenster dahinter,

ein Gedanke, den Schulz inzwischen eher unplausibel fand, außerdem war er sich ganz sicher, den Weckimpuls auf halb acht gestellt zu haben, und er konnte sich nicht erinnern, geweckt worden zu sein, schon gar nicht erinnerte er sich an F1, wie er die freundliche Aufwachstimmung, die er seit einigen Wochen mit Vorliebe verwendete, verschämt zu nennen pflegte,

im Gegenteil, er erinnerte sich, wenn er in Richtung Schlaf zurückdachte, an ein Gefühl von Lähmung, an ein unangenehmes, schweres Erwachen: ein Traum, begriff

Schulz, und obwohl ihm keine Einzelheiten mehr einfielen, wusste er, dass es ein hässlicher, bösartiger Traum gewesen war, wie er ihn lange nicht mehr gehabt hatte, allerdings träumte er kaum noch in letzter Zeit, genauer gesagt, seit er sich von dem Chip wecken ließ,

oder war etwas schiefgegangen,

hatte jemand seinen Account gehackt und seinen Weckimpuls manipuliert,

idiotischer Gedanke: wer sollte Interesse daran haben, seinen Weckimpuls zu manipulieren, das war paranoid, dachte Schulz, wobei das Wort in seinem Kopf so klang, wie seine aus Bulgarien stammende Chefin es aussprach, *paranuid*, dachte Schulz, und er wollte auf keinen Fall *paranuid* sein, sogar wenn seine Chefin gar nicht dabei war, wollte er nicht *paranuid* sein,

es sei denn, Jeff hätte seine Weckzeit verstellt, dieses Arschloch, und auch wenn er nicht ernsthaft glaubte, dass Jeff seinen Account gehackt und seine Weckzeit verstellt hatte, ja, dass Jeff technisch überhaupt dazu in der Lage wäre, merkte Schulz, wie er langsam über den Oberarm auf die Seite und auf den Bauch rollte und mit sonderbar raupenartigen Bewegungen über die unberührte Doppelbetthälfte zum entfernteren Nachttisch zu kriechen begann, um dort erwartungsgemäß seine Glass zu finden, sie aufzusetzen und festzustellen,

dass die Zeitfliege 6:11 anzeigte,

dass die Glass ebenfalls 6:11 anzeigte,

dass es also in China 6:11 war, genauer gesagt, in HTUA-China (seit der Aufteilung Chinas in kommerzielle Sektoren hatten HSBC, Toyota, UNIVERSE und Alibaba eine eigene Zeitzone eingeführt),

weshalb Schulz die Glass wieder abnahm, die Decke über den Kopf zog, sich in eine embryonale Haltung hineinkrümmte und versuchte, noch einmal einzuschlafen,

nicht an die Zeitfliege von UNIVERSE zu denken,

auch nicht an den Termin um zehn Uhr,

schon gar nicht an Jeff, das Arschloch,

aber auch nicht, jedenfalls im Augenblick nicht, an Sabena, die vermutlich gerade über die Textilmesse in Minneapolis spazierte und irgendwelchen Typen die Farbtrends und Materialzusammensetzung der aktuellen AIMANT-Kollektion präsentierte,

sondern seine Gedanken auf etwas Positives zu richten,

nämlich auf jene freundliche Aufwachstimmung, die ihn am anderen Ende des Schlaftunnels erwartete und die er F1 nannte, was, obwohl er es nie vollständig aussprach, ja, sogar zu denken vermied, so viel heißen sollte wie *Ferienstimmung eins*, denn obwohl der Hersteller des Chips, wie das Implantat fälschlicherweise genannt wurde – tatsächlich handelte es sich um drei harmlose, jeweils in den Frontlappen, den Schläfenlappen und die

Amygdala eingelassene Haarelektroden –, obwohl der Hersteller bloß «allgemeine Stimmungslagen» versprach, die man «auf eigene Gefahr» generieren konnte, hatte Schulz nach einigen Wochen durch Zufall eine Impulskombination gefunden, die ihn beim Erwachen frappierend an seine Kindheit erinnerte – Hochsommer, Ferien, lange schlafen, draußen ist es schon helllichter Tag –, und wenn er sich in die Stimmung hineinversetzte, glaubte er sogar, die Tauben gurren zu hören, und nach einer Weile war sogar dieser Geruch da: der Geruch von frisch gemähtem Gras,

trotzdem war er nicht imstande, die Szene zu lokalisieren, zumal der Geruch von frisch gemähtem Gras sofort eine andere, aktuellere Assoziation hervorrief, nicht Ferien und Kindheit, sondern Baumarkt: Schulz dachte an jene klassische Studie (erstes Semester Marketing & Communication), der zufolge der Geruch von gemähtem Gras die Meinung der Kunden über die Kompetenz eines Baumarkt-Verkäuferteams signifikant positiv beeinflusste,

was ihn zu der Überlegung führte, ob Methoden des Geruchsmarketings nicht auch bei der Vermarktung von *True Barefoot Running* einsetzbar wären, natürlich nicht am Produkt selbst, das ja in gewisser Weise immateriell war, aber bei den produktbegleitenden Fußbändern, deren Einführungspreis er immer noch für überzogen hielt, was ihn wieder an den bevorstehenden Termin denken ließ: an die Chinesen, denen er gegenübersitzen würde, und die, wie er aus Erfahrung wusste, immer in der Überzahl waren, nie schwitzten und stets undurchschaubare, versteinerte Gesichter zur Schau stellten,

und bei der Vorstellung von den niemals schwitzenden, versteinerten Chinesen, die stets in der Überzahl waren, hatte er auf einmal das Gefühl, dass er *nichts* in der Hand hatte, absolut nichts, nur Image-Prospekte, Statistiken, Factsheets, die er durchaus überzeugend fand, solange seine Chefin redete, aber wenn er an die niemals schwitzenden, versteinerten Chinesen dachte, erschien ihm das alles auf einmal vollkommen irrelevant, was verkaufen wir eigentlich, dachte Schulz, während er spürte, wie ihm der Schweiß austrat,

und im Moment, da ihm der Schweiß austrat, wusste er, dass ihm auch dort, vor den niemals schwitzenden, versteinerten Chinesen der Schweiß austreten würde,

aber das war schon wieder negativ, dachte Schulz, wobei das Wort negativ in seinem Kopf so klang, wie seine aus Bulgarien stammende Chefin es aussprach, *negertief,* dachte Schulz und fragte sich, ob seine Chefin vielleicht wirklich glaubte, es heiße *negertief,* wobei *negertief* tatsächlich ziemlich negativ klang, viel negativer als *negativ,*

dachte Schulz, auch wenn er im Augenblick gar nicht genau hätte sagen können, was das eigentlich bedeutete:

neger, irgendetwas Dunkles und Verbotenes, stellte er sich vor, irgendein *So-etwas-sagt-man-nicht-Wort*, glaubte er sich zu erinnern,

aber statt morgens um kurz nach sechs über *So-etwas-sagt-man-nicht-Wörter* nachzugrübeln (er würde es nachher googeln), war es vernünftiger, noch ein, zwei Stündchen zu schlafen und sich nach dem Frühstück das Compact über *Die Bedeutung der Marke im postpostmateriellen Zeitalter* vorzunehmen, das seine Chefin vorgestern gepostet hatte, dachte Schulz und versuchte abzuschalten, nicht zu denken,

weder an etwas Dunkles, Verbotenes,

noch an Jeff,

nicht an versteinerte Chinesen

und auch nicht an Sabena, die vermutlich gerade irgendwelche Typen über den Stand von AIMANT-Dessous führte,

obwohl es, genau genommen, gar nicht stimmte, es waren keineswegs nur Typen, zumindest waren auf den Fotos, die sie zu posten pflegte, durchaus auch Frauen zu sehen, sogar, wenn man nachzählte, mehr Frauen als Männer, trotzdem stellte Schulz sich immer nur Typen vor, irgendwelche Startupper in Designerklamotten, oder, noch schlimmer, irgendwelche melierten Textilbosse mit Echthornbrillen,

obwohl er in Wirklichkeit keine Ahnung hatte, was

Sabena gerade tat, wie spät war es in Minneapolis?, womöglich schlief sie noch oder sie frühstückte, und es gab, jedenfalls für den Augenblick, keinen Grund, an irgendwelche Startupper oder Textilbosse zu denken, die sie über den Stand von AIMANT-Dessous führte,

und nachdem Schulz eine schwer bestimmbare Zeit, aber nach den Flugbahnen der nicht abschaltbaren Zeitfliege von UNIVERSE zu urteilen, doch ziemlich lange. versucht hatte, die Zeitverschiebung zu Minneapolis zu ermitteln und, entsprechend der Erddrehung, von der HTUA-Zeit abzuziehen oder, er wusste es nicht, zu addieren, nahm er die Glass vom Nachttisch, setzte sie auf und führte den rechten Zeigefinger zum Brillenbügel, genauer gesagt, zum vorderen Teil des Bügels, wo sich der Fingerprintsensor befand, um festzustellen,

dass der Fingerprintsensor wieder mal nicht funktionierte, vielleicht lag es an seinen schweißigen Händen oder, so stellte Schulz sich vor, an den durch die Schlafwärme gedehnten Poren, jedenfalls erklang als Reaktion auf den gescheiterten Log-in-Versuch jene wohlbekannte, nicht personalisierbare Stimme aus dem Basic-Input / Output-System mit der wohlbekannten Aufforderung:

checking identity please repeat the scan,

weshalb Schulz, nachdem er die Finger am Laken abgewischt hatte, den Scan wiederholte, was aber lediglich zu einer Wiederholung der Log-in-Aufforderung führte,

und wenn die Stimme bisher ein reines Audiophänomen gewesen war, körperlos und schwebend, passierte es Schulz nun, dass er im Fast-Dunkel des Morgens ein Wesen zu halluzinieren begann, künstlich wie diese Stimme, eher weiblich, aber vielleicht auch neutral, eine Art Barbiepuppe, die mit jedem *checking identity* deutlicher hervorzutreten schien – wie in dem Traum, an den er sich jetzt gegen seinen Willen erinnerte, wenn auch nur an ein einziges Bild, nämlich an eine ebensolche puppenhafte Gestalt, die ihm mit ausgebreiteten Armen den Zugang versperrt hatte, oder war es ein Ausgang gewesen, jedenfalls rief das Bild ein beklemmendes Gefühl in ihm wach, ein Gefühl vollständigen Eingesperrt-Seins oder Ausgesperrt-Seins oder Abgetrennt-Seins,

aber bevor dieses Gefühl ihn ganz erfasste, nahm Schulz die Glass vom Kopf,

sprang auf,

trat ans Fenster

und riss die unfarbenen Gardinen auseinander.

2

Er liebte es, heiß zu duschen, auch wenn es gewiss nicht hautfreundlich war, wie auch tägliches Shampoonieren gewiss nicht hautfreundlich war, aber er liebte auch Shampoos und besaß verschiedene für verschiedene Gelegenheiten – für die heutigen Verhandlungen hatte er ein Produkt der Marke *Go!* ausgewählt, einen teuren und komplizierten Mix aus Pheromonen und pflanzlichen Duftstoffen, der dem Gegenüber Kompetenz und Entschlossenheit vermitteln, andererseits aber auch anziehend und stimmungsaufhellend wirken sollte,

und tatsächlich hellte sich Schulz' Stimmung sofort auf, als sich die Aromen in der Duschkabine verbreiteten, obwohl er wusste, dass die eigentliche Geruchswirkung unterschwellig blieb und nur so funktionierte, während die wahrnehmbaren Bestandteile, in diesem Fall Bitterorange und Ananas, lediglich dazu dienten, den buttersauren Schweißgeruch zu überdecken, oder war es eine chemische Reaktion, er glaubte sich zu erinnern: Buttersäure plus irgendwas ergab irgendwas, das nach Ananas roch, Praktikum Geruchsmarketing, Schulz warf den Kopf nach hinten, schnappte nach Duschwasser und glaubte mit einem Mal das Gewicht seines Gehirns zu spüren,

weshalb er das Gurgelwasser ausspuckte und die Bewegung wiederholte, den Kopf mehrmals nach vorn und nach hinten warf, dann zur Seite, trotzdem fiel ihm die Formel für den Ananasgeruch nicht ein, stattdessen musste er wieder an die Chinesen denken: warum schwitzten die nicht, gab es ein Schweiß-Gen, konnte man es manipulieren, und wenn ja, warum hatte man es noch nicht manipuliert, oder hatte er bloß noch nicht davon gehört,

er schaltete von Handdusche auf Regendusche um und ließ sich eine Zeitlang sinnlos vom heißen Wasser berieseln, obwohl ein großes Schild im Badezimmer daran erinnerte, dass die Region in besonderer Weise unter Wasserknappheit litt, allerdings fand Schulz, dass er vor einem so wichtigen Termin ein gewisses Recht hatte, sinnlos zu duschen, er war sogar bereit zu glauben, dass sein Erfolg irgendwie von der Duschzeit abhinge, Aberglaube, gewiss, trotzdem blieb Schulz lange mit geschlossenen Augen unter der Dusche stehen und ließ seine Gedanken ungehindert durch sein wieder wahrnehmbares Gehirn fließen, ohne sich von ihnen *berühren* zu lassen, wie es beim Motivationscoaching hieß: Ananas ... Buttersäure ... Chinesen ...

nur die Frage, ob er vor dem Frühstück eine L-Carnetin einwerfen sollte, verhakte sich irgendwie, wollte beantwortet werden, aber Schulz entschied sich gegen den Appetitzügler, weil er eine kräftige Energiezufuhr vor einem so wichtigen Termin als günstig ansah, stattdessen könnte er eine MetaKin nehmen, ausnahmsweise, er war schließlich nicht abhängig, die anderen in der Firma fraßen andauernd irgendwelche Brain-Tuner,

obwohl bei den Coachings immer wieder sanfte Methoden zur Vorbereitung empfohlen wurden, Entspannung, positive Gedanken, Schulz versuchte es mit der Denk-an-deine-Erfolge-Methode, während er das warme Duschwasser an sich herabrieseln ließ, tatsächlich hatte er ja nicht wenige Erfolge aufzuweisen, und das Gefühl, diese Erfolge lägen sehr weit zurück, entsprach nicht der Wahrheit, sein Ranking war immer noch gut, er war, bis auf die Sache mit der FAMA, eigentlich immer erfolgreich gewesen, er hatte immer Top-Umsätze gehabt und gleich mehrere Bestseller in China gelandet: den Nachtfederball mit fluoreszierendem Knicklicht oder das essbare Zimmermädchenkostüm,

und dass die FAMA trotz ihrer massenhaften Verbreitung in Asien (geschätzt: dreißig Millionen) für CETECH ein Flop geworden war, lag schließlich nicht an ihm, sondern an der Rechtsabteilung, genauer gesagt, an jenem Richter, der nicht etwa die Erfindung geschützt wissen wollte, sondern das Recht am eigenen Gesicht: ein Skandal, wie man bei CETECH fand, denn nach dieser Logik besäße ja jeder Porträtierte die Rechte an seinem Porträt, und tatsächlich gab es keine Vorwürfe von Seiten der Firma, niemand lastete ihm den Flop an, und doch hatte er das Gefühl, dass seine Chefin ihn seitdem anders anschaute, aufmerksamer, dass sie ihn öfter ins Leere, genauer gesagt, in ihr Schweigen hineinlaufen ließ, wohingegen ihr Schweigen, wenn Jeff sprach, von ihm stets als Zeichen des Einverständnisses empfunden wurde,

aber das war schon wieder *negertief,* dachte Schulz und begann seine Haare ein zweites Mal einzuseifen, möglicherweise lag es an ihm, möglicherweise war er überempfindlich, weil er im Grunde selbst das Gefühl nicht loswurde, für den FAMA-Flop verantwortlich zu sein, und sei es nur dadurch, dass er die Entscheidung des Schiedsgerichts nicht ganz so skandalös fand, wie er vorgab, schlimmer noch, dass er den Standpunkt der Gegenseite sogar bis zu einem gewissen Grad nachvollziehen konnte, und wenn er ganz ehrlich war, plagte ihn bis heute die unsinnige, aber zählebige Vorstellung, der Prozess sei verloren worden, weil er, Nio Schulz, nicht hundertprozentig vom eigenen Standpunkt überzeugt gewesen war,

und auch wenn das niemand bemerkt hatte und auch nicht bemerkt haben konnte, denn selbst wenn sie – *paranuid!* – seinen Account gehackt hätten, wären keine digitalen Spuren seines Zweifels zu finden gewesen – auch wenn also niemand etwas bemerkt haben konnte, fühlte Schulz sich, egal, ob virtuell oder physisch, in der Firma unwohl, er argwöhnte, dass man ihm nicht glaube, wenn er sich über die skandalöse Entscheidung des Schiedsgerichts erregte, oder hatte den Verdacht, dass seine Chefin, wenn sie ihn bloß eine Sekunde zu lang anschaute, ihn prüfe, seine Festigkeit, seine Loyalität, seine Echtheit, und das genügte, damit er sich tatsächlich unecht zu fühlen begann, tatsächlich wurden seine Gesten und Bewegungen unnatürlich und automatenhaft, tatsächlich klang, was er sagte, aufgesetzt, es war, dachte Schulz, im Grunde das Echo seiner eigenen Gedanken, es war sein eigener Verdacht, der auf ihn zurückfiel und ihn zu dem machte, was er in den Augen der anderen fürchtete zu sein,

und plötzlich glaubte er zu begreifen, wie positives Denken funktionierte, nämlich genau so, dachte Schulz, nur umgekehrt: indem er von sich überzeugt war, war er überzeugend, indem er an seinen Erfolg glaubte, hatte er Erfolg, so einfach war das, dachte Schulz, im Grunde hatte er das schon immer gewusst, und doch war es in diesem Moment eine Erleuchtung, eine Eingebung, ein Gewahren mehr als ein Verstehen: *Go!*, dachte Schulz,

und wenngleich er den *Go!*-Spot ein bisschen primitiv fand, überkam ihn auf einmal die Lust zu schreien, was er aus Rücksicht auf mögliche Zimmernachbarn jedoch unterließ, besser gesagt: sich für einen geeigneten Zeitpunkt aufhob, für einen geeigneten Ort, nur wo konnte man eigentlich ungestört schreien: im Frühstücksrestaurant, im Taxi, auf dem Weg zum chinesischen Geschäftspartner, fragte sich Schulz,

und erinnerte sich, wie Jeff kürzlich behauptet hatte, vor jedem wichtigen Geschäftstermin sämtliche Übungen zu absolvieren, von der Meditation bis zum Motivationsschrei, woraufhin Schulz so getan hatte, als ob er dies ebenfalls tue, dabei hatte er noch nie vor einem wichtigen Geschäftstermin geschrien, aber vielleicht sollte er es probieren,

dachte Schulz und versuchte, wenn auch nur andeutungsweise, zu schreien, sozusagen innerlich, dennoch glaubte er nach einigen innerlichen Schreien eine Wirkung zu spüren: tatsächlich hatte er das Gefühl, ein Stück *größer* zu werden, tatsächlich merkte er, wie seine Brust sich *weitete* und sein Atem *freier* wurde, tatsächlich nahm er die *Energie* wahr, die seinen Körper durchströmte, und im nächsten Augenblick erhob er sich wie *Tox Rider*, der Mutant in der berühmten dritten Folge von *Life or Death*, ein Stück in die Luft und spaltete mit konzentrierten Handkantenschlägen versteinerte Chinesen, die einer nach dem anderen zerbröselten wie Kekse,

Killerinstinkt, nannte es sein Motivationscoach, und Schulz fragte sich, ob Jeff ihn hatte, mit seinen eins achtundsechzig Körpergröße und seinen Muskelimplantaten, ob er den *Killerinstinkt* hatte, ob er die *Energie* fühlte, aber wie fühlte man Energie, wenn sie Silikon-Implantate durchströmte, Jeff bestand ja hauptsächlich aus Silikon-Implantaten, aus schicken, aber nutzlosen Silikon-Implantaten, sogar sein Gesicht schien aus Silikon-Implantaten zu bestehen, und wenngleich Schulz zugeben musste, dass er selbst schon über eine kleine Nasenkorrektur nachgedacht hatte, *dafür* hatte er kein Verständnis, er empfand sogar eine gewisse Verachtung für dieses synthetische Bodybuilding, wie es neuerdings unter jungen Menschen in Mode kam, weil es, wie behauptet wurde, gesünder sei, als Gewichte zu stemmen und Eiweißpräparate zu fressen, nein, Schulz war stolz auf seinen in Handarbeit und, zugegeben, mit Unterstützung von ein paar Appetitzüglern und Fatburnern getrimmten Körper, ihm gefiel sein Bizeps, der sich, wenn er ihn anspannte, wie ein kleines Tier unter der Hautdecke bewegte, es machte ihm Spaß, seinen *musculus pectoralis* zucken zu lassen oder die gekerbte Landschaft zu betrachten, die er auf seinem Bauch hervorzuzaubern imstande war,

oder war das *masku*, fragte sich Schulz, war das *trollig*, war das ein *Relikt*, wie es bei den AKWs hieß, war die Zufriedenheit mit einem kontraktionsfähigen Bizeps schon latente Gewalt, fragte sich Schulz, während er mit seifiger Hand die Beschaffenheit seiner mühsam am Kabelzug trainierten Pobacken prüfte, aber er fand auch seine mühsam am Kabelzug trainierten Pobacken ziemlich in Ordnung, er fand sie wohlgeformt, ja, er fand seine mühsam am Kabelzug trainierten Pobacken insgeheim sogar *sexy*, was ihn auf den Gedanken brachte, dass das Gefallen am eigenen männlichen Körper, das ja einen eindeutig homoerotischen Aspekt hatte, gar nicht masku sein konnte, infolgedessen wäre auch das Gefallen am eigenen männlichen Körper politisch korrekt, kurz *p.c.* oder, wie es in Schulz' Kopf klang: *pisi,*

und mit diesem Entschluss beendete er den Duschvorgang und begann seinen Körper zu frottieren, systematisch und kraftvoll, aber auch nicht zu kraftvoll: um seine ein bisschen zu heiß und ein bisschen zu lange geduschte Haut zu schonen, frottierte er zuerst den vorderen Bereich, von Nabel bis Kopf, wofür er stets die Mitte des Badehandtuchs benutzte, sozusagen die A-Seite, während die Mitte der B-Seite dem Rücken vorbehalten blieb, den er, das langgezogene Badetuch in den ausgestreckten Armen, nach dem Prinzip einer Zweimannsäge bearbeitete, um zuletzt den oberen, das heißt den zum Aufhänger gerichteten Teil des Handtuchs, und zwar wieder die A-Seite, zum Abrubbeln des rechten und die B-Seite entsprechend zum Abrubbeln des linken Arms zu nutzen,

allerdings fehlte der Aufhänger an dem Hotelbadetuch, was Schulz für einen Moment aus dem Rhythmus brachte, denn auch wenn er ohne weiteres eine beliebige Seite als *oben* hätte definieren könnten, entstand die Frage, wie er heute Abend oder morgen früh diese obere, also die Arm-Seite im Unterschied zur Bein-Seite wiedererkennen sollte, und im Nachdenken über diese lästige Frage verharrte Schulz einen Augenblick reglos vor dem leicht beschlagenen Badezimmerspiegel im vierzehnten Stock des Home Inn,

betrachtete seinen im Verhältnis zum inneren Empfinden plötzlich weniger imposanten, wenngleich immer noch akzeptablen Körper,

prüfte, da er in der Rechten das Handtuch hielt, mit der linken Hand die Rasur des Intimbereichs

und fragte sich, noch bevor er im Hinblick auf die Rasur zu einem Entschluss gekommen war, ob es möglich sei, dass er schwul war, jedenfalls schwul genug, um die, wie seine Sexualkundelehrerin Frau Doktor Leim es genannt hatte, *gleichgeschlechtlichen Anteile seines Selbst zum Zuge kommen zu lassen,*

und in den wenigen Sekunden, die es dauerte, bis er nach dem Rasierschaum griff und sich den Intimbereich einzusprühen begann, gingen Schulz die Implikationen einer solchen Entscheidung durch den Sinn, beginnend mit dem am nächsten Dienstag fälligen *Bekenntnis,* bei dem er, zur Überraschung aller, bekennen würde, in Wirklichkeit schwul zu sein, womit seine Karriere bei den AKWs beendet wäre, genauer: den AKWHs, den *Anonymen Kritischen Weißen Heterosexuellen*, gerade jetzt kam es auf jenes H an, das von den Teilnehmern gewöhnlich unterschlagen wurde, er sah Stonys verdattertes Gesicht schon vor sich, hörte den Applaus, der bei gelungenen Bekenntnissen fällig war, schritt schon im Geist die geschwungene Steintreppe der Steve-Jobs-Oberschule hinab, wo die regelmäßigen Sitzungen seiner Gruppe stattfanden,

allerdings, fiel ihm ein, wäre damit wohl auch seine Beziehung zu Sabena beendet, ein Gedanke, der ihn für einen Moment irritierte und sogar erschreckte, aber zugleich, und das erschreckte ihn beinahe noch mehr, erleichterte: die Vorstellung von einem Leben ohne den notorischen Wartezustand zwischen ihren Treffen, ohne die latente Schuld, die er Sabena gegenüber empfand, ohne die Sorgen, die Eifersucht, die Minderwertigkeitsgefühle, wenn er wieder, wie gestern (oder war es vorgestern gewesen?) versagt hatte: plötzlich gäbe es eine Erklärung, plötzlich wäre sein Versagen kein Versagen mehr, sondern, im Gegenteil, ein Ausbruch, eine Befreiung,

das einzige Problem dabei war, dass er keine Lust auf Männer hatte, auch wenn es im Hinblick auf die Entwicklung der Weltbevölkerung *wünschenswert* wäre, wie Doktor Leim mehr als einmal erklärt hatte – und auch wenn sexueller Genuss *ohne vaginale Penetration* möglich war, blieb er anscheinend unverbesserlich auf vaginale Penetration fixiert, schon die Vorstellung einer vaginalen Penetration erzeugte eine gewisse Erregung, obwohl die Vorstellung beschämenderweise nicht mit Sabena verbunden war, sondern mit einem der Playgirls, mit denen er hin und wieder Sex hatte, genauer gesagt: *gehabt* hatte, tatsächlich war er seit seinem letzten AKW-Bekenntnis auf keiner Cyberporn-Seite mehr gewesen, und trotzdem musste er, während er reglos vor dem leicht beschlagenen Badezimmerspiegel stand, an die *vaginale Penetration* irgendeiner Nadine oder Natascha oder Alice denken, mit der Wirkung, dass aus dem weißen Rasierschaum ein fleischfarbenes Wesen herauszuwachsen begann und sich zu voller Größe versteifte,

sodass Schulz einen Augenblick versucht war, sich zu erleichtern, um an diesem wichtigen Tag nicht durch lästige Gedanken abgelenkt zu sein,

andererseits fragte er sich, ob eine solche Erleichterung seine Spannkraft mindern und seinen *Killerinstinkt* neutralisieren würde, und gerade als er sich wiederum fürs Erleichtern entschieden hatte: er könnte ja, dachte Schulz, dabei an Sabena zu denken versuchen,

klingelte es,

und ihm fiel der Kaffee ein, den er unvorsichtigerweise gleich nach dem Aufstehen aufs Zimmer bestellt hatte,

kurz erwog er, die Tür einen Spaltbreit zu öffnen und

die Bestellung entgegenzunehmen: vielleicht ein Handtuch umbinden,

dachte Schulz, aber die Vorstellung, dass die Tür, weil der Kaffee womöglich auf einem Tablett gebracht würde, mehr als nur einen Spaltbreit geöffnet werden würde und das Zimmermädchen, pardon, die *Servicekraft* ihn halbnackt in der Tür stehen sähe – oder, noch schlimmer, dass das Handtuch sich, weil er beide Hände zur Übernahme des Tabletts benötigte, lösen und die Servicekraft sein bedauerlicherweise noch nicht wieder auf Normalgröße heruntergeschrumpftes *Wesen* erblicken könnte: diese Vorstellung veranlasste Schulz, zurück ins Zimmer zu laufen, wo er sich hastig die Hose anzog, bevor er über die verstreut liegenden Sachen wieder zur Tür hüpfte, um festzustellen, dass sich an der Stelle, wo der Rasierschaum gewesen war, ein feuchter Fleck auf der hellen Hose gebildet hatte,

was dazu führte, dass Schulz erneut einen Augenblick zögerte, wobei er die Sicherheitskette über der Türklinke bemerkte, was ihn wiederum auf die Idee brachte, die Sicherheitskette einzuhängen, um Zeit für den Wechsel der Hose zu gewinnen, denn am Ende hatte die Servicekraft einen Generalschlüssel und öffnete die Tür, weil sie glaubte, dass ihm etwas passiert sei, dachte Schulz und bei dieser Gelegenheit

entdeckte er den Spion in der Tür: ein knopfgroßes

Guckloch, das ihm, als er hindurchsah, einen kreisrunden Ausschnitt der äußeren Wirklichkeit zeigte und in diesem kreisrunden Ausschnitt etwas, das ihn erstarren ließ.

3

Um 6:34 stand Nio Schulz, einen Decaff-Soja-Macchiato mit natürlichem Ephedrin in der Hand, am hermetisch verschlossenen Fenster seines Hotelzimmers und dachte an das absurde Gespräch zurück, das er eben geführt hatte,

not my area of operation, hatte das Ding gesagt, und Schulz versuchte, es irgendwie lustig zu finden, dass er sich – bei einem Service-Roboter! – für seine feuchte Hose entschuldigt hatte, genauer gesagt, er versuchte, die kleine Geschichte in eine Form zu bringen, in der sie erzählbar wäre, wobei er, schon während er Varianten mit kleinen Ausschmückungen zu entwerfen begann, im Grunde ahnte, dass er sie niemals erzählen würde, ja, dass sie eigentlich nicht erzählbar war, insbesondere ein Detail, ein entscheidendes, vielleicht das entscheidende Detail, lag jenseits des Erzählbaren,

nämlich jene Irritation, die er beim Blick durch das Guckloch empfunden hatte und die daher rührte, dass der alberne Humanoid ihn, wenn auch nur für einen Augenblick und nur aus der verzerrten Fischaugenperspektive, an jenes menschenähnliche, aber doch künstliche Wesen erinnert hatte, das ihm am Morgen beim Einloggen erschienen war: eine Halluzination, die plötzlich in Lebensgröße vor seiner Tür stand,

wie ein Geist, dachte Schulz, während er an seinem Ephedrino nippte, was die von der Klimaanlage gekühlten Gläser seiner Glass beschlagen ließ, und erst jetzt, nachdem das Kondensat ihn für einen Augenblick verschleiert und wieder freigegeben hatte, nahm Schulz den kleinen Steingarten wahr, der im ansonsten dunklen Innenhof des Hotels leuchtete, genauer gesagt, kein Steingarten, sondern ein traditioneller chinesischer Garten mit viel Fels, ein paar blühenden Sträuchern und einem kleinen Goldfischteich, über den im Zickzack eine Brücke führte,

und wenn Schulz so gut wie alles vergessen hatte, was ihm bei den obligatorischen Führungen durch traditionelle chinesische Gärten erklärt worden war, hatte er sich doch eines gemerkt: dass nämlich die Brücken in diesen Gärten im Zickzack verliefen, weil man im alten China geglaubt hatte, böse Geister könnten nur geradeaus gehen – ein Gedanke, den Schulz, obgleich er nicht oder, wie er es ausdrücken würde, *nicht wirklich* an Geister glaubte, beruhigend fand, ja, mit einem Mal erschien es ihm sogar denkbar, dass er durch das bloße Betrachten der gezickzackten Brücke eine gewisse Immunität erwerben, sich mit einer Art Schutzenergie aufladen könnte, die ihn für den Rest des Tages vor Geisterbefall und anderen Unbotmäßigkeiten bewahren würde,

sodass er, statt wie üblich beim Kaffee schon seine E-Mails zu checken oder seine, wie er es nannte, *performance* vorzubereiten, wozu er sich allerdings hätte einloggen müssen, was wiederum bedeutet hätte, dass er ins Bad gehen und sich die *Waschfrauenhände* – Großvaterwort – hätte trockenföhnen müssen, denn auf Waschfrauenhände, das wusste Schulz aus Erfahrung, reagierte der Fingerprintsensor noch schlechter als auf verschwitzte oder von der Bettwärme deformierte Finger – sodass er am Fenster stehen blieb und auf den kleinen chinesischen Garten hinabschaute, einfach stehen blieb und hinabschaute, und eine seltsame Genugtuung dabei empfand, einfach stehen zu bleiben und hinabzuschauen und an seinem Ephedrino zu nippen

und zu verfolgen, wie der kleine Garten, wenn er in die Tasse hineinatmete, rhythmisch verschleiert und wieder freigegeben wurde, Tassen-Meditation: besser, als das Firmenmantra vor sich hin zu brabbeln, dachte Schulz und begann auf seinen Atem zu achten, einfach nur atmen und schauen: das Gute aus- und das Schlechte einatmen, wie sein Motivationscoach sagte, was Schulz allerdings immer unlogisch gefunden hatte: wieso das Gute aus- und das Schlechte einatmen, wo er doch das Gute behalten, das Schlechte aber loswerden wollte,

dachte Schulz und begann, das Schlechte aus- und das Gute einzuatmen, wobei er jedoch das Gefühl hatte, er atme das Schlechte, das er gerade ausgeatmet hatte, mit dem nächsten Atemzug wieder ein, anstelle des Guten, das er mit dem kleinen erleuchteten Garten da draußen hinter dem schalldichten Fenster in Verbindung brachte, und jetzt glaubte er sogar, Goldfische im Teich zu erkennen,

aber was, wenn der Fingerprintsensor tatsächlich defekt war, musste Schulz plötzlich denken,

und zugleich kam ihm zu Bewusstsein, dass er die Stimmerkennung, die in einem solchen Fall weiterhelfen könnte, deaktiviert hatte, weil die Glass, es war eine Enigma 7.0 mit vorinstallierter Andromeda Beta Software, mitunter zu unerwünschten oder übertriebenen Interpretationen neigte, und ob er den vierundzwanzigstelligen Sicherheitscode für den Notfall jemals wiederfände, war äußerst fraglich,

was zur Folge hatte, dass sich in den nächsten Sekunden in Schulz' Kopf das komplette Horrorszenario der Totalsperrung seines Accounts abspielte, und dabei ging es nicht nur, ja nicht einmal in erster Linie um die konkreten Konsequenzen, beispielsweise um den Ausfall des Prompters, der ihm themennahe Stichworte zuspielte, nicht um die heutige Verhandlung, nicht um sein Ranking oder um seine berufliche Zukunft, sondern um den Account selbst, um alles, was verlorenginge, und das waren nicht nur ein paar tausend E-Mails und Fotos und Seminarmitschnitte, nicht nur sein Kalender und seine Kontakte, sondern es war ein hochkomplexes und persönliches System, alle Apps und Settings, vom Begrüßungsjingle bis zur Nachrichtenübersicht, alle Playlists, Profile, Filter, Favoriten, seine Links zu Lieblingsseiten oder zu Lieblingsclips oder zu Lieblingsirgendwas, die automatisch gespeicherten Zugangsdaten für Foren, Shops, die AKW-Community, für den noch immer existierenden anonymen Account, den er für seine Besuche der Cyberporn-Plattformen nutzte, sogar die Aufwachstimmung F1, die er nie wieder rekonstruieren könnte, tauchte in diesem Szenario auf, und die Vorstellung, dass das alles plötzlich weg wäre, kam ihm vor wie eine Amputation, als würde man ihm einen Teil seiner selbst abschneiden,

aber bestimmt, dachte Schulz, nachdem die erste Panik abgeklungen war, bestimmt gab es für solche Fälle eine zuständige Stelle, irgendeinen Admin oder Security-Agenten, der ihn, um seine Identität zu prüfen, zu seinen biografischen Daten befragen würde, zu all den Ereignissen auf seiner Bio: Wann und wohin haben Sie Ihren ersten Schulausflug gemacht,

und tatsächlich fiel Schulz sofort das entsprechende

Foto ein, noch 2D und, wenn man es auf Raumgröße aufblies, ziemlich verpixelt, wo war das eigentlich gewesen,

fragte sich Schulz, während er, noch immer die Tasse an seinen Lippen, den Nebel über dem Garten im Rhythmus seines Atems kommen und schwinden sah, *Klassenfoto vor Heimatmuseum*, so hieß die Bildunterschrift, an die er sich ohne weiteres erinnerte, auch an Frau Enzikat erinnerte er sich noch einigermaßen oder an Cosma-Nayen, in die alle verliebt gewesen waren, oder die etwas behäbige, wie hieß sie gleich, Petra Kowalski, die, obwohl in Wirklichkeit kein Integrationskind, immer als *Inti* gehänselt worden war, aber was war das für ein Heimatmuseum, er erinnerte sich an kein Heimatmuseum und er erinnerte sich, wenn er ehrlich war, auch nicht an die Klassenfahrt, schon gar nicht an den Moment, in dem das Foto gemacht worden war, eigentlich erinnerte er sich nur an das Foto selbst,

wobei er feststellte, dass er den Nebel verstärken konnte, wenn er oft und kurz hintereinander in den Ephedrino blies, albernes Spiel: Nebelerzeugungsanlage, Schulz hechelte eine gewaltige Nebelschwade herbei,

allerdings war das auch nicht erstaunlich, der Klassenausflug lag lange zurück und war vermutlich stinklangweilig gewesen, während das Foto präsent geblieben war, er hatte es wieder und wieder angeschaut, wenn er seine Bio geordnet oder neu zusammengestellt hatte,

weshalb er sich jetzt probehalber ein anderes, weniger

fernes Ereignis, das bei der Feststellung seiner Identität eine Rolle spielen könnte, zu vergegenwärtigen versuchte, und als Erstes kam ihm die Rafting-Tour durch den Grand Canyon in den Sinn,

während der Nebel langsam von den Rändern her abnahm, dann plötzlich sehr schnell zu einem Punkt in der Mitte zusammenschrumpfte und schließlich verschwand,

die Rafting-Tour durch den Grand Canyon vor drei Jahren, aber auch hier fielen ihm, wie er feststellte, zuerst nur die Fotos ein, die er auf seine Bio gestellt hatte, hochauflösende Netzhautprojektionen, die einem das Gefühl gaben, mitten im Bild zu sein: ein, zugegeben, gestelltes Foto, das ihn vor einer gigantischen Schiefer- oder Sandsteinwand zeigte zusammen mit einer ihm kaum bekannten Amerikanerin, die mit dem Finger auf einen kaum sichtbaren Fossileinschluss deutete, wobei sie ein Gesicht machte wie die Frau in dem Schokoladenspot, die ihre Lieblingsmarke überraschend in einem Supermarkt in der sibirischen Tundra entdeckt – oder das Foto beim Barbecue mit den ketchupverschmierten Gesichtern, das an einen späten Horrorstreifen von Tarantino denken ließ, aber wenn er versuchte, die tatsächlichen Erinnerungen dahinter hervorzukramen,

jetzt kam es ihm vor, als hätten die Goldfische, während der Teich im Nebel verschwunden war, sich *alle gleichzeitig* ein Stückchen bewegt, wenn er wirklich versuchte, sich zu erinnern, kamen ihm nur Nebensächlichkeiten in den Sinn: das Murmeln des Hightech-Grills, auf dem das Barbecue «rauchlos, aber mit echtem Holzkohlengeruch» zubereitet wurde, oder die kalten Füße, die er die ganze Zeit gehabt hatte, weil die sogenannten Expeditionsmitglieder im Grunde nichts weiter zu tun hatten, als reglos auf ihren Plätzen zu sitzen, während ein Scout das Rudern des Bootes übernahm, eines hölzernen Kahns, anstelle des Raftingboots, das in der Werbung zu sehen gewesen war (auf diesem wurden dann nur das Lagerfeuerholz und die Vorräte transportiert) – trotzdem war es doch, dachte Schulz, während er angestrengt auf die Punkte im Teich starrte, die er für Goldfische hielt,

trotzdem war es doch eine *phantastische* Tour gewesen, daran bestand gar kein Zweifel, ein *großartiges Naturerlebnis*, eine Erfahrung von *ungekannter*, wie hatte es geheißen – Silben wie «Ur» oder «Stamm» gingen ihm durch den Kopf, ohne sich sinnvoll mit einem Wort zu verbinden –, jedenfalls hatten alle, auch er selbst, hinterher von dem Gemeinschaftsgefühl gesprochen, nur, wo war es hin, wo waren seine Erinnerungen, fragte sich Schulz, wurde er mit achtunddreißig schon dement, oder lag es an den Fotos, die irgendwie immer besser waren als die Erinnerung,

und wieder – oder hatte er Gleichgewichtsstörungen vom Hecheln? –, wieder ruckten die Punkte alle zugleich, sodass Schulz die Idee kam, es als Gegenprobe mit einer ganz anderen Zeit zu versuchen, einer Epoche seines Lebens, die in seiner Bio nicht vorkam, weil es davon keine Fotos gab, genauer gesagt, weil er die wenigen Fotos, die es gegeben hatte, schon vor Ewigkeiten aus der Bio entfernt und sicherheitshalber vernichtet hatte, nämlich als es plötzlich hieß, dass Anderdok eine Troll-Band sei und *Hate*-Texte produziere, aber der Sound war sofort wieder da:

Auf der Flucht vor mir/auf der Flucht vor dir

die synkopische Bassfigur, das trockene Schlagzeug von Asy, der scheinbar niemals Becken benutzte,

Schmerz ist nur ein Gefühl/mensch ist nur ein Tier

was war daran eigentlich trollig, fragte sich Schulz und versuchte, sich an den Refrain zu erinnern, aber den kriegte er nicht mehr zusammen, obwohl er den Sound jetzt ganz deutlich im Ohr, ja, beinahe im Körper hatte: Schallwellen wie Faustschläge, der allgegenwärtige Marihuanageruch, und jetzt kamen auch die Bilder: das irritierende Geplänkel der Lightshow,

oder waren das künstliche Fische, es wäre ihnen zuzutrauen, dachte Schulz, und mit «ihnen» meinte er die

Chinesen: künstliche Goldfische in einem künstlichen Teich, denn natürlich, wieso wurde ihm das jetzt erst bewusst, handelte es sich bei dem, was er sah, keineswegs um einen traditionellen chinesischen Teich oder um einen traditionellen chinesischen Garten, sondern um einen *nachgebildeten* traditionellen chinesischen Garten, und obwohl Schulz inzwischen hellwach war, obwohl ihm augenblicklich einleuchtete, wie absurd die Idee eines *nachgebildeten Hotelzimmers* war – sein logisches Denkvermögen triumphierte mit dem unanfechtbaren Schluss, dass auch die Nachbildung eines Hotelzimmers nichts anderes wäre als ein Hotelzimmer –, kam ihm das Hotelzimmer samt seinen unfarbenen Gardinen plötzlich wieder so künstlich vor wie beim Erwachen, lautlos schwirrte die millionenfach geklonte Zeitfliege von UNIVERSE über den Schirm, und sogar die Luft aus der Klimaanlage kam ihm plötzlich künstlich vor,

blödes Zeug, dachte Schulz und erzeugte noch ein bisschen Nebel mit seinem Atem, wobei er, wie um die rauschende Stille mit etwas Wirklichem anzufüllen, halblaut eine Melodie zu summen begann, eine Melodie, die schon eine ganze Weile in chromatischen Kaskaden in seinem Kopf rumorte,

und obwohl er bloß summte, gingen ihm jetzt auch Worte durch den Sinn, fügten sich zum Refrain jenes Songs, den er vergessen zu haben glaubte:

Ich bin jemand, der ich nicht bin
ich gehe, aber ich weiß nicht, wohin
ich fühle, aber ich weiß nicht, was
ich will lieber tot sein als DAS

Berlin, 03.09.2055
SB A. Jungk
phon 4723

EUSAF, Ref C
Chausseestraße 42A
41109 Berlin
(übermittelt durch Kurier)

Fahndung Schulz, Nio (*ID* 78847714876)

Sehr geehrte Damen und Herren,
die anliegenden Protokolle (Anhang A1, A2, A3) wurden dem BKA durch die HTUA-Kriminalpolizei übergeben. Aufgrund der Richtlinie CK/2034/10/1 informieren wir Sie aufgrund von vorliegenden Verdachtsmomenten.

MkG

A. Jungk, InspektorX

A1: Liste der im Hotelzimmer von Nio Schulz sichergestellten Gegenstände (gemäß Aufnahme Protokoll der HTUA-Kriminalpolizei vom 02.09.2055, Google-Übersetzung)

Bad

1 Kosmetiktasche

innerhalb Kosmetiktasche:

2 Gehörschutz Stöpsel (alt) in Metall Schachtel gelb

1 Epilation Gerät Typ *Babyskin* Marke *Panasonic*

1 Binde elastisch (alt)

1 Verpackung öffnen *Beta-Flux* (Antidepressivum, gemeint ist offenbar: geöffnete Verpackung – A. J.)

1 Verpackung öffnen *Z-Carnitin*

1 Zapfengold Nasenspray *Tramazolin* (z.T. unverständlich – A. J.)

4 Einweg Rasierer

1 Verpackung öffnen Kondom

1 klein Spray Geruchs neutralisieren Marke 哇

außerhalb Kosmetiktasche:

1 Deodorant Stick

1 Shampoo Marke *Go!*

1 Zahncreme

1 Zahnbürste

1 Rohr Protection (Bedeutung unklar! – A. J.)

1 Einweg Rasierer

Zimmer

1 Koffer

innerhalb Koffer:

1 Schlafanzug (alt)

1 Unterhose (alt)

1 Unterhose (neu)

1 Freizeithose indigo

1 Freizeithemd blau

Auf Nachttisch: Wasser Glas mit Fingerprints

A2: Aussage des Portiers Li Er (laut Vernehmung durch HTUA-Kriminalpolizei, Google-Übersetzung)

Wenn ich nicht irre, ich sah diesen Mann. Er fiel auf mir, weil er sich hilflos in der Lobby stand. Ich glaube, er, blickte er auf der Handfläche. Aber vielleicht er sich zudeckte. Als ich zu ihm und fragte ihn, und er außerhalb geflohen. Ich habe nicht die Polizei informieren, weil der Mann nicht jegliches Fehlverhalten zu begehen. Nur wenn wir ihn am nächsten Tag nicht entdecken riefen wir die Polizei. Da müsste er zu weggehen. Aber ich weiß nicht, ob das ist, was ich in der Lobby des Mannes sah. Vielleicht ist er gar nicht existiert. Natürlich ist es nicht.

A3: Auswertung Videokameras (Protokoll der HTUA-Kriminalpolizei, Google-Übersetzung)

Diese Person aufgewacht 6:11. Diese Person gibt telefonische Bestellung Kaffee ohne Kaffee mit Soja Milch und Ephedrin. Diese Person zieht in das Badezimmer um 6:13. Wer ein Bad nahm oder etwas anderes. Die offensichtliche Person auf Stress reagieren, wenn Tür klingelt. Bevor sie sich entscheiden, um die Tür zu öffnen, diese Person schaut durch das Loch abnormal lange. Später, diese Person mit Home Inn Hotel WiFi Verbindung. Kommunikation bearbeiten Sie Ihre Inhalte ist uns nicht bekannt.

4

Vorsorglich hatte Schulz zusammen mit der Hose auch gleich seine Finger trockengeföhnt, sodass der Log-in-Vorgang bei der ersten Berührung wie gewohnt vonstattenging, erleichtert vernahm er das vertraute Säuseln in den Bonephones,

kurzer Gesundheitscheck: *Puls normal, Cholesterin/gesamt leicht über normal, pH-Wert/Blut leicht unter normal,* besonders die fast immer gleichlautende Ermahnung *Weniger Eiweiße zuführen, mehr Ausdauersport!* kam ihm beinahe mütterlich vor,

auch das routinegemäße Überfliegen der Tweets, die sich über Nacht angesammelt hatten, tat ihm gut: das kleine Suchtproblem, das er mit Twitter gehabt hatte, war seit langem überwunden, Schulz nutzte den Dienst jetzt vernünftig und professionell, folgte nur noch einigen Nachrichtendiensten und Power-Usern sowie einer Handvoll privater Kontakte, was ihm insgesamt das Gefühl gab, auf dem Laufenden zu sein, auch wenn oder gerade weil er das meiste, was eintraf, mehr oder weniger belanglos fand:

@g-24 zufolge hatte die APOLOG-Gruppe weitere Anteile des russischen Staates gekauft, na schön, was interessierte es ihn, wem Russland gehörte,

@dpa meldete wieder soundso viele Tote im subsaharischen Wasserkrieg, allerdings gab es beinahe täglich soundso viele Tote im subsaharischen Wasserkrieg, seit er denken konnte, gab es beinahe täglich soundso viele Tote im subsaharischen Wasserkrieg,

ein Typ namens s@sukagen teilte mit, dass das Computersystem der Weltbank von einem selbstassemblierenden Virus übernommen worden sei, der es darauf abgesehen habe, deren Billig-Geld-Politik zu unterlaufen: Verschwörungstheorien – Schulz drückte den blauen Entfolge-Button,

auch dass @Luzia gerade einen Kokos-Bounty-Geburtstagskuchen backte, musste er nicht unbedingt wissen,

und die Nachricht, dass irgendein Kommissar der E.ON / SBI-Zone zurückgetreten war, nachdem er Titti Typhon, die Siegerin des Eurovision Song Contests, eine *Afro-Deutsche* genannt hatte, berührte Schulz nur, weil dieser Kommissar ausgerechnet Schulz hieß: ein schlechtes Omen, fand Schulz, aber das war schon wieder *negertief*, was hatte er mit diesem anderen Schulz zu tun, obwohl auch ihm, Schulz, der *pisi-e* Ausdruck für *Afro-Deutsche* gerade nicht einfallen wollte: er würde es nachher googeln,

dankbar war er hingegen für das Tagesmotto von @MasterPeace, heute war es ein Lao-Tse-Zitat, das besagte:

Wer das Dao hat, kann gehen, wohin er/sie/trans will,

obwohl Schulz keine Ahnung hatte, was eigentlich das Dao war, hatte er sofort eine Ahnung davon, wie es wäre, es zu besitzen,

und über die Meldung, dass die europäischen Grünen nach *dramatischer Nachtsitzung* der sogenannten technischen Erweiterung des Transit-Schutzwalls zugestimmt hatten, war Schulz vielleicht nicht erfreut, aber doch erleichtert, denn seit irgendwelche Restwelt-Migranten, pardon, exzonale Asylbegehrende begonnen hatten, den Wall mit schwerem militärischem Gerät zu durchbrechen, war auch er insgeheim für die sogenannte technische Erweiterung gewesen, hatte sich allerdings damit stets ein bisschen schlecht gefühlt und empfand die Zustimmung der Grünen nun als eine Art Absolution,

trotzdem verzichtete er lieber darauf, den Tweet zu *faven*, sondern stellte den Nachrichtendienst auf Hintergrundmodus und begann, sich auf den Zehn-Uhr-Termin vorzubereiten, indem er das Compact über *Die Bedeutung der Marke im postpostmateriellen Zeitalter* heraussuchte, in welchem er vielleicht keine Antwort, aber zumindest ein paar handliche Knock-out-Argumente für die versteinerten Chinesen zu finden hoffte,

und zwar *ohne* vorher einen Blick in seinen persönlichen Nachrichteneingang zu werfen, der durch ein penetrant aufblinkendes Briefchen am oberen linken Rand auf sich aufmerksam machte,

jedenfalls nicht, bevor er den Abschnitt mit der vielversprechenden Überschrift *Was wir in Wirklichkeit kaufen* gelesen hätte, viertausend Zeichen, das sollte zu schaffen sein, dachte Schulz, obwohl es ihn ein bisschen nervte, dass der Abschnitt gleich mit einer Gedankenstrich-Konstruktion begann: *Obwohl* Gedankenstrich *oder vielleicht sogar weil* Gedankenstrich *sich die technischen Methoden*, las Schulz, *von Werbung und PR in den letzten Jahrzehnten*, ohnehin fiel ihm das Lesen von *longreads* immer schwerer, kurz überlegte er, ob er den Aktivmodus einschalten sollte, aber erfahrungsgemäß konnte der Aktivmodus Anfälle extremer Müdigkeit nach sich ziehen, abgesehen davon, dass der Hersteller des Chips ausdrücklich vor Abhängigkeit warnte,

weshalb Schulz entschied, den Aktivmodus für die Verhandlung aufzuheben und sich sozusagen aus eigener Kraft auf das Compact über *Die Bedeutung der Marke im postpostmateriellen Zeitalter* zu konzentrieren: *Obwohl* Gedankenstrich *oder vielleicht sogar weil* Gedankenstrich *sich die technischen Methoden,* las Schulz, *von Werbung und PR in den letzten Jahrzehnten in ungekannter Weise,* vielleicht sollte er den Posteingang kurz öffnen, damit das blinkende Briefchen verschwand, *das Objekt und Zentrum des Produktmarketings* Komma *nämlich der Mensch,* obwohl er natürlich wusste, dass er, wenn er den Posteingang öffnete, sich kaum würde beherrschen können, wenigstens kurz zu schauen, ob eine Nachricht von Sabena da war, *nämlich der Mensch* Komma *genauer gesagt* Doppelpunkt,

andererseits würde es seine Konzentrationsfähigkeit vielleicht erhöhen, wenn er wüsste, dass eine Nachricht von Sabena da war, vorausgesetzt, er würde sie nicht lesen, denn wenn er sie las, das kannte er, würde er anfangen sie zu interpretieren oder im Geist Antworten formulieren,

auf keinen Fall lesen, dachte Schulz, während die Glass seine Augen- und Kopfbewegungen erfasste, die Impulse an den Haarelektroden auslas, alles in mehrdimensionale Merkmalsvektoren übersetzte, mit verschiedenen Mustern verglich und für hinreichend ähnlich befand, um eine Reihe von Andromeda- oder Phantom-Befehlen auszulösen, die Schulz, noch bevor er selbst begriff, dass er – sozusagen gedanklich – den Posteingang geöffnet hatte, die Illusion gaben, ein Fledermaus-Postillon käme blitzschnell aus der Tiefe des Raums heran und würfe im Fluge kleine Briefchen ab: vierundsiebzig

waren es, vorwiegend Werbung, trotz dreier unabhängiger Spamfilter, zweier residenter Virenscanner sowie einer Hardware- und einer Softwarefirewall – manchmal glaubte Schulz, die Filter und Firewalls *produzierten* Werbung, statt ihn vor ihr zu schützen,

außerdem ungefähr zwanzig oder dreißig Eventhinweise: Filmpremieren, Vernissagen, Kochgruppen, neue Blogs, politische Acts oder OMs, *posts* von *friends* oder Forenmitgliedern, die er irgendwann abonniert hatte,

eine Mail von Stony, der ihn wahrscheinlich daran erinnern wollte, dass er am nächsten Dienstag dran war mit seinem Bekenntnis – *das weiß ich, Stony!* –, sowie

ein Geburtstagsgruß – *fuck*, dachte Schulz, tatsächlich war ihm das im Jetlag abhandengekommen –, ein Geburtstagsgruß samt Drei-Tage-Gratis-Zugangscode für eine eindeutig, wie Schulz es nannte, *unterschwellige* Website, die er garantiert noch nie, noch nicht einmal von seinem anonymen Account aus, besucht hatte,

und obwohl er rasch begriff, dass es unsinnig war, einen Geburtstagsgruß von Sabena zu erwarten, denn in Minneapolis war es, wie er nach einem Klick auf die Weltzeituhr feststellte, noch *gestern*, 16:42, und sogar in der ZONE, Kurzbezeichnung für E.ON/SBI-Zone, war es noch gestern, nämlich 23:42, sodass er im Grunde weder an seinem Geburtsort noch in Minneapolis Geburtstag hatte – woher wusste die unterschwellige Website, dass er in HTUA-China war?, obwohl Schulz begriff, dass Sabena ihm noch nicht gratuliert haben konnte, empfand er ihr Schweigen plötzlich als besonders bitter, kam sich plötzlich besonders einsam vor: alleingelassen an diesem noch nicht eingetretenen Geburtstag, für einen Moment war er wieder im Nirgendwo, das Hotelzimmer eine hermetische Kapsel, in der er, angekleidet auf seinem Bett liegend, einen Becher kalten Ephedrino in der Hand, durch eine nicht enden wollende Nacht segelte, während Sabena im fernen Minneapolis über die Messe spazierte, umgeben von gutaussehenden, gutgelaunten *Typen*,

aber genau das waren Gedanken, die er nicht denken wollte, die er überhaupt nicht gebrauchen konnte, schon gar nicht vor einem so wichtigen Termin,

dachte Schulz und schloss den Posteingang, um sich endlich dem Compact über *Die Bedeutung der Marke im postpostmateriellen Zeitalter* zu widmen, zumal seine Vorstellungen nachweislich nicht der Realität entsprachen: es waren mehr Frauen als Männer, wenn man nachzählte, jedenfalls auf den Fotos, die Sabena auf ihre Ich-Seite gestellt hatte, nette, harmlose Fotos, auf denen sie die Haare streng hochgesteckt trug, *Dienstfrisur*, wie sie es nannte,

trotzdem sah er sie von Startuppern und Textilbossen umringt, und obwohl Sabena selbst nie AIMANT-Dessous trug, wie sie versichert hatte, sah er sie jetzt in komplizierte Unterwäsche verpackt und, was vielleicht noch schlimmer war, mit der *Dienstfrisur*, von der sie anzunehmen schien, sie mache sie unnahbar oder weniger attraktiv, wohingegen Schulz gerade diese hochgesteckte, den Nacken entblößende *Dienstfrisur* auf fast schmerzhafte Weise erotisch fand – so sah er sie, wie sie von Hornbrillenträgern und Startuppern begrapscht, wie sie von ihnen beschnüffelt und auf den entblößten Nacken geküsst wurde, und zwar *alles zugleich* und *von allen zugleich*, und auch wenn es sich um eine maßlose und irrwitzige Vorstellung handelte, war Schulz plötzlich ganz sicher, dass es aus war,

dass sie endgültig die Nase voll hatte von ihm, Nio Schulz, dem Versager, den sie nur alle drei Wochen sah und der dann nicht einmal imstande war, mit ihr zu schlafen, dachte Schulz und nahm die Glass ab, *musste* die Glass abnehmen und aufstehen und an das Fenster treten, um sich davon zu überzeugen, dass er trotz des Fallgefühls in seinem Unterleib keineswegs durch die Nacht segelte, ja, dass es noch nicht einmal Nacht war, denn tatsächlich graute der Morgen hinter dem gegenüberliegenden Hotelflügel, der Himmel sah aus wie ein schwach hintergrundbeleuchteter Notebook-Screen mit leichten Pixelfehlern, während sich im noch immer dunklen Innenhof eine Gestalt abzeichnete: eine Servicekraft, wie man an der hochkragenden roten Jacke erkannte, menschlich, aber ohne Hosen, der Mann stand bis zu den Knien im Teich und, so glaubte jedenfalls Schulz, vielleicht weil ihm diese Tätigkeit zum Morgengrauen zu passen schien, *fischte*, und Schulz musste drei Dinge denken, nämlich

erstens, dass die Goldfische folglich echt waren,

zweitens, dass man doch Goldfische gar nicht aß, abgesehen von irgendwelchen Pennern, die, wie er gehört hatte, neuerdings öffentliche Teiche fledderten,

und drittens an Ulli, genannt *das Tattoo*, und daran, wie sie einmal nach einem Anderdok-Konzert gevögelt hatten bis in den frühen Morgen, zwischendurch waren sie eingeschlafen, waren wieder aufgewacht und wieder übereinander hergefallen, wie die Kampfhunde, dachte Schulz, und bei alldem war er so bekifft gewesen, dass Ullis tätowierter Körper sich vor seinen Augen auf die absurdeste Weise verwandelte: in eine Riesenschlange, eine exotische Pflanze, eine pulsierende Qualle – eine Qualle?,

der Chinese zog jetzt den Kescher heraus, und Schulz sah, dass es kein Kescher war, sondern bloß eine Stange, die er kurz in einen gelben Eimer steckte und dann wieder ins Wasser hielt und nach einer Weile wieder in den Eimer steckte und wieder ins Wasser hielt: aber warum,

warum hatte er bei Ulli eigentlich nie solche Probleme gehabt – Ulli, die längst nicht so schön, nicht so *makellos* gewesen war wie Sabena,

oder lag es am Alter,

neunundddreißig, Scheiße, in einem Jahr wurde er *vierzig*, vielleicht hörte es irgendwann einfach auf, obwohl sein Großvater, so behauptete wenigstens seine Mutter, «immer noch Frauen missbrauchte», oder war das auch wieder eine dieser Geschichten, schwer vorstellbar jedenfalls, dass dieser schrullige alte Mann tatsächlich Frauen «missbrauchte», und noch weniger, dass sich Frauen von diesem schrulligen alten Mann «missbrauchen» ließen, schon gar nicht die freundliche grauhaarige Dame, die Schulz, da sie nicht seine richtige Großmutter war, seit jeher Marion nannte,

oder sammelte er die elektrischen Goldfische ein, um sie aufzuladen,

blödes Zeug, dachte Schulz und setzte die Glass wieder auf, gerade als @dpa etwas über einen *PeNNeR-Angriff* postete, und obwohl Schulz ungern irgendwelchen Links folgte, die mit Terrorismus oder Neokommunismus zu tun hatten – PeNNeR bedeutete so etwas wie *Paneuropäische Neokommunistische Revolutionäre* –, fühlte er sich in diesem Fall dazu berechtigt, da der Angriff seinen morgigen Rückflug betreffen könnte: vor zwei oder drei Jahren war durch eine neokommunistische Attacke sämtliches Fluggepäck auf der ganzen Welt einen Tag lang fehlgeleitet worden, die Rücksendung hatte Monate in Anspruch genommen, war nie vollständig abgeschlossen worden und hatte am Ende Milliarden an Schadenersatz gekostet, hatte Prozesse ausgelöst, Versicherungen ruiniert und eine mittlere Finanzkrise heraufbeschworen, allerdings waren die Nachrichten auf der dpa-Seite nicht gerade aufschlussreich, detaillierte Informationen wurden von der EUSAF aus, wie es hieß: *ermittlungstechnischen* Gründen zurückgehalten, aber zumindest begriff Schulz, dass der sogenannte Angriff nicht den Flugverkehr betraf, sondern mit dem Netzwerk internationaler Finanzinstitute zu tun hatte, wodurch er sich an den Verschwörungstheoretiker erinnert fühlte, den er eben entfolgt hatte, spaßeshalber blätterte er zurück, aber s@sukagen, jetzt fiel ihm der Name ein, war aus der Timeline verschwunden, stattdessen stieß Schulz auf die kuriose Mitteilung, dass sein Großvater gestorben sei,

nein, natürlich nicht sein Großvater, dessen Tod wohl kaum von @dpa getickert würde, aber ein Mann mit dem gleichen, wahrscheinlich eher seltenen Namen, eine Verwechslung und trotzdem seltsam, dass @dpa annahm, die Meldung entspreche seinem persönlichen Nachrichtenprofil, denn Schulz hieß von Geburt an Schulz, und er konnte sich auch nicht erinnern, den Namen des Großvaters auf seiner Ich-Seite oder auf irgendeiner anderen Plattform erwähnt zu haben, woher also wusste @dpa, dass sein Großvater *Alexander Umnitzer* hieß,

aber das war wahrscheinlich schon wieder *paranuid,* dachte Schulz und wandte sich wieder dem Compact über *Die Bedeutung der Marke im postpostmateriellen Zeitalter* zu, entschlossen, sich nicht weiter ablenken zu lassen, weder von Chinesen, die elektrische Goldfische fischten, noch von angeblich verstorbenen Großvätern, weder von Startuppern und Echthornbrillen noch von Erinnerungen an den desaströsen Abend mit Sabena im Flughafen-Hotel Frankfurt – später, nach dem Termin, würde er genügend Zeit haben, darüber nachzudenken, den ganzen Rückflug hätte er Zeit, darüber nachzudenken, und vielleicht wäre ja das ein Thema für sein AKW-Bekenntnis, dachte Schulz, vielleicht sollte er den Mut haben, *darüber* zu reden: das Schlimmste, sagte Stony immer, sei gerade schlimm genug, nur was hatte das mit *weißmännlichhetero* zu tun,

fragte sich Schulz, wahrscheinlich hatte es gar nichts damit zu tun, wahrscheinlich war das einfach nur krank, dachte Schulz, wahrscheinlich würden sie ihn einfach nur für verrückt halten, wenn er ihnen erzählte, dass er, wenn er Sabena nach drei oder vier Wochen wiedersah, eine geschlagene Stunde lang immerzu auf ihre Hände starren musste, weil sie ihm auf einmal vorkamen *wie kleine Schildkröten*,

oder dass er, wenn Sabena aus dem Hotelbadezimmer trat, denken musste: ein *nackter Affe*,

zumal, wer Sabena kannte: 90-60-90, die perfekte Figur und überhaupt, Face, Haare, Haut, da war einfach alles perfekt, Sabena war die perfekte Schönheit, sogar wenn sie mit leicht gerötetem Gesicht und Spuren einer nicht restlos eingezogenen Nachtcreme um die Augen aus dem

Badezimmer trat, sah sie nicht aus wie ein *nackter Affe*, aber schon die Angst davor, dass er die ganze Zeit würde denken müssen, Sabena sähe aus wie ein *nackter Affe*, führte zu einer so gründlichen Dysfunktion, dass es nicht einmal zum Aufziehen eines Kondoms reichte,

oder lag es am Bisphenol A,

sollte es tatsächlich stimmen, dass die Rückstände im Trinkwasser allmählich impotent machten, dass die Männer allmählich verweiblichten, wie irgendwelche militanten Maskus behaupteten,

angeblich hatten chinesische Wissenschaftler sogar festgestellt, dass der männliche Penis statistisch gesehen in den letzten fünfzig Jahren durch Bisphenol A um durchschnittlich null Komma sieben Millimeter pro Jahr geschrumpft war,

oder waren das bloß Propaganda, Verschwörungstheorie, Gerüchte, fragte sich Schulz, denn wenn es tatsächlich stimmte, dann müsste, so rechnete er, sein Penis mehr als fünfzig Jahre mal null Komma sieben ... gleich *drei Komma fünf Zentimeter* kürzer sein als der seines Großvaters,

oder hatte es null Komma *null* sieben geheißen,

was auf relativ harmlose drei Komma fünf Millimeter hinausliefe, das ließe sich wahrscheinlich durch Hormonpräparate ausgleichen, aber bevor er Hormonpräparate fraß,

dachte Schulz, ohne den Satz zu vollenden, vielleicht

weil ihm kein passendes Ende einfiel, vielleicht aber auch, weil er für einen Moment abgelenkt war durch eine Meldung einer chinesischen Agentur, der er eigentlich gar nicht folgte:

Oberstes WTO-Schiedsgericht bestätigt das Recht auf wirtschaftliche Verwertung des eigenen Todes,

las Schulz, aber bevor er sich fragen konnte, was mit dem Recht auf wirtschaftliche Verwertung des eigenen Todes gemeint sein könnte, verblasste die Meldung schon wieder und vor dem grauen Himmel erschien in gelber Schrift ein neuer Tweet von @Luzia, die der Welt mitteilte, ihr Kokos-Bounty-Kuchen sei angebrannt,

gefolgt von einer Mitteilung von @FemFatal, die unter dem Hashtag *#schulz* twitterte: *g++fwh*

und obwohl natürlich der andere, der zurückgetretene Afro-Schulz gemeint war, empfand Schulz erneut eine gewisse Irritation angesichts der Tatsache, dass sein Name Ziel einer solchen Verwünschung geworden war, zugleich aber auch Zufriedenheit darüber, dass es ihm noch immer gelang, die kryptische Sprache der Jungmenschen zu entziffern:

Geh sterben fetter weißer Hetero.

EUSAF
European Security and
Anti-Terror Facilities

Berlin, 04. 09. 2055

Vorgangseröffnung P1
Nr. ZSS / N/440513/0
Zielperson: Schulz, Nio (ID 78847714876)

Seit dem 01. 09. 2055 wird Schulz, Nio, in Wú Chéng (HTUA-China) vermisst.

Gemäß Aufnahme Protokoll der HTUA-Dienststellen sind im Reise Gepäck der Zielperson verdächtige Gegenstände festgestellt worden (Rohr Protection). Das Verhalten der Zielperson wurde als teilweise auffällig beschrieben.

Besitz Gegenstände der Zielperson sind vor der Übergabe an die Angehörigen an die EUSAF zu überführen.

Es ist zu klären, ob Umfeld und Verhalten der Zielperson einen Verdacht i. S. des Europäischen Gesetzes zur Bekämpfung des internationalen Terrorismus (EuGBIT) nahelegen.

Zu diesem Zweck ergeht hiermit zugleich und nach Maßgabe der Richtlinie AVA 46/1/6 die

Anweisung zur Eröffnung einer Personen Daten Prüfung (P1)

gegen die Zielperson Schulz, Nio (ID 78847714876).

D. Scheck (SachgebietsleiterX, Referat C1)

5

Zugleich mit dem Martinshorn-Rufton erschien der Name *Laila* auf dem virtuellen Display: seine Chefin aus Berlin, Schulz zögerte, aber wenn sie um diese Zeit anrief, war es dringend, auch konnte sie auf ihrem Display sehen, dass er schon online war, denn laut Arbeitsvertrag hatte er seine Online-Präsenz anzuzeigen, sodass ihm gar nichts anderes übrigblieb, als das Gespräch entgegenzunehmen,

aber zu seiner Verblüffung erschien vor seinem Auge nicht seine Chefin, zumindest nicht allein, auch Jeff war zugeschaltet, und beide sangen ihm ein Geburtstagsständchen – und zwar überraschend perfekt, zumal wenn man bedachte, dass es sich um eine Konferenzschaltung handelte: tongenau, zweistimmig und unter korrekter Einhaltung der Viertelpausen zwischen den Zeilen, wobei Jeff, der eine kunstvolle Oberstimme sang, ihm mit einem, ja, was eigentlich, *Puschel*, das Wort fiel ihm ein, etwas Flauschiges, Lilafarbenes, das Jeff sich um den Hals gelegt hatte und mit dem er ihm jetzt zuwedelte oder -winkte, was die Verlegenheit, die Schulz empfand, wenn er gelobt oder gefeiert wurde, noch steigerte,

andererseits war er auch gerührt von der offensichtlich extra eingeübten Gesangsnummer und sogar ein wenig beschämt, dass ausgerechnet Jeff, dem er nur Übles zutraute, an seinen Geburtstag gedacht hatte,

weshalb Schulz sich, seine Verlegenheit überspielend, um einen freudigen Ausdruck bemühte, und da ihm bewusst war, dass die beiden anderen ihn nicht unmittelbar sahen, sondern lediglich einen Avatar, den die Glass mangels einer Webcam aus irgendwelchen biometrischen oder weiß der Teufel was für Daten errechnete, und dass dessen Mimik seiner tatsächlichen Mimik nur annäherungsweise entsprach – dass der Avatar also ziemlich traurig aussehen konnte, solange sein Lächeln unterhalb einer bestimmte Schwelle blieb,

zwang sich Schulz, besonders deutlich zu lächeln, wobei er unwillkürlich eine straffe Körperhaltung einnahm und eine Zeitlang nur flach im oberen Bereich atmete, was idiotisch war, weil der Avatar seine Körperhaltung ohnehin nicht abbildete, und was außerdem einen gewissen Sauerstoffmangel bewirkte, infolgedessen Schulz nach einigen Sekunden kräftig aus- und wieder einatmen musste,

dummerweise gerade in die Stille hinein, die entstanden war, nachdem die beiden das Tempo bei der letzten Zeile verdoppelt und das Ständchen vorzeitig beendet hatten, weshalb sein geräuschvolles Durch-die-Nase-Atmen auf einmal überdeutlich zu hören war, sodass Schulz sich zu einer Erklärung genötigt fühlte: er habe gerade Sport gemacht,

wollte er sagen, sagte dann aber nicht *Sport,* weil ihm das plötzlich altbacken vorkam, sondern *Meditieren:* Ich war gerade am Meditieren, sagte Schulz, was allerdings kaum seinen schweren Atem erklärte, weshalb er nach einer etwas zu langen Pause ergänzte:

vorhin,

und nach einer weiteren kleinen Pause:

jetzt war ich gerade dabei, mich auf den Termin vorzubereiten,

worauf Jeff den Kopf abwandte, was Schulz wiederum, weil er den Verdacht hatte, Jeff habe ihn im Verdacht, er wolle sich durch allzu viel Strebsamkeit bei der Chefin anbiedern, zu der Erklärung veranlasste, dass er in Ruhe habe noch *ein paar Dinge* durchgehen wollen, die ihm *aufgefallen* seien,

als ein glucksendes Wassertropfengeräusch in seinen Bonephones erklang: der Rufton, den er seiner Mutter zugeordnet hatte, allerdings hätte er auch ohne Wassertropfengeräusch gewusst, dass es seine Mutter war, denn es war fünf nach zwölf E.ON/SBI-Zeit, und seine Mutter gratulierte ihm immer um fünf nach zwölf zum Geburtstag, weil er nämlich um fünf nach zwölf geboren worden war, worauf sie seltsamerweise stolz zu sein schien, wobei unklar blieb, ob sie es als eine besondere Leistung ansah, um fünf nach zwölf geboren zu sein oder geboren zu haben, in jedem Fall ahnte er schon ihre Enttäuschung darüber, dass er nicht Punkt fünf nach zwölf abnahm, hörte schon ihre vor Kränkung belegte Stimme,

und als er seine Aufmerksamkeit wieder seiner Chefin zuwandte, musste er feststellen, dass sie ihn ansah, so starr und ungerührt, dass jemand, der sie nicht kannte, hätte annehmen können, die Verbindung sei gestört und das Bild eingefroren, was aber nicht der Fall war: seine Chefin schwieg einfach,

sodass Schulz nichts anderes übrigblieb, als weiterzureden, die Stille auszufüllen, die mit jeder Sekunde quälender wurde, er meine, hörte er sich sagen und war selbst überrascht, dass sich die Wörter, die sich nun eins nach dem anderen aus ihm lösten, zu einem grammatisch mehr oder weniger geordneten Gebilde fügten:

er meine, dass die Chinesen – und dieser Gedanke sei ihm erst nach seiner Ankunft in HTUA-China gekommen –, dass die Chinesen und besonders die ins Auge gefasste Zielgruppe stark luxus- und technikorientiert sei,

dass der Verhandlungspartner daher möglicherweise enttäuscht sein könnte, wenn die hochpreisigen *True-Barefoot-Running-Fußbänder* nicht einmal Herzfrequenz, Laktatwert oder Blutdruck ermittelten, dass man sich demzufolge, seine Chefin schwieg immer noch, beim Einführungspreis vielleicht noch nicht festlegen oder über eine technisch aufgerüstete Variante nachdenken solle,

und obwohl es dumm war, den Gedanken in Anwesenheit von Jeff zu äußern, viel klüger wäre gewesen, das durchaus starke Argument später im Zwiegespräch mit seiner Chefin *als Argument der Chinesen* auszugeben,

nahm Schulz jetzt die umständliche, von Jeff stammende Produktbezeichnung ins Visier, wobei er so tat, als sei sein Chinesisch gut genug, um zu verstehen, dass das chinesische Wort für *nackt* genauso gut *rot* bedeuten könne, weshalb *True Barefood Running* im Chinesischen etwas merkwürdig klinge, nämlich wie *Wirkliches Rotfuß Laufen*,

hörte Schulz sich sagen, während er die Kopfbewegung seiner Chefin zu deuten versuchte: ein kaum merkliches klapperschlangenartiges Schlingern, das Schulz für typisch bulgarisch hielt und das, wie er aus Erfahrung wusste, am Ende sowohl in die eine als auch in die andere Richtung ausschlagen konnte, im schlimmsten Fall mündete es in ein winziges und trotzdem vernichtendes Zucken des Kopfes, so wie jetzt, als seine Chefin sagte:

Schulz ist wieder mal *negertief*,

sie sagte tatsächlich *ne-ger-tief*, wie deutlich zu hören war, sie sprach langsam und silbenweise und sah überhaupt dermaßen überzeugend aus mit der hohen Spinnenfrisur und dem rätselhaften Oberarm-Tattoo, dass Schulz nicht den geringsten Zweifel hatte, dass es vollkommen richtig war, ja, er schämte sich sogar, dass ausgerechnet er, Rechtschreibung vier minus, hatte glauben können, dass seine Chefin, bloß weil sie aus Bulgarien stammte, das Wort verkehrt aussprach: *ne-ger-tief*,

sagte seine Chefin,

Schulz spürte, dass er rot wurde,

Jeff kicherte hörbar in seinen lila Puschel

und ein WC-Spülgeräusch machte auf eine eingehende WhatsApp seiner Mutter aufmerksam, die er vielleicht hätte ignorieren können, hätte nicht ein unerwartetes Wort darin aufgeblinkt:

Herzlichen Glückwunsch. Bitte um Rückruf. Großvater verstorben.

las Schulz, dann hörte er seine Chefin sagen:

Ljuksjuhs,

Jeff nickte und wandte den Kopf in Richtung der Chefin, als säße sie neben ihm, während die Chefin sich in ihrer Bildschirmhälfte leicht nach vorn beugte, erst jetzt fiel Schulz auf, dass sie gar nicht die übliche Weltkriegsjacke trug, sondern etwas dunkles Schulterfreies mit einem ziemlich tiefen und etwas verrutschten Ausschnitt,

und um nicht versehentlich in den ziemlich tiefen

und etwas verrutschten Ausschnitt in gestochener Bildqualität zu schauen, heftete Schulz seinen Blick fest an die schwarzen bulgarischen Augen seiner Chefin, in der Hoffnung, dass sein Avatar dasselbe tat und dabei nicht allzu bescheuert aussah,

und dergestalt festgenagelt, verharrte er, bis seine Chefin vollendete, was sich als Anfang eines Satzes erwies, indem sie hinzufügte: *ist, was man nicht braucht,*

Luxus!, begriff Schulz, Luxus ist, was man nicht braucht,

und genau das ist es, was wir verkaufen, sagte seine Chefin, und ab hier wusste Schulz eigentlich, wie es weiterging:

Wir verkaufen keine Dinge,

sagte seine Chefin,

wir verkaufen keine Ideen, wir verkaufen keinen Stil,

Jeff nickte,

wir verkaufen kein Wissen und erst recht keine Blutdruck- oder Herzfrequenzmessgeräte, sondern – Schulz hätte laut mitsprechen können – *kollektive Identitäten,*

sagte seine Chefin,

demzufolge seien die *True-Barefoot-Running*-Fußbänder weder Mode noch Technik, besäßen weder eine sportliche noch eine medizinische Funktion, seien weder Kunst noch Gebrauchsgegenstände, sondern *Zeichen der Zugehörigkeit*, und deshalb, mein lieber Schulz, ergibt sich ihr Preis nicht aus ihrem Wert, sondern umgekehrt: ihr Wert ergibt sich aus ihrem Preis, je teurer, desto exklusiver, und übrigens steht das alles in dem Compact über *Die Bedeutung der Marke im postpostmateriellen Zeitalter*, das ich euch letzte Woche gepostet habe, sagte seine Chefin,

und Schulz beeilte sich auszudrücken, dass ihm das durchaus im Wesentlichen vollkommen klar sei, dass er dem auch keineswegs habe widersprechen wollen, dass er schon gar nicht, er artikulierte absichtlich deutlich: *negertief* sei, sondern lediglich habe darüber nachdenken wollen, wie man typisch chinesische Elemente in das Produktmarketing integrieren könnte,

aber als er, vom klapperschlangenartigen Schlingern des Chefinnen-Kopfs ermuntert, noch Lao Tse ins Spiel bringen wollte, fiel ihm der Spruch von @MasterPeace nicht gleich ein, und in sein Stocken hinein hörte er seine Chefin sagen:

Ich schlage vor, du gehst erst mal frühstücken, ich rufe dich später an,

worauf das Bild einfror und zu verblassen begann, eine dunkle Sphinx im tief ausgeschnittenen Abendkleid, und erst jetzt, nachdem die Verbindung abgerissen war, erlaubte sich Schulz, den Blick von den schwarzen bulgarischen Augen zu lösen und an dem aberwitzigen Schlitz hinabgleiten zu lassen, der fast bis zu ihrer geometrischen und physischen Mitte reichte, aber bevor er dort ankam, war das Bild verschwunden, und stattdessen sah Schulz einen kleinen, noch immer erleuchteten Teich, darin einen schmächtigen Chinesen in Pagenjacke und ohne Hosen, der mit einem Plastikrohr irgendwas aufsaugte oder einsammelte, während am hintergrundbeleuchteten Himmel in kleiner gelber Schrift eine knappe Botschaft erschien:

er sieht so traurig aus,

las Schulz und brauchte einen Augenblick, um zu begreifen, dass @Luzia ihren angebrannten Geburtstagskuchen meinte, und war zum soundsovielsten Mal versucht, sie endgültig zu entfolgen, was interessierten ihn ihr angebrannter Geburtstagskuchen, ihre Busverspätungen und Softwarekatastrophen oder ob ihr Kater kotzte oder sie im Bett fror oder Bauchschmerzen hatte,

aber irgendetwas hinderte ihn, auf den blauen Entfolge-Button zu klicken, es kam ihm auf einmal wie Totschlag vor, stattdessen öffnete er den Online-Übersetzer und gab das Wort *rot* ein, um das Ergebnis, nämlich das Zeichen 赤 (chi), wieder zurückzuübersetzen, eine andere Methode ließen seinen kläglichen Chinesischkenntnisse nicht zu,

und war erleichtert, denn obwohl er schon im Flugzeug nachgeschlagen hatte, war er auf einmal wieder unsicher geworden, ob es tatsächlich stimmte, dass nämlich das

Zeichen 赤 (chi) sowohl *nackt* als auch *rot* bedeuten konnte, aber es stimmte,

und das Telefonat kam ihm gleich ein bisschen weniger katastrophal vor, äußerlich hatte man ihm vermutlich nichts angemerkt, falls nicht die neue Avatar-Software aufgrund irgendwelcher Puls- oder Blutdruck- oder pH-Wert-Messungen imstande war, Erröten zu simulieren – Schulz begann, das Gespräch noch einmal in Gedanken durchzugehen, und je länger er über das Gespräch nachdachte, je öfter er wiederholte, was seine Chefin gesagt hatte, je mehr er sich auf die eigenen Argumente besann, desto weniger katastrophal wurde es, und vielleicht, dachte Schulz, sollte er es ja positiv sehen, dass seine Chefin ihn noch einmal anrufen wollte, vielleicht wollte sie unter vier Augen über sein *Wirkliches-Rotfuß-*Argument sprechen, gegen das sie, wie ihm jetzt auffiel, gar nichts eingewandt hatte, letzten Endes ging es um Verkaufszahlen, auch für seine Chefin, die so wenig fest angestellt war wie er selbst, die von Prozenten lebte und jederzeit gefeuert werden konnte, wie auch er gefeuert werden konnte,

und plötzlich wusste Schulz, was der dünne Chinese in der roten Pagenjacke aus dem Teich fischte: Münzen, natürlich, keine Goldfische, sondern Münzen, und auch wenn diese Erkenntnis alles andere als spektakulär war, nahm Schulz sie als Bestätigung, wenngleich er nicht hätte sagen können, wofür, und wandte sich seinem verstorbenen Großvater zu,

genauer gesagt, rief er noch einmal den dpa-Account auf, wo von dem Mann gleichen Namens die Rede gewesen war, und scrollte durch die Meldungen:

Hundefrisörweltmeisterschaften in Peking – unglaublich, was alles gepostet wurde, obwohl, wenn man bedachte, dass die Chinesen vor fünfzig Jahren angeblich noch Hunde gegessen hatten, und heute waren sie die führende Industrienation der Welt,

auch dass die Kommissarin für Gleichstellung die vollständige Kostenübernahme bei kosmetischen Operationen als *ein Gebot des Gleichheitsgrundsatzes* ansah, stimmte Schulz hoffnungsvoll, nämlich im Hinblick auf seine, wie Sabena sie nannte: Sinti-und-Roma-Nase, zugegeben nicht ganz *pisi*, eigentlich müsste es heißen: *Nase der Sinti, der Roma, der Jenischen oder anderer ursprünglich zur Dauermigration gezwungenen Bevölkerungsgruppen Europas,*

aus den Staaten der MAT&T-Group wurden *ethnische Unruhen* gemeldet, kurz überlegte er, inwiefern Sabena davon betroffen sein könnte, entschied aber, dass ethnische Unruhen eher in Stadtvierteln stattfanden, in die Sabena sich kaum verirren würde,

und da war sie, die Meldung über den Mann gleichen Namens, und, nicht zu fassen, es gab sogar einen Longread dazu: einen Link zu einer Quelle, die *tageszeitung* hieß, und obgleich Schulz zu ungeduldig war, den Longread von vorn bis hinten zu lesen, erfasste er doch ungefähr:

dass der Mann ein *bekannter Schriftsteller* gewesen war – tatsächlich war sein Großvater dieser Tätigkeit nachgegangen, allerdings war Schulz nicht bewusst, dass er bekannt gewesen wäre,

dass er die folgenden Bücher geschrieben hatte – nun kamen verschiedene Titel, die Schulz alle nicht kannte, allerdings wunderte es ihn, dass sein Großvater, der nicht mal ein Smartphone besessen hatte, ein Buch mit dem Titel *Follower* geschrieben haben sollte,

und dass er nach seinem, wie es hieß, *internationalen Erfolg* zunehmend globalisierungskritisch und fortschrittsfeindlich geworden war, was wiederum auf den Großvater zu passen schien, allerdings: waren Schriftsteller nicht sowieso globalisierungskritisch und fortschrittsfeindlich?,

aber dass dieser Mensch, dieses Schreckgespenst seiner Kindheit, das seine Mutter bei schlimmen Vergehen regelmäßig gegen ihn aufgefahren hatte: *Du wirst wie dein Großvater*, hieß es dann (und noch heute glaubte Schulz manchmal, dass er nicht nur seine Sinti-und-Roma-Nase, sondern auch den schwarzen Charakter und das undisziplinierte Gehirn seinem Großvater verdankte) – dass dieses Schreckgespenst jetzt in der Zeitung stand, dass sein Tod von einer der größten Nachrichtenagenturen getickert wurde, kam ihm unwahrscheinlich vor,

so unwahrscheinlich wie die Gestalt, die jetzt über die gezickzackte Brücke huschte: ein zweiter Mann, der aber keine Pagenjacke trug, sondern einen unauffälligen, irgendwie unfarbenen Anzug, und erst als der Pagenjacken-Chinese aus dem Teich stieg und sich vor ihn hinstellte, sah man, wie groß, wie massig der unfarbene Chinese war, ein breiter Schemen, der die zu kurz wirkenden Arme in die Hüften stemmte, während er auf den anderen einredete, der ohne Hosen und leicht gebeugt vor ihm stand – eine Szene, die vielleicht auch deswegen so unwahrscheinlich blieb, weil kein Laut durch die hermetischen Scheiben drang, man sah nur den Ohne-Hosen-Chinesen mehrmals mit dem Kopf nicken,

dann zeigte der unfarbene Chinese zweimal mit seinem Stummelarm zum Teich

und riss dem Ohne-Hosen-Chinesen den gelben Eimer aus der Hand und kippte ihn aus, genauer: versuchte, ihn auszukippen, aber der Eimer glitt ihm aus der Hand und plumpste ins Wasser, worauf der unfarbene Chinese den Ohne-Hosen-Chinesen kurz anschaute, sich abwandte, losging, dann aber plötzlich kehrtmachte und dem reglos Verharrenden noch eine Ohrfeige verpasste,

ein Sieg der persönlichen Freiheit,

twitterte der chinesische Blogger Gou Huang zur Entscheidung des Obersten Schiedsgerichts über die wirtschaftliche Verwertung des eigenen Todes,

und als er wieder aufsah, waren die beiden Männer verschwunden,

und alles war wie zuvor: der kleine Garten, der Teich, die gezickzackte Brücke,

nur das Licht war auf einmal aus,

das Bild war schwarzweiß,

und die Münzen, die vorher gleichmäßig verstreut gewesen waren, lagen alle auf einem Haufen.

EUSAF
European Security and
Anti-Terror Facilities

Berlin, 05.09.2055

Personen Daten Prüfung (P1)

AVA N/440513/1

Zielperson: Schulz, Nio

zu prüfende Person: **Schulz, Nio** (identisch mit Zielperson)

ID-Nummer: 78847714876

Geburtsdatum: 01.09.2016

Geburtsort: Schmölln, D/E.ON/SBI

Eltern: Schulz, Alma (Mutter), ID 70330312546 Staatsbrgsch.: D/E.ON/SBI; Umnitzer, Markus (Vater), ID 70487656789, Staatsbrgsch.: D/E.ON/SBI

Wohnort: Berlin

fam. Status: allein lebend

eingetragenes Geschlecht: männlich

Staatsbürgerschaft: D/E.ON/SBI (keine weiteren Staatsbürgerschaften)

Tätigkeit: Associative Agent bei CETECH (Honorar Basis)

Fahndungseröffnung und Übergabe durch das BKA Berlin (Ref. CK1)

Die z. p. Person hielt sich vom 31.08. bis 01.09.2055 angeblich aus beruflichen Gründen in HTUA-China auf. Am 01.09. hätte die z. p. Person Plan mäßig abreisen müssen (Flugbuchung). Als die Person bis 16 Uhr nicht ausgecheckt hatte, wurde von der Hotelleitung die Polizei verständigt. Die Person wurde nicht aufgefunden.
Das Aufnahme Protokoll durch die HTUA-Kriminalpolizei wurde dem BKA Potsdam übergeben (Google-Übersetzung liegt vor). Daraus ergab sich ein Anfangsverdacht i. S. des EuGBIT, weshalb Routine mäßig die EUSAF Referat C1 informiert wurde.
Durch den Referatsleiter wurde eine Personen Daten Prüfung (P1) angeordnet.

Aussage Schulz, Nio
nicht verfügbar

A.1 Kommunikationsdaten Schulz, Nio

Erstellung: maschinell (AQUA: Algorithmus zur quantit. Auswertung von Metakommunikationsdaten)

A.1.1 Kontakte

Anzahl Kontakte	1533
aktive Kontakte (Anzahl Nachrichten ≥ 1/Monat)	6
Nachrichten pro Tag	52
Anteil eingehende	85 %
Anteil mündliche Kommunikation	80 %
Anteil öffentliche	2 %
Erreichbarkeit	66 %
Agglomeration	52 %
Anzahl der Cluster (Basis 7 %)	5

A.1.2 Cluster Analyse/Beziehungen

(für Infos zu Typ und Größe der Cluster bitte *hier* klicken)

Clusterungsgrad	0,5	mittel
Interaktion zwischen den Clustern	0,1	sehr gering
Grad der Vernetzung	0,2	gering
informeller Status	0,1	gering
Duration (Beständigkeit aktiver Kontakte im Verhältnis zum Lebensalter)	0,8	hoch
M-Faktor (Multimodalität)	0,2	gering

A.1.3 Räumliche Mobilität

(für detaillierte Informationen zu Zeit und Aufenthaltsort bitte *hier* klicken)

urbane Mobilität (in km/Jahr und km/Tag)	8277/22
exurbane Mobilität (in km/Jahr)	46300
Flexibilität (min/max Anwesenheit an Sozialstand-orten)	0,8
Migration (Distanz Geburtsort-Wohnort in km)	104

Das Kommunikationsverhalten der z.p. Person zeigt eine erkennbare Änderung seit ca. 10 Monaten insbesondere in Richtung Verringerung des Nachrichtenausgangs (für ausführliche Darstellung bitte *hier* klicken).

A.2 Persönlichkeitsprofil Schulz, Nio

Aus den oben aufgeführten Metakommunikationsdaten lässt sich folgendes Persönlichkeitsprofil erstellen:

A.2.1 Psychotyp

Erstellung: maschinell (FAB5: Faktoranalyse nach Big-5-Modell)

Persönlichkeitsfaktor	**Skala 1–9**
Neurotizismus	7
Extraversion	3
Offenheit für Erfahrungen (Intellekt)	4
Verträglichkeit	3
Gewissenhaftigkeit	6

A.2.2 Psychotyp grafische Darstellung

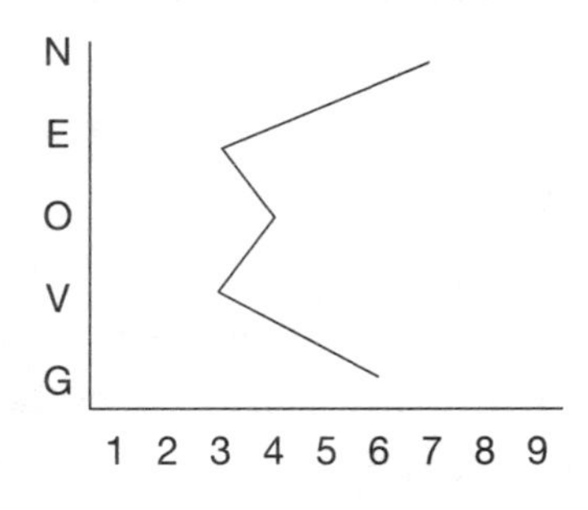

Formtyp: «Fischmaul» angepasst, leistungsbereit, zerrissen, unsicher, u. U. explosiv, keine Führungsqualitäten.

A.2.3 Sozial-Profil

Erstellung: maschinell (WOMM: Wolfowitz-Methode zur Metadatenanalyse)

Faktor	**Skala 1–5**	**Beschreibung**
sozialer Hintergrund	2,2	eher bildungsfern
soziale Mobilität	1,8	unter durchschnittlich
vermutliches Wahl Verhalten	2,5	Mitte
religiöse Einstellung	2,5	mäßig tolerant
psychische Gesundheit	2,0	mäßig
physische Gesundheit	3,9	gut–sehr gut
Sucht Gefährdung	4,1	stark
kriminelles Potenzial	4,3	stark

B Kommunikationsinhalte und Ortsdaten Analyse Schulz, Nio

teilweise maschinell (MUTTI: Muster Erkennung auf der Basis Text und Themen orientierter Interferenz Verfahren)

Die statistische Kommunikationsanalyse zeigt signifikante Häufungen von Begriffen aus den Bereichen Fitness, Gender, China sowie in den Bereichen Kommunikationstechnik,

Karriere, Politik, Esoterik, Feminismus, Aikido, Philosophie, Gesundheit. Es werden Hashtags, Blogs und Nachrichten aus den entsprechenden Bereichen abonniert.
Die z. p. Person bestellte im Beobachtungszeitraum X=1 Jahr Waren der Kategorien: Lebensmittel, Lifestyle Artikel, Medikamente (u. a. Ephedrin, MetaKin, Y-Carnitin, Beta-Flux, Citalopram A, Aspirin), Kommunikationstechnik.
Die z. p. Person besucht regelmäßig das *Fitness First* in Berlin, Schönhauser Allee, aber auch weltweit (Shanghai, Delhi, Kuala Lumpur, Schmölln, Frankfurt).
Seit 1,5 Jahren besucht die z. p. Person die Männer Selbsthilfe Gruppe AKWH (Anonyme Kritische Weiße Heteros) in der Steve-Jobs-Oberschule Berlin.
Zugleich verfolgte die z. p. Person über einen anonymen Account mehrfach pornografische und Frauen feindliche Inhalte.
Im Zeitraum 2038–2042 war die z. p. Person stark in der Szene um die als homophob und maskulinistisch eingestufte Band *Anderdok* eingebunden. Mitglieder der Band sowie Zahl reiche Follower und Anhänger wurden verschiedentlich wegen krimineller Delikte und Verstoß gegen das Betäubungsmittel Gesetz verurteilt. Die z. p. Person hat versucht, digitale Spuren dieser Verbindungen zu verwischen (u. a. auf ihrer Ich-Seite).
Für den Zeitraum von 2038–2042 sind über die Person folgende Ordnungswidrigkeiten und Straftaten bekannt: Laden

Diebstahl (Alkohol, Lebensmittel); Tankstellen Betrug im Wert von 120 NEURO; Drogen Besitz (Marihuana, unter 15 g).

C Assessment / Proceeding

Erstellung: manuell

Wir haben es mit einer durchschnittlich intelligenten, äußerlich gut angepassten, aber psychisch labilen Persönlichkeit zu tun. Die z. p. Person folgt Personen und Ereignissen in normalem Maß, tritt jedoch kaum in Blogs, Foren oder auf anderen öffentlichen Plattformen in Erscheinung.
Die Persönlichkeitsstruktur der z. p. Person lässt auf ein konkretes kriminelles Potenzial schließen; auch hat die z. p. Person in der Vergangenheit bereits Straftaten begangen.

Folgende Verdachtsmomente konnten aus den Umfeld- und Personendaten destilliert werden:

1. Das Kommunikationsverhalten der z. p. Person ist inkonsistent. Dem hohen Anteil an empfangener Information (passiv) steht ein signifikant geringer Anteil versendeter Information gegen über (aktiv).
2. Die z. p. Person verfügt über chemische Kenntnisse (u. a. Kurs Neuro Chemie im Studium Marketing & Communications, Bachelor Greifswald).
3. Die z. p. Person ist als Follower von s@sukagen[1] fest gestellt worden. Hinter diesem Benutzernamen verbirgt sich der internat. gesuchte Hacker Ralf Schönfelder (ID 70354876391) alias Sissy Pink alias S. Sukagen. *Auffällige Koinzidenz des Geburtsorts von Ralf Schönfelder und der z. p. Person (Schmölln).*
4. Person kann zzt. nicht geortet werden

Es werden folgende weiter führende Maßnahmen vorgeschlagen:

1. Vornahme einer P1 der Personen im nahen persönlichen und beruflichen Umfeld

1 S. Sukagen (Anspielung auf den wegen Hochverrats verurteilten und im Gefängnis verstorbenen Hacker Samuel Ulysses Kagen) wurde 2049 im Zusammenhang mit dem Leaken von Daten der Weltbank bekannt. Er ist vermutlich der Kopf der sog. *Red Army Inc*.

2. Daten Abgleich mit Ralf Schönfelder alias Sissy Pink alias S. Sukagen
3. Vornahme einer P2 der Zielperson unter Einschluss kontenter und analoger Daten, insbesondere:
4. Antrag auf Übermittlung Ergebnisse Spuren Sicherung und über Führung der mit geführten Gegenstände durch die HTUA-Behörden
5. Durchführung einer Wohnraum Durchsuchung.
6. Rekonstruktion der Zeiteinheit X = 24 h vor dem Verschwinden der Zielperson

stattgegeben, D. Scheck

B. Köhler (AssistentX, Referat C1)

6

Auf dem Weg zum Fahrstuhl fiel Schulz das Lao-Tse-Zitat wieder ein: *Wer das Dao hat, kann gehen, wohin sie/er/trans will,* nur war der Spruch im Hinblick auf die Vermarktung des Produkts in China doch weniger geeignet, als er gehofft hatte,

spaßeshalber googelte er *Lao Tse*, was Google automatisch in *Lau Dse* umwandelte, aber anstelle der erwarteten Spruchweisheiten lieferte Google seitenweise *Lau Dse*-Hotels und *Lau Dse*-Yogawiki-Workshops sowie daoistische Blumenläden und Massagesalons, sogar ein daoistischer Friseur war dabei und auf einer Parallelseite – meinten Sie *Mao Dsedong*? – eine amerikanische Restaurantkette, ein Mode-Label *(worker style)* und eine Extrem-Reisen-Agentur: *Drei Wochen leben wie unter Mao: der ultimative Trip,*

woraufhin Schulz beschloss, Lau Dse zu *smoogeln*, die kostenpflichtige Alternative zur ewig werbeverstopften Suchmaschine, aber als er sich gerade eingeloggt hatte, gingen die Fahrstuhltüren zu, und der Empfang riss ab: wie in der Steinzeit, dachte Schulz,

als der Fahrstuhl schon wieder hielt und, obgleich er ziemlich sicher war, dass er den richtigen Fahrstuhl genommen hatte, *eine Frau* zustieg,

vor Schreck nahm Schulz kaum Einzelheiten wahr, viel Haut, viel Pink, das Ganze begleitet von einem verdächtigen Duft – Rose und noch irgendwas: eine *Muggerin*,

schoss es ihm durch den Kopf, eine von denen, die Männer vor laufender Kamera zu, wie es hieß, *sexuellen Initialhandlungen ohne ausdrückliche Zustimmung* verleiteten, um dann gegen Bezahlung auf eine Anzeige zu verzichten, und obwohl Schulz es im Grunde ablehnte, solchen Masku-Gerüchten Glauben zu schenken, rückte er instinktiv in die äußerste Ecke und drehte sich zur Wand, schaute nicht hin, als die Frau zu kramen und zu knistern begann, irgendetwas knackte und raschelte, Schauergeschichten von sich entblößenden oder sich gar mit einem Lippenstift penetrierenden Muggerinnen gingen ihm durch den Sinn, und der Rosen-und-noch-irgendwas-Duft – vermutlich ein steiles Androstadienon – benebelte ihn dermaßen, dass er den Atem anhielt, bis der zähe Countdown zum Erdgeschoss abgelaufen war,

aber als der Fahrstuhl aufsetzte, hatte die Frau weder ihren Busen entblößt, noch hatte sie sich penetriert, es handelte sich um eine ganz normale junge Frau in nudefarbenen Leggings, einem kurzen pinkfarbenen Jäckchen und pinkfarbenen High Heels sowie etwas übertriebenen, ebenfalls pinkfarbenen Mickymaus-Kopfhörern, und Schulz, weil er fürchtete, die Mickymaus könnte sein Benehmen als seltsam empfunden haben, lächelte ihr entschuldigend zu, worauf die Frau sich ruckartig und, wie ihm schien, empört abwandte und auf ihren pinkfarbenen Schuhen davonstolzierte, während er sich noch einmal vergewisserte, dass es tatsächlich der Männerfahrstuhl gewesen war, bevor er ihr notgedrungen in Richtung Frühstücksraum hinterhertrottete,

aber obwohl sie entschlossen auszuschreiten schien – Schulz gewahrte das dumpfe Stampfen ihrer Absätze auf dem Teppich –, verringerte sich ihr Vorsprung zusehends, betrug aber noch immer drei oder vier Meter, als die Frau sich plötzlich umdrehte und ihn scharf ansah,

worauf Schulz unwillkürlich stehen blieb und die Händen hob: *Sorry, but you have been using the wrong elevator* lag ihm schon auf der Zunge, aber bevor er den Mund öffnen konnte, war die Frau schon wieder unterwegs, Schulz wartete, bis sie hinter der nächsten Ecke verschwunden war, bevor er weiterging, den Gang und die glitzernde Lobby durchquerte und sich – in gemessenem Abstand hinter der Mickymaus – in die kleine Schlange vor dem Frühstücksraum einreihte, als der wohlbekannte Home-Inn-Jingle erklang, und wenngleich ihm klar war, dass es sich um einen automatisierten Vorgang handelte, tröstete ihn die freundliche Stimme, die ihn persönlich zum Frühstück begrüßte und ihm versicherte, sie freue sich, ihn zu sehen, geduldig ließ er die Mitteilungen über die *Grundsätze unseres Unternehmens* über sich ergehen und hörte auch die *Empfehlungen unseres Küchenchefs* an, obwohl er schon wusste, was er essen würde,

und zwar keine Spinat-Curry-Variante mit feinen Kräutern, auch keinen delikaten Reismilch-Käse von unserem reichhaltigen Käse-Buffet und keinen Salat aus In-vitro-Geflügelfleisch und zartbitteren Sechuan-Mandarinen, sondern Spiegelei, und zwar echtes Spiegelei, *double sided*, in der Pfanne gewendete Eier, wie sie in allen Home Inns der Welt an einem Extrastand von einem als Koch verkleideten Chinesen oder Inder oder Pakistani frisch gebraten wurden, das war der kleine Luxus, den Schulz sich, wenn er auf Dienstreise war, gönnte, außerdem genehmigte er sich regelmäßig fette italienische Salami sowie ein oder zwei Toastscheiben mit *original britischer Orangenmarmelade*, anstatt, wie zu Hause, Müsli mit wild gewachsenen Rotalgen zu löffeln,

aber noch stand er außerhalb des Restaurantbereichs und wartete, bis die Mickymaus, statt sich direkt zu legitimieren, mit langen pinkfarbenen Fingernägeln eine Cash-Card aus ihrem Täschchen gefummelt und über den Scanner gezogen hatte, @dpa meldete neue Proteste der *Aborigines* gegen das *#Klimaprogramm* der UN, wobei Schulz im Grunde nie kapiert hatte, wieso sich die Leute nicht einfach umsiedeln ließen, wo sollte man die Bombe denn sonst zünden – darin nämlich bestand das UN-Klimaprogramm: dass man regelmäßig niedrig radioaktive H-Bomben zündete, um die nötige Staubdichte in der Atmosphäre zu erzeugen –, wo, wenn nicht im inzwischen beinahe unbewohnten Australien,

fragte sich Schulz und nickte dem schmächtigen Chinesen in der Pagenjacke zu, der die eintretenden Gäste mit einem Lächeln und einer stummen Verbeugung begrüßte,

und erst nachdem er den Mann bereits hinter sich gelassen hatte, glaubte er gesehen zu haben, dass dessen linke Gesichtshälfte leicht gerötet gewesen war, und fühlte sich plötzlich schuldig, obwohl es keinen vernünftigen Grund dafür gab, denn was hätte er tun können: den Vorfall im Innenhof, dessen Zeuge er unfreiwillig geworden war, zur Anzeige bringen? – weder reichte sein Chinesisch dafür aus, noch hatte er eine Ahnung von der Gesetzeslage in diesem Land, er war hier Gast, er hatte sich den Gegebenheiten anzupassen,

sagte sich Schulz, während ihm eine als Koch verkleidete Servicekraft ein *double sided* auftat, und auf einmal erschien ihm auch das Gesicht der als Koch verkleideten Servicekraft von Ohrfeigen gerötet, und zwar nicht nur die linke Gesichtshälfte, sondern *double sided*, aber wahrscheinlich war es Einbildung, oder es war ein Sonnenbrand oder die von der Pfanne aufsteigende Hitze, dachte Schulz, während er sich dem Kaffeeautomaten näherte – auch das gehörte zu seinem Frühstücksritual im Home Inn: dass er sich einen Kaffee mit Kaffee gönnte und drei-Komma-fünf-prozentiger Milch –, dann wandte er sich dem Frühstücksraum zu, um festzustellen, dass alle Tische besetzt waren, nur vereinzelte Plätze waren noch frei,

aber die lange Tafel, wo ein gleichgeschlechtlich weibliches Paar seinen zwei streng geschlechtsneutral gekleideten Kindern gerade auf Deutsch zu erklären suchte, warum man Servicekräfte nicht mit Weinbeeren bewarf, um zugleich beifallheischende Blicke um sich zu werfen, denn tatsächlich waren es ausgesprochen schöne Kinder: nepalesische Spenderprofile waren seit einigen Jahren besonders gefragt – diese Tafel schied von vornherein aus, und zwar nicht nur, weil Schulz das Gebaren der Eltern auf die Nerven ging, sondern weil es ihm schon mehr als ein Mal passiert war, dass er, als Träger einer Glass, von Eltern verdächtigt worden war, ihre Kinder heimlich zu fotografieren,

an einem anderen Tisch beugten sich zwei Männer, die in ihren schwarzen Retro-Anzügen wie Hollywood-Mafiosi aussahen, über ein riesenhaftes Tablet und diskutierten einen Banküberfall oder mindestens die Gründung eines

Mode-Labels in HTUA-China, und zwar mit so grandiosen Gesten, dass Schulz schon beim bloßen Zusehen mit Minderwertigkeitsgefühlen zu kämpfen hatte,

und sich an den Tisch zu gesellen, an dem eine korpulente weiße MAT&T-Staatlerin, wie Schulz aufgrund des Körperumfangs und der Half-Cut-Shorts vermutete, ihren schönen – noch immer fiel ihm der korrekte Ausdruck für *Afro* nicht ein –, ihren nicht weißen, auch nicht *pisi*, ihren *er-würde-es-googeln* Freund beim Essen einer Zuckerschnecke fotografierte – sich an diesen Tisch zu gesellen, verbot sich wegen der Intimität des Vorgangs,

blieb nur die Mickymaus, die allein mit ihrem Tee und ihrem Salat aus In-vitro-Geflügelfleisch an einem Vierertisch saß, und Schulz, plötzlich entschlossen, sich von dieser Person nicht länger terrorisieren zu lassen, trat auf sie zu, fragte ruhig und eigentlich nur der Form halber, ob ein Platz frei sei, aber anstelle einer Antwort stand die Mickymaus auf, nahm ihre Tasse und ihren Salat

und setzte sich an die Familientafel, wo eines der schönen nepalesischen Spenderprofilkinder gerade eine Zweiliterkaraffe Orangensaft umgekippt hatte, weshalb einige Sekunden Schweigen herrschte, auch die Mafiosi hielten einen Augenblick inne und sahen der Mickymaus hinterher, während die korpulente Weiße aufhörte, ihren *er-würde-es-googeln* Freund beim Essen der Zuckerschnecke zu fotografieren und ihn, Schulz, anschaute, als hätte er ein Verbrechen begangen, *für den Fall, dass du zum Frühstück eine musikalische Untermalung wünschst, bietet unser Haus dir eine Auswahl verschiedener*

Schnauze, sagte Schulz etwas zu laut,

und die korpulente Weiße wandte sich kopfschüttelnd ihrem *er-würde-es-googeln* Freund zu, die Mafiosi begannen erneut über den Banküberfall zu lamentieren, die EUSAF legte neue Beweise für die Existenz einer neokommunistischen Internetverschwörung vor, und Schulz wurde von einer Welle des Hasses durchströmt, von dem heißen Wunsch, der pinkfarbenen Mickymaus etwas Schlimmes anzutun, *guten Appetit,*

sagte die freundliche Stimme, und Schulz machte sich über sein *double sided* her, an dem, wie er mit einigen Sekunden Verspätung feststellte, Salz fehlte,

allerdings fühlte er sich gerade nicht in der Lage, aufzustehen und vor aller Augen quer durch den Raum zu gehen, um vom Buffet einen Salzstreuer zu holen, *bitte halte deine Geräte auf Kopfhörerlautstärke und führe keine Telefongespräche im Frühstücksraum,* sondern war noch mit Gewaltphantasien beschäftigt, genauer gesagt damit, den Gedanken abzuwehren, er könnte nach eineinhalb Jahren Fünf-Elemente-Übungen und Harmonietraining bei den AKWs noch immer zu Gewaltphantasien imstande sein, aber gerade die Tatsache, dass er sich nicht vorstellen wollte, was er der blöden pinkfarbenen Mickymaus anzutun imstande wäre, führte dazu, dass er genau daran denken musste,

und bevor die Bilder deutlicher wurden,

stand Schulz auf und durchquerte den Frühstücksraum, ließ die Arme baumeln, versuchte sich zu entspannen, prüfte in übertriebener Ruhe den Füllstand und die Funktionsweise des Salzstreuers, tat sich ein wenig Tofu-Pastete auf – keine italienische Salami, er hatte keine Lust, sich vor den Anwesenden als Fleischesser zu outen – und schlenderte dann zu seinem Tisch zurück, wo, wie er feststellte, jemand saß, der vorher nicht da gesessen hatte,

ein gewaltiger Mensch, den Schulz spontan für einen Japaner hielt, vielleicht weil er ihn an einen Sumo-Ringer erinnerte, obwohl er sehr wahrscheinlich keiner war oder allenfalls ein ehemaliger Sumo-Ringer, denn er saß, wie Schulz mit einiger Verzögerung feststellte, im Rollstuhl, ein Sonderbefähigter also, und obwohl Schulz an seinem Tisch lieber allein geblieben wäre, lächelte er dem Menschen zu, lächelte möglicherweise besonders freundlich, um zu zeigen, dass er nichts gegen Sonderbefähigte hatte, was natürlich auch nicht *pisi* war: positive Diskriminierung – allerdings durfte man Schulz zugutehalten, dass er wenig Erfahrung im Umgang mit Sonderbefähigten hatte, in seiner Schulklasse hatte es, obwohl es eine sogenannte Inklusionsklasse gewesen war, keinen einzigen Sonderbefähigten gegeben: Resultat einer immer ausgereifteren Präimplantationsdiagnostik,

aber der Sonderbefähigte beachtete ihn überhaupt nicht, denn er trug ebenfalls eine Glass und hatte begonnen, irgendetwas in die Luft zu diktieren, einzelne Silben, die er unter häufigen Wiederholungen über den Tisch bellte, wobei er obendrein mit dem Zeigefinger den Raum über seinem vollgepackten Teller durchstocherte, als würde er Kommas und Punkte setzen, falls es Kommas und Punkte im Japanischen gab und falls die Laute, die der Sonderbefähigte abgab, überhaupt Japanisch waren,

ein bisschen rücksichtslos, fand Schulz, fragte sich aber zugleich, ob er anfing, wie sein Großvater zu werden, über den man sich in der Familie erzählte, er sei einmal inmitten eines Weihnachtsessens aufgestanden und nach Florida geflogen, bloß weil irgendjemand am Tisch *telefoniert* hatte, doch das war so unglaublich, dass Schulz sich manchmal fragte, ob er nicht irgendetwas missverstanden hatte,

dennoch konnte er nicht leugnen, dass die Laute und besonders das Über-dem-Tisch-Gefummle des Sonderbefähigten den Genuss seines nunmehr wohlgesalzenen *double sided* beeinträchtigten, und obwohl Schulz beim Essen normalerweise nicht, wie er es nannte, *aktiv* zu sein pflegte, brachte er seine virtuelle Tastatur auf halber Schulterhöhe über der Tischmitte in Anschlag und gab die

Buchstabenfolge AFRO in die Suchmaske von WikiShort ein, und zwar absichtlich umständlich, um den Sonderbefähigten diskret auf das eigene Fehlverhalten aufmerksam zu machen,

wovon sich dieser jedoch nicht beeindrucken ließ, sondern unverdrossen weiterdiktierte, wobei er von seinem vollgepackten Teller hin und wieder ein Stück Wurst oder Käse oder Banane oder Räucherfisch nahm und sich in den Mund steckte,

> ***Afro****, verkürzt für* ***aus Afrika stammend,*** *kontextuell diskriminierend für Menschen mit starker Eumelanin-Pigmentierung, insbesondere wenn deren Herkunft ohne konkrete Veranlassung fokussiert wird,*

las Schulz, während er an die mikroskopisch kleinen Spuckepartikel denken musste, die sich – wenigstens in seiner Vorstellung – bei der Bildung der zahlreichen Reibe- und Zischlaute vom Mund des Sonderbefähigten lösten und als feiner Tröpfchennebel auf sein *double sided* heruntersanken,

was dazu führte, dass Schulz noch kaute, als es längst nichts mehr zu kauen gab, als der Bissen längst durchgekaut und heruntergeschluckt war, *kontextuell diskriminierend für Menschen mit starker Eumelanin-Pigmentierung*, las Schulz noch einmal und tat so, als nippte er an seinem Kaffee, während er nach einer Möglichkeit suchte, sich ohne viel Aufsehens zu entfernen, denn wenn er einfach so aufstand und sein *double sided* und die unberührte Tofu-Pastete stehenließ, würde das gewiss als kontextuell diskriminierend gegenüber dem Sonderbefähigten gewertet werden,

dachte Schulz und prüfte vorsichtig, ob jemand im Frühstücksraum ihn beobachtete, aber die Gleichgeschlechtlichen waren ganz und gar mit ihren nepalesischen Spenderprofilkindern beschäftigt,

die Mickymaus am Ende der langen Tafel starrte mit provozierend unbewegtem Gesicht in ihren Möhrensalat,

die Mafiosi am Nachbartisch planten noch immer mit Hingabe den nächsten Coup,

und die fette Weiße fotografierte wie besessen ihren, jetzt wusste er es: *stark eumelanin-pigmentierten* Freund, wobei es vermutlich keine konkrete Veranlassung gab, diese Tatsache zu fokussieren, dachte Schulz, und im Grunde gab es auch keine konkrete Veranlassung, zu fokussieren, dass die Frau weniger stark eumelanin-pigmentiert oder dass sie fett oder hässlich war, ihr Freund dagegen schön und schlank und mindestens zehn Jahre jünger, Frau fotografiert Mann, dachte Schulz, während er noch immer auf nichts herumkaute, und auch das musste nicht unbedingt fokussiert werden: dass es eine Frau war, die fotografierte, während es ein Mann war, der fotografiert wurde, in letzter Konsequenz gab es nichts, absolut nichts, das fokussiert werden musste,

dachte Schulz und versuchte, die merkwürdige Buchstabenfolge vor seinen Augen zu entziffern, die er im ersten Augenblick für zufällig hielt – gleich würde @Luzia melden, ihr Kater sei über die Tastatur getapst oder jemand hätte Kaffee über ihr Tablet gekippt,

pitjantjatjara arrernte luritja, las Schulz, *und andere stämme des vorkolonialen australischen kontinents,*

so nämlich laute die korrekte Bezeichnung für jene Stämme, die gegen das Klimaprogramm der UN protestierten, postete @FemFatal,

als es klingelte, genauer: die Melodie von *love is a haven for troubled souls* erklang, der Klingelton, den er Sabena zugeordnet hatte,

und Schulz sprang auf,

entschuldigte sich, obwohl ihn niemand ansah, mit dem international gültigen Daumen-und-kleiner-Finger-Zeichen für Telefon

und floh an dem geohrfeigten Chinesen vorbei in die Lobby.

7

Allerdings hatte Sabena sich bloß verwählt: Entschuldige, hörte er sie sagen, du, ich rufe dich nachher an,

und war nicht sicher, ob sie sein verzögertes *Okay* überhaupt noch zur Kenntnis nahm, schon war das Gespräch vorbei, er stand einen Augenblick in der Lobby herum, Sabenas aufgekratzte, den Rumor in ihrer Umgebung kaum übertönende Stimme noch im Ohr,

und wenngleich er kein Bild sah, weil Sabena das Telefon nicht vor sich, sondern, wohl wegen des Rumors, direkt ans Ohr gehalten hatte, sah er sie deutlich vor sich: ein bisschen erschöpft, mit sich schon auflösender Dienstfrisur: *du, ich rufe dich nachher an,*

und vielleicht war es dieses eingeschobene «du», oder es war der vertraute, leicht gehetzte Klang ihrer Stimme, der ihn plötzlich denken ließ, es sei womöglich alles gar nicht so schlimm,

auch wenn es schon das dritte Mal gewesen war, dass sie auseinandergingen, ohne dass es geklappt hatte, aber dieses Mal, dachte Schulz, waren die Umstände auch besonders widrig gewesen – um genau zu sein, dachte er nicht *widrig*, sondern *fies*, und vielleicht sollte an dieser Stelle einmal darauf hingewiesen werden, dass Schulz' Sprache und Denken hier generell nicht korrekt wiedergegeben sind, auch ein Wort wie *Rumor* würde er nicht gebrauchen, Schulz sagte *friends* anstatt *Freunde*, *responsen* anstatt *antworten*, *haten* anstatt *hassen*, er benutzte fast immer das politisch korrekte *manfrau* und sprach, zumindest in Gesellschaft, von Menschen und Menschinnen mit Migrationshintergrund – um nur einige Abweichungen zu nennen, die hier mit Rücksicht auf die konservativen Sprachgewohnheiten von Lesern unterschlagen wurden,

dieses Mal waren die Umstände auch besonders widrig gewesen, fand Schulz: nur knappe vier Stunden füreinander, Essen im *Hungry Jack's*, weil das Hotelrestaurant um halb elf schon geschlossen hatte, die Aussicht, um fünf Uhr morgens aufzustehen: Sabena flog weiter nach Minneapolis, er nach China, und schließlich – jetzt kam ihm ein verwegener Gedanke –, schließlich war sein Großvater gerade verstorben, könnte er sagen,

nur: war sein Großvater vorgestern bereits tot gewesen,

fragte sich Schulz und wählte seine Mutter an, weil er plötzlich dringend zu wissen wünschte, wann genau sein Großvater gestorben war, fast sofort erklang der Rufton in seinen Bonephones, technisch korrekt: ein Freiton oder, noch korrekter, eine Folge von Freitönen, zwischen denen jeweils exakt vier Sekunden lagen, vier Wartesekunden, vier leere Sekunden, während derer Schulz nichts dachte, sondern einfach nur hörte, auch wenn er nichts hörte, abgesehen vom Web-Rauschen oder was er dafür hielt (in Wirklichkeit war es sein eigenes Rauschen, sein Körperrauschen, das sich über die Bügel der Glass auf die Bonephones übertrug) – vier Sekunden dachte Schulz nichts,

in der zweiten Vier-Sekunden-Pause erschienen in der Lobby die stolzen Eltern mit ihren nepalesischen Spenderprofilkindern, bei denen es sich,

wie Schulz während der dritten Pause in den Sinn kam, um *Exklusivspenderkinder* handelte, er kannte solche Eltern, die einem gleich beim ersten Gespräch zu verstehen gaben, dass ihre Kinder «einzig» oder «ganz individuell» oder «hundertprozentig besonders» seien,

in der vierten Pause klopfte der Gedanke an seine Hirnoberfläche, er könnte Sabena das nächste Mal bitten, beim Sex AIMANT-Dessous anzuziehen und die Haare zur Dienstfrisur hochzustecken – Sabena würde ihn für verrückt erklären,

und in der fünften Pause hatte er keine Lust mehr, wahrscheinlich schlief seine Mutter schon, dachte Schulz und beschloss, noch den nächsten Rufton abzuwarten, der aber ausblieb, stattdessen war am anderen Ende der Leitung die Stimme seiner Mutter zu hören, ein wenig generyt und übertrieben die Verschlafene mimend, jetzt habe sie sich *gerade* hingelegt, und Schulz entschuldigte sich mechanisch für den späten Rückruf, worauf seine Mutter sofort die Tonart wechselte, im Tonart Wechseln war sie groß, und ihm plötzlich quicklebendig zum Geburtstag gratulierte, ich hoffe, ich bin die Erste,

was Schulz bejahte,

worauf seine Mutter misstrauisch fragte, mit wem er dann vorhin telefoniert habe,

und Schulz ihr erklärte, dass es seine Chefin gewesen sei, geschäftlich, er sei gerade in HTUA-China, was seine Mutter wie immer beeindruckte, aber auch ein bisschen verwirrte, das *Domain-Labeling* machte ihr noch zu schaffen: HTUA und CHINZUNG-Zone konnte sie bis heute nicht unterscheiden, allerdings war sie auch schon über siebzig,

dachte Schulz und ließ die üblichen Sprüche über sich ergehen, in der üblichen Reihenfolge, nämlich zuerst, wie stolz sie auf ihn sei, dass er solchen Erfolg hatte – was ihm stets das Gefühl gab, seine Mutter belogen zu haben –, und dass er sich so gut mit *alldem* auskenne, und dann Tonartwechsel: sie komme ja gar nicht mehr hinterher, jetzt habe sie einen neuen Fernseher gekauft, der ihr ständig irgendwelche Anweisungen gebe, *aber ich verstehe den Kerl ein-*

fach nicht, und ob er, Nio, nicht mal vorbeikommen könne, vielleicht nach der *Beerdigung*,

sagte seine Mutter und setzte, ohne eine Antwort abzuwarten, hinzu, dass sie nicht wisse, ob sie hingehen werde, Tonartwechsel: *diese Person*, stell dir vor – gemeint war die grauhaarige Dame, mit der Großvater seit ungefähr einem Jahrhundert verheiratet war und deren Namen seine Mutter trotzdem niemals nannte –, *diese Person* habe ihr nicht einmal mitgeteilt, dass Großvater verstorben sei, und du kannst froh sein, wenn *dieser Mensch*, jetzt war wieder sein Großvater gemeint, *nicht schon alles an sie verschenkt hat*, sagte seine Mutter,

und ließ eine kleine Pause, offenbar um ihm die Möglichkeit zu geben, die Tragweite ihrer Äußerung zu begreifen, aber leider begriff Schulz gar nichts, einen Augenblick glaubte er, einen Rosen-und-noch-was-Geruch wahrzunehmen, dann hörte er seine Mutter sagen: das ist *Diebstahl, diese Person bestiehlt dich doch*, dann war Stille am anderen Ende der Leitung,

aus dem Frühstücksraum hörte man noch immer das Bellen des Sonderbefähigten,

die Drehtür wirbelte zusammen mit einem Schwall morgenlauer Luft ein paar englisch sprechende Leute in roten Kufiyas herein: *Islamic* war in Europa gerade wieder en vogue,

und hinter Schulz' Rücken klackerten entschlossene

Schritte vorbei: die Mickymaus nahm Kurs auf die Sanitärräume und verschwand in der Herrentoilette: das gibt's doch nicht, dachte Schulz

und versuchte, während er noch auf die Tür mit dem goldenen Gender-Symbol starrte, zu verstehen, was seine Mutter eben gesagt hatte: offenbar ging es um eine Erbschaft, nur was hatte der alte Mann schon zu vererben, fragte sich Schulz, oder verwechselte diese Person einfach die Genderzeichen?, vielleicht kam sie aus den MAT&T-Staaten, wo es kaum noch getrennte Toiletten gab, aber es gab doch getrennte Fahrstühle,

dachte Schulz und hörte, wie seine Mutter sich schnäuzte und dann mit zitternder Stimme sagte: *Er hat ihn nie geliebt* und mit *ihn* meinte sie Markus, seinen sogenannten Vater, an den Schulz sich allerdings kaum erinnern konnte, weil er die Familie verlassen hatte, noch bevor Schulz zur Schule gegangen war – was seine Mutter aber seltsamerweise nicht seinem Vater, sondern dem Großvater anlastete, den Grund dafür hatte Schulz nie begriffen und auch nie in Erfahrung zu bringen versucht, aber bevor seine Mutter sich weiter in die anstrengende und verworrene Familiengeschichte hineinsteigerte, fragte er so beiläufig wie möglich nach der zu erwartenden Erbschaft: *Was kann der denn schon im Koffer gehabt haben,* lautete die Frage in seiner Diktion,

worauf die Tonart seiner Mutter erneut kippte, jetzt

klang sie erstaunt, fast vorwurfsvoll: er wisse doch wohl, dass der Kerl stinkend reich gewesen sei, *stinkend reich,* wiederholte sie,

dann wandte sie sich irgendwelchen altbekannten Geschichten über seinen Großvater zu, während Schulz versuchte, Vorstellungen, die seinen Kopf bisher mehr oder weniger störungsfrei bewohnt hatten, mit der überraschenden neuen Information zusammenzubringen:

der dünne krumme Mensch in den löchrigen Arbeitsklamotten, den sein Vater immer bloß *Penner* genannt hatte, das uralte, gedrungene, ringsum zugewachsene Haus an der See, in dem Schulz seit seiner Kindheit allerdings nicht mehr gewesen war – wie passte das zu der Aussage, dass *dieser Mensch* stinkend reich gewesen war, aber wer weiß, was seine Mutter, die lebenslänglich knapp bei Kasse gewesen war, unter *stinkend reich* verstand,

dachte Schulz, während er seine Mutter sagen hörte: *ins Grab gebracht,* jetzt ging es um seine sogenannte richtige Großmutter – oder Urgroßmutter? –, die der Großvater *ins Grab gebracht* hatte, um dann, wie erzählt wurde, nicht einmal auf der Beerdigung zu erscheinen, wobei auch diese Geschichte in zwei Varianten existierte: der einen zufolge war er nicht erschienen, der anderen zufolge, war er durchaus erschienen, hatte aber *kein Wort* mit seinem Sohn gesprochen,

Schulz' Schulfreund Linus schickte über Instagram ein Foto seiner noch namenlosen Tochter *direkt von der Webcam im Bauch unserer ukrainischen Leihmutter* – Angeber, dachte Schulz (ukrainische Leihmütter waren gerade die teuersten),

das Einzige, was unter der Voraussetzung *stinkend reich* plötzlich plausibel erschien, war die Florida-Geschichte: dass sein Großvater, weil irgendwer an der Weihnachtstafel telefoniert hatte, einfach mal so nach Florida geflogen war,

und vielleicht, dachte Schulz, hatte sein Vater mit *Penner* ja gar nicht Penner im Sinne von Penner gemeint, sondern PeNNeR im Sinne von Neokommunist, denn unter Neokommunismus stellte sich Schulz durchaus etwas Rückwärtsgewandtes, Fortschrittsfeindliches vor: DDR, Hitler, Stacheldraht, nur warum, fragte sich Schulz, war der Großvater dann aus der DDR geflohen,

oder war er *in* die DDR geflohen,

oder war er vor Hitler geflohen,

fragte sich Schulz, während er darauf wartete, dass die Stimme seiner Mutter sich zum Zeichen eines vorläufigen gedanklichen Abschlusses senkte, damit er sie über die Vermögensverhältnisse seines Großvaters befragen konnte,

jedoch der gedankliche Abschluss ließ auf sich warten, jetzt sprach seine Mutter vom *Pflichtanteil*, den er einklagen müsse, sie habe schon mit einem Anwalt gesprochen, dann fiel sie erneut über *diese Person* her,

@g-24 meldete, dass in Kapstadt erstmalig ein Mann ein ihm eingepflanztes Kind zur Welt gebracht habe: *bei der Streetparty vor dem Krankenhaus kam es zu einem Todesfall durch Behinderung der Notversorgung,*

@dpa schlug mit Rücksicht auf die Textlänge vor, anstelle von Pitjantjatjara, Arrernte, Luritja etc. den Ausdruck *australische Ureinwohner* zu verwenden,

der Supreme-Court in den MAT&T-Staaten hatte entschieden, dass wiederholter Cybersex mit nichtabstrakten, aktiv handelnden Personen ein Scheidungsgrund sei,

und seine Mutter war plötzlich fertig, was Schulz an den Worten *dann feiere mal noch schön* erkannte, worauf er entgegnete, dass er gleich einen Termin habe, was er sofort bereute, denn seine Mutter wunderte sich nun darüber, dass er *mitten in der Nacht* einen Termin hatte, weshalb Schulz ihr erneut erklärte, dass er sich gerade in HTUA-China aufhalte, worauf seine Mutter verlässlich die Tonart wechselte und ihm versicherte, wie stolz sie auf ihn sei und dass sie ja nicht mehr hinterherkomme, und jetzt habe sie sich einen neuen Fernseher zugelegt, verstünde aber nicht, was der Kerl von ihr wolle,

und gerade als Schulz die Horrorvorstellung von einem nicht endenden, sich immer im Kreis drehenden Telefonat zu entwickeln begann, von dem er – fixe Idee – nur erlöst würde, wenn die pinkfarbene Mickymaus endlich wieder aus der Tür mit dem goldenen Gender-Symbol käme, legte seine Mutter auf,

und es war still,

bis allmählich die Umgebungsgeräusche wieder zu ihm drangen: das Surren der Fahrstühle, das Klappern von Geschirr, Schritte hallten, jemand telefonierte auf Italienisch, jemand fragte etwas auf Chinesisch an der Rezeption, auf der achtspurigen Straße vor dem Hotel grummelte der Verkehr, ein Martinshorn war plötzlich zu hören, es näherte sich dem Hotel und entfernte sich wieder, und Schulz stellte fest, dass er vergessen hatte zu fragen, was er eigentlich hatte fragen wollen, nämlich wann *genau* der Großvater gestorben war,

immerhin wusste er jetzt, *dass* er gestorben war, und nun da der Großvater wirklich tot war, fand Schulz es irgendwie pietätlos, die angebliche Trauer über seinen Tod als Ausrede zu benutzen, obwohl er gerade tatsächlich so etwas wie Trauer empfand, oder wenn nicht Trauer, so zumindest eine gewisse mit einem Schwellen des Zwerchfells verbundene Verwunderung darüber, dass der Großvater nun für immer weg war, physisch verschwunden, und plötzlich wusste er, woher er das Wort *neger* kannte,

genauer gesagt, nicht das Wort *neger*, sondern das Wort *negerkuss*, und auch bei diesem Wort erinnerte er sich nicht eigentlich daran, wann oder wo er es zum ersten Mal gehört hatte, sondern nur noch, wie er seine Mutter danach gefragt hatte, sehr lange her, seine Mutter fuhr noch den alten Daihatsu, sie hatte ihn gerade beim Großvater abgeholt, wo er damals gelegentlich die Ferien verbrachte – da hatte er sie gefragt, was *negerkuss* sei, aber anstatt die Frage zu beantworten, hatte seine Mutter nur empört den Kopf geschüttelt und gesagt: Was *dieser Mensch* dir wieder beibringt,

erinnerte sich Schulz, als er den Mann auf der anderen Seite der Lobby bemerkte, einen großen, kurzarmigen Chinesen im unfarbenen Anzug, der ihn, Schulz, schon wer weiß wie lange fixierte,

was ihm zu Bewusstsein brachte, dass er schon seit geraumer Zeit sinnlos in der Lobby herumstand, und zwar ausgerechnet vor den Toilettentüren, worauf er sich unauffällig ein Stück von dort weg und in den Sichtschatten der mitten im Raum aus dem Boden wachsenden Riesenpalme manövrierte, um mit vorgetäuschtem Interesse deren Rinde zu betrachten, während er seine Handlungsoptionen überdachte:

die Rückkehr zu seinem kontaminierten *double sided* schied aus, kurz erwog Schulz, zurück auf sein Zimmer zu gehen, denn erfreulicherweise blieben ihm noch gut zwei Stunden bis zum Termin, wie er nach einem Blick auf die Uhr feststellte: zwei Minuten vor acht, s@sukagen meldete neue Beweise für eine drastische Reduzierung der Geldmenge M3 durch das allmächtige Weltbank-Virus, Schulz klickte den Entfolgebutton, @Luzia gab bekannt, dass es ihr eigener Geburtstagskuchen gewesen war – seltsam, dann waren sie am gleichen Tag geboren –, und der unfarbene Mann auf der anderen Seite der Lobby trat aus dem Schatten der Palme,

sodass Schulz den Baum im Uhrzeigersinn zu umgehen begann, worauf der Mann anhielt, kurz abwartete, dann die Richtung wechselte und ihm langsam, aber zielgerichtet entgegenkam, und auch wenn Schulz nicht befürchten musste, geohrfeigt zu werden, verspürte er kein Bedürfnis nach einer Begegnung: wer weiß, wie zufälliges Herumstehen vor den Toilettentüren hier interpretiert wurde, dachte Schulz, während er schon auf die Drehtür zusteuerte,

oder war es wegen des stehengelassenen Frühstücks, aber seit wann war man verpflichtet aufzuessen,

oder hatte sich die Mickymaus über ihn beschwert, weil sie glaubte, er hätte den falschen Fahrstuhl benutzt,

oder verwechselte *er* die Genderzeichen,

fragte sich Schulz, während er gebremsten Schrittes hinter der sich unendlich langsam bewegenden Glasscheibe hertrippelte, die Zeichen verwirrten sich in seinem Kopf, nahmen probehalber Bedeutungen an: aus dem schräg nach oben zeigenden Pfeil, den er bisher unwillkürlich als das Symbol des Phallus angesehen hatte, wurde eine Vagina-Einbahnstraße, eine Brust, ein Kind, das aus einem Körper herausschoss, und je länger er in der Drehtür steckte, desto fragwürdiger erschien ihm seine bisherige Phallus-Interpretation und es kam ihm, im Gegenteil, sehr viel plausibler vor, dass der Kugelkörper, an dem etwas herunterhing, das Männliche symbolisierte, was bedeuten würde, er hätte tatsächlich den falschen Fahrstuhl benutzt, ein Gedanke, der ihm die Hitze ins Gesicht trieb, womöglich gab es sogar einen Videobeweis, dachte Schulz,

dann, endlich, wünschte ihm das Home Inn einen erfolgreichen Tag, und die Drehtür spie ihn aus der klimatisierten Lobby in die schon am Morgen verdächtig warme, feuchte, vom Surren der Elektromotoren und von den Ausdünstungen der Millionen Leiber, dem Schweiß der Schlafboxen, dem Geruch aufsteigenden Frittierfetts, von abgeriebenem Gummi und heißem Metall, von Betonstaub und Spülwasser, von Kot und Urin, von Rasendünger und Friedhofserde, vom Seifenduft der Supermärkte und den kalkulierten olfaktorischen Verführungen der Designerläden, vom strengen Odeur der Apotheken und dem steinigen Aroma feucht gekehrten Asphalts erfüllte Luft der Stadt, die Wú Chéng – *Keine Stadt* – hieß.

EUSAF
European Security and
Anti-Terror Facilities

Berlin, 05.09.2055

Personen Daten Prüfung (P1)
AVA N/440513/2
Zielperson: Schulz, Nio
zu prüfende Person: **Schulz, Alma** (leibliche Mutter der Zielperson)

ID-Nummer: 70330312546
Geburtsdatum: 17.02.1983
Geburtsort: Zwickau, DDR[2]
Eltern: Schulz, Mandy (Mutter), verstorb. 2035, ID 62876536782, Staatsbrgsch.: D; Schulz, Dennis (Vater), verstorb. 2028, ID 60898765436, Staatsbrgsch.: D
Wohnort: Schmölln, D/E.ON/SBI
fam. Status: allein lebend
eingetragenes Geschlecht: weiblich
Staatsbrgsch.: D/E.ON/SBI (keine weiteren Staatsbrgsch.en)
Tätigkeit: keine (Invalidenrente)

2 Deutsche Demokratische Republik 1949–1990, heute D/E.ON/SBI

Aussage Schulz, Alma

(Zusammenfassung der Vernehmung durch BKA Dresden, G7)

Die z. p. Person hat mit Zielperson zum letzten Mal am fraglichen Tag telefoniert (da Geburtstag). Dabei ist ihr keine Besonderheit aufgefallen. Die Zielperson habe ausgeglichen und optimistisch gewirkt. Berufliche oder persönliche Probleme sind der z. p. Person nicht bekannt. Über den Bekannten Kreis der Zielperson ist die z. p. Person nicht auskunftsfähig.
Der Kontakt der z. p. Person zur Zielperson ist praktisch auf Telekommunikation beschränkt: letztes physisches Treffen am 25. 12. 2054.
Nach dem Tod eines Großvaters ist eine größere Erbschaft auf die Zielperson über gegangen. Darüber hat die z. p. Person die Zielperson laut Aussage am Tag des Verschwindens in Kenntnis gesetzt.

A.1 Kommunikationsdaten Schulz, Alma

Erstellung: maschinell (AQUA: Algorithmus zur quantit. Auswertung von Metakommunikationsdaten)

A.1.1 Kontakte

Anzahl Kontakte	140
aktive Kontakte (Anzahl Nachrichten ≥ 1/Monat)	12
Nachrichten pro Tag	25
Anteil eingehende	91 %
Anteil mündliche Kommunikation	98 %
Anteil öffentliche Kommunikation	2 %
Erreichbarkeit	44 %
Agglomeration	89 %
Anzahl der Cluster (Basis 7 %)	4

A.1.2 Cluster Analyse / Beziehungen

(für Infos zu Typ und Größe der einzelnen Cluster bitte *hier* klicken)

Clusterungsgrad	0,5	mittel
Interaktion zwischen den Clustern	0,8	hoch
Grad der Vernetzung	0,2	gering
informeller Status	0,4	mittel
Duration (Beständigkeit aktiver Kontakte im Verhältnis zum Lebensalter)	0,5	mittel
M-Faktor (Multimodalität)	0,2	gering

A.1.3 Räumliche Mobilität

(für detaillierte Informationen zu Zeit und Aufenthaltsort bitte *hier* klicken)

urbane Mobilität (in km/Jahr und km/Tag)	913/2,5
exurbane Mobilität (in km/Jahr)	3567
Flexibilität (min/max Anwesenheit an Sozialstand-orten)	0,02
Migration (Distanz Geburtsort-Wohnort in km)	155

A.2 Persönlichkeitsprofil Schulz, Alma

Aus den oben aufgeführten Metakommunikationsdaten lässt sich folgendes Persönlichkeitsprofil erstellen:

A.2.1 Psychotyp

Erstellung: maschinell (FAB5: Faktoranalyse nach Big-5-Modell)

Persönlichkeitsfaktor	Skala 1–9
Neurotizismus	5
Extraversion	3
Offenheit für Erfahrungen (Intellekt)	4
Verträglichkeit	6
Gewissenhaftigkeit	7

A.2.2 Psychotyp grafische Darstellung

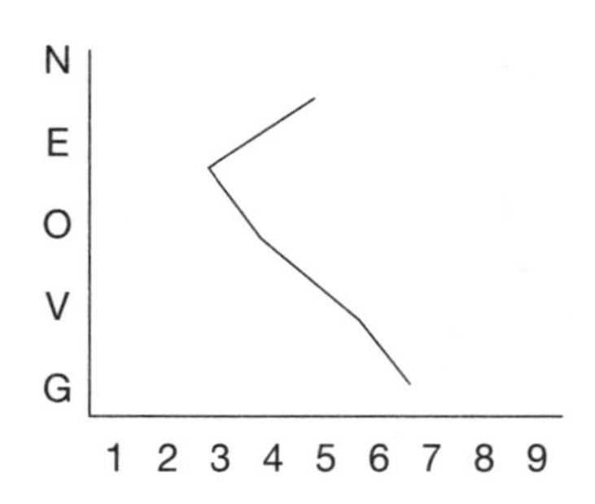

Formtyp: «Kohleschaufel» Mitarbeiter, kooperativ, anpassungsfähig, mittlere Intelligenz, zuverlässig.

A.2.3 Sozial-Profil

Erstellung: maschinell (WOMM: Wolfowitz-Methode zur Metadatenanalyse)

Faktor	Skala 1–5	Beschreibung
sozialer Hintergrund	1,2	bildungsfern
soziale Mobilität	2,1	leicht unter durchschnittlich
vermutliches Wahl Verhalten	2,1	mitte-links
religiöse Einstellung	2,1	mäßig tolerant
psychische Gesundheit	1,9	mäßig
physische Gesundheit	1,9	mäßig
Sucht Gefährdung	4,7	stark
kriminelles Potenzial	1,3	schwach

B Kommunikationsinhalte und Ortsdaten Analyse Schulz, Alma[3]

teilweise maschinell (MUTTI: Muster Erkennung auf der Basis Text und Themen orientierter Interferenz Verfahren)

3 Es ist zu berücksichtigen, dass die Gültigkeit der Aussagen der Datenanalyse auf Grund der schwachen Kommunikationsdichte und Nutzung teilweise über alterter Endgeräte eingeschränkt ist.

Die personenspezifische Kommunikationsanalyse zeigt signifikante Häufungen von Sachworten aus dem Ernährungs und Gesundheitsbereich. Es werden Newsletter in diesem Umfeld abonniert (u. a. chinesische Medizin, Ayurweda, Geist Heilung).
Die z. p. Person ist über durchschnittlich technophob (altersbereinigt). Die z. p. Person besitzt keine Ich-Seite. Sie verfügt über keinen Twitter Account. Sie agiert nicht im Web. Sie benutzt keine Verschlüsselungssoftware (so weit nicht in Standard Software enthalten).
2026 eröffnete die z. p. Person einen Auron Esoterik & Feng Shui Produkte Shop (Insolvenz: 2028).
Die z. p. Person besucht seit 2034 einen Buddhismus Kurs mit Karma Kagyü (Person konnte nicht identifiziert werden).
Seit 2040 über durchschnittliches Interesse für Topics im Umfeld Brust Krebs, Krebs Therapie, alternative Krebs Therapie usw. Im Gegensatz zu anderen Topics wird das Thema Krebs in den Hauptclustern *nicht* kommuniziert.
Die z. p. Person verbringt durchschnittlich 3,4 Stunden am Tag durch lineares TV mit unspezifischem Inhalt.

C Assessment/Proceeding

Erstellung: manuell

Die Metadaten Analyse ergibt eine sozial angepasste, politisch weitgehend neutrale Person mit bürgerlicher Orientierung und schwach ausgeprägter Mobilität und Flexibilität.

Die materielle Lebenssituation der z. p. Person ist als überwiegend prekär einzustufen.

Sozial-Profil und TMA sprechen über einstimmend nicht für eine Anfälligkeit für Straftaten.

Folgende Verdachtsmomente konnten aus den Umfeld- und Personendaten destilliert werden:

1. Im auffälligen Gegensatz zur statistisch geringen Strafanfälligkeit der z. p. Person steht die Tatsache, dass *alle bekannten Lebensabschnittspartner* der z. p. Person als straffällige oder strafverdächtige Personen identifiziert werden konnten, darunter auch der ***Vater der Zielperson***, Markus Umnitzer (ID 70487656789), Aufenthaltsort seit 2025: Nepal. Kein Kontakt nachweisbar.
2. Für 2008–2011, 2023–2026 und 2028–2030 besteht der Verdacht auf Erschleichung von Sozial Leistungen und/oder andere Formen illegaler Geldbeschaffung

(Analyse Konsumverhalten; Einkommen / Ausgaben-Bilanz).

3. Es besteht insbesondere ein Widerspruch zwischen der prekären Lebenssituation der z. p. Person und der Eröffnung des Auron Esoterik & Feng Shui Produkte Shops 2026.

Es werden folgende weiter führende Maßnahmen vorgeschlagen:

1. Die Lebensabschnittspartner der z. p. Person im Zeitraum 2008–2030 sind lückenlos einer VP zu unterziehen, insbesondere Prüfung auf Einkommenslage, illegale Tätigkeiten insbesondere i. S. des EuGBIT sowie Verbindungen zu i. S. des EuGBIT straffälligen oder strafverdächtigen Personen. stattgegeben, D. Scheck

2. Es ist zu klären, ob Gelder aus illegaler Tätigkeit von der z. p. Person bewusst oder unbewusst angenommen, genutzt oder in den legalen Wirtschafts- und Finanzkreislauf eingespeist wurden. Kosten! D. Scheck

A. Altaras (AssistentX, Referat C1)

EUSAF
European Security and
Anti-Terror Facilities

Berlin, 05. 09. 2055

Personen Daten Prüfung (P1)

AVA N/440513/3

Zielperson: Schulz, Nio

zu prüfende Person: **Dmitrievna, Laila** (Vorgesetzte der Zielperson)

ID-Nummer: 70368342246

Geburtsdatum: 08. 03. 2015

Geburtsort: Tscherepowez, Russland (APOLOG-Staaten)

Eltern: Dmitrievna, Tatjana (Mutter), ID 68909873626, Staatsbrgsch. Russland / NOWROS; Manelarakis, Alexis (Vater), keine ID bekannt, Staatsbrgsch. Equador / BP-AMOR

Wohnort: Berlin

fam. Status: allein lebend

eingetragenes Geschlecht: weiblich

Staatsbrgsch.: D / E.ON / SBI (keine weiteren Staatsbrgsch.en)

Tätigkeit: Associative Manager bei CETECH (Honorar Basis)

Aussage Dmitrievna, Laila

(Zusammenfassung der Vernehmung durch BKA Berlin, Ref. 7)

Aussagen der z. p. Person sind unvollständig und teilweise ungenau. Person gibt an, keine außer berufliche Beziehung zur Zielperson zu unterhalten. Laut Aussage hat sie am fraglichen Tag zweimal mit der Zielperson telefoniert (Skypemodus, bestätigt). Es ging nur über dienstliche Belange. Die Zielperson ist im Auftrag von CETECH in Wú Chéng, HTUA-China gewesen (Produkt Einführung). Über den weiteren Inhalt der Gespräche zeigt sich die z. p. Person nicht auskunftswillig (Firmen Interna). Am Verhalten der Zielperson ist ihr nichts aufgefallen. Sie gibt an, nicht selbst über die kodierte Leitung mit der Zielperson kommuniziert zu haben, sondern der Mitarbeiter Jeff (Jaroslaw) Dzerzhinsky, *Associative Agent* bei CETECH (siehe dazu P1 Jaroslaw Dzerzhinsky AVA N/440513/4).

A.1 Kommunikationsdaten Dmitrievna, Laila

Erstellung: maschinell (AQUA: Algorithmus zur quantit. Auswertung von Metakommunikationsdaten)

A.1.1 Kontakte

Anzahl Kontakte	2121
aktive Kontakte (Anzahl Nachrichten ≥ 1 / Monat)	17
Nachrichten pro Tag	86
Anteil eingehende	71 %
Anteil mündliche Kommunikation	54 %
Anteil öffentliche	9 %
Erreichbarkeit	66 %
Agglomeration	48 %
Anzahl der Cluster (Basis 7 %)	6

A.1.2 Cluster Analyse / Beziehungen

(für Infos zu Typ und Größe der Cluster bitte *hier* klicken)

Clusterungsgrad	0,6	mittel-hoch
Interaktion zwischen den Clustern	0,1	gering
Grad der Vernetzung	0,7	hoch
informeller Status	0,7	hoch
Duration (Beständigkeit aktiver Kontakte im Verhältnis zum Lebensalter)	0,4	mittel
M-Faktor (Multimodalität)	0,6	mittel

A.1.3 Räumliche Mobilität

(für detaillierte Informationen zu Zeit und Aufenthaltsort bitte *hier* klicken)

urbane Mobilität (in km/Jahr und km/Tag)	7555/20,7
exurbane Mobilität (in km/Jahr)	58940
Flexibilität (min/max Anwesenheit an Sozialstand-orten)	0,4
Migration (Distanz Geburtsort-Wohnort in km)	1803

A.2 Persönlichkeitsprofi Dmitrievna, Laila

Aus den oben aufgeführten Metakommunikationsdaten lässt sich folgendes Persönlichkeitsprofil erstellen:

A.2.1 Psychotyp

Erstellung: maschinell (FAB5: Faktoranalyse nach Big-5-Modell)

Faktor	Skala 1–9
Neurotizismus	3
Extraversion	4
Offenheit für Erfahrungen (Intellekt)	7
Verträglichkeit	3
Gewissenhaftigkeit	6

A.2.2 Psychotyp grafische Darstellung

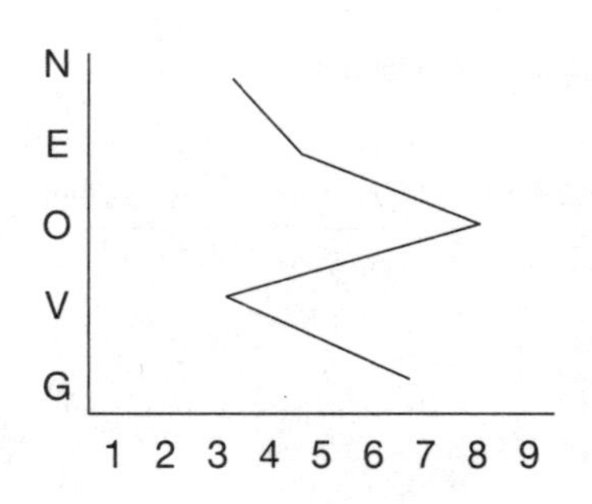

Formtyp: «Hundeschnauze» Mitarbeitertyp (mittlere Ebene), durchsetzungsfähig, stressfest, intelligent, mäßige Kreativität bei relativ hoher Zuverlässigkeit.

A.2.3 Sozial-Profil

Erstellung: maschinell (WOMM: Wolfowitz-Methode zur Metadatenanalyse)

Faktor	Skala 1 – 5	Beschreibung
sozialer Hintergrund	2,7	eher bildungsnah
soziale Mobilität	3,5	hoch
vermutliches Wahl Verhalten	4,1	rechts
religiöse Einstellung	1,3	tolerant
psychische Gesundheit	3,8	gut
physische Gesundheit	4,1	sehr gut
Sucht Gefährdung	1,4	schwach
kriminelles Potenzial	2,7	leicht über durchschnittlich

B Kommunikationsinhalte und Ortsdaten Analyse

Dmitrievna, Laila

teilweise maschinell (MUTTI: Muster Erkennung auf der Basis Text und Themen orientierter Interferenz Verfahren)

Die z. p. Person verfügt über klar abgegrenzte Interessen Bereiche. In den digitalen Medien verfolgt die z. p. Person vor allem Wirtschaftsnachrichten und Newsletter zum Thema

Werbung im postpostindustriellen Zeitalter, Neuro Marketing, Defensiv Werbung usw.
Im Beobachtungszeitraum X = 1 Jahr erwarb die z. p. Person in größerem Umfang Waren aus dem Bereich Wohnen (höheres Preis Segment), insbesondere Beleuchtung und Küche sowie Kleidung und Essen.
Die z. p. Person bestellt regelmäßig Alendronat und Zoledronat (Osteoporose-Medikamente). Die z. p. Person ließ sich 2043 alle Schneide Zähne durch Vollkeramik Kronen ersetzen und trägt seit 2043 Brust Implantate.
Von 2041 bis 2043 betrieb die z. p. Person unter dem Pseudonym *Rusky Bitch* ein radikal feministisches Blog.
Von 2042 bis 2044 bot die z. p. Person unter der Identität *Florica* Escort-Dienste an.
Über die z. p. Person ist bekannt, dass sie 2037 einen Asylantrag wegen Verfolgung in Russland aufgrund sexueller Orientierung (gleichgeschlechtlich) stellte. Nach Ablehnung des Antrags heiratete sie 2039 die Person Schneider, Jonas, (ID 60367890123) und erwarb im gleichen Jahr die europäisch-deutsche Staatsbrgsch. 2041 zeigte sie ihren Ehemann wegen Vergewaltigung an. Die Scheidung erfolgte im selben Jahr.

C Assessment / Proceeding

Erstellung: manuell

Die z. p. Person ist stark rational, Ziel orientiert und als psychisch stabil einzuschätzen. Sie ist gut situiert und unterliegt keiner erkennbaren Gefährdung durch Abhängigkeiten.
Gemäß dem Persönlichkeitsprofil der z. p. Person besteht eine leicht erhöhte Neigung zu Straftaten.
Daten der Agglomeration, Fluktuation und Erreichbarkeitsquoten weisen auf starkes soziales Kontroll Bedürfnis hin. Analyse der Kommunikationsinhalte und Muster Analyse weisen die z. p. Person als verschlossen bis unglaubwürdig aus.

Folgende Verdachtsmomente konnten aus den Umfeld- und Personendaten destilliert werden:

1. Die z. p. Person kommuniziert ihre Herkunft als bulgarisch, stammt aber aus Russland (APOLOG-Staaten).
2. Der Vater der z. p. Person, Alexis Manelarakis (keine ID bekannt), ist Grieche. Er verfügte über intensive Kontakte zu der terroristischen Organisation «Sekte der Revolutionäre» und emigrierte 2010 nach Russland, später vermutlich weiter nach Ecuador.
3. Es besteht bei der z. p. Person eine auffällige Beschränkung physischer Treffen bei normaler bis hoher Kommunikationsdichte. Umgekehrt besteht jedoch eine niedrige Kommunikationsdichte und eine hohe

Anzahl physischer Treffen mit der Person Amaro Zucco (ID 70000190123). Das Kommunikationsmuster entspricht nicht einer normalen Lebenspartnerschaft. Der Charakter der Beziehung konnte auf Grundlage der Metadaten und der TMA nicht befriedigend geklärt werden.

4. Aus Migrationsparameter, Herkunftsland, Extraversion und Kommunikationsverhalten ergibt sich statistisch ein schwach positiver Verdacht auf Schläfer-Verhalten.
5. Gegen die Person besteht ein positiver Verdacht auf Steuer Hinterziehung im Zeitraum 2042–2044.

Es werden folgende Maßnahmen vorgeschlagen:

Prüfung, ob Kontakt zur Person Manelarakis, Alexis besteht oder bestanden hat. Es ist davon auszugehen, dass diese Person unter falscher Identität in den BP-AMOR-Staaten lebt.
Überprüfung des analogen Inhalts der Kontakte zu A. Zucco durch techn. Monitoring (Mobilgeräte, Notebook, Security Anlage).

Weitere Untersuchungen sollten gemäß EuGBIT §2 (2) bis zur Vorlage konkreter Ergebnisse der Auswertung des analogen Materials unter Vorbehalt gestellt werden.

stattgegeben, D. Scheck

A. Altaras (AssistentX, Referat C1)

Berlin, 06.09.2055

Personen Daten Prüfung (P1)
AVA N/440513/4
Zielperson: Schulz, Nio
zu prüfende Person: **Dzerzhinsky, Jaroslaw alias Jeff**
(Kollege der Zielperson)

ID-Nummer: 70368716844
Geburtsdatum: 24.06.2028
Geburtsort: Abu Dhabi, Vereinigte Emirate/NOWROS
Eltern: Dzerzhinskaya, Magda (Mutter), ID 670987387672, Staatsbrgsch. Polen/E.ON/SBI; Hazza bin Khalid al Nahyan (Vater), ID ED983485, Staatsbrgsch. Vereinigte Emirate/NOWROS
Wohnort: Berlin
fam. Status: allein lebend
eingetragenes Geschlecht: männlich
Staatsbrgsch.: D/E.ON/SBI, Polen/E.ON/SBI, Vereinigte Emirate/NOWROS, USA (MAT&T-Group)
Tätigkeit: Associative Agent bei CETECH (Honorar Basis)

Aussage Dzerzhinsky, Jaroslaw
(Zusammenfassung der Vernehmung durch BKA Berlin, Ref. 7)

Die z. p. Person zeigte sich bei der Vernehmung grundsätzlich kooperativ. Sie gab an, am fraglichen Tag über eine kodierte Leitung von CETECH Kontakt zur Zielperson gehabt zu haben. Es sei darum gegangen, den chinesischen Sportartikel Hersteller *Ti Yu Ren* für ein Produkt zu gewinnen. Über das Produkt will z. p. Person sich auf Grund seines Arbeitsvertrags nicht äußern.
Befragt über den psychischen Zustand der Zielperson, gibt die z. p. Person an, dass die Zielperson sich unkooperativ verhalten habe. Weiterhin beschreibt z. p. Person ihr Verhältnis zur Zielperson als angespannt. Die Ablehnung sei von der Zielperson ausgegangen.
Die Lebensumstände kann die z. p. Person nicht einschätzen. Über persönliche Beziehungen der Zielperson sei ihr nichts bekannt. Bei einer gemeinsamen Dienst Reise konnte z. p. Person beobachten, dass Zielperson sich mit einer Frau getroffen hat.[4]
Die berufliche Situation der Zielperson schätzt z. p. Person als zufrieden stellend ein. Die Zielperson habe befriedigende

4 Die Frau konnte inzwischen als Sabena Kroy, mutmaßliche Partnerin der Zielperson, identifiziert werden. P1 ist in Arbeit, wir warten noch auf die Vernehmungsprotokolle des FBI.

Verkaufszahlen erzielt. Über Einzelheiten will z. p. Person sich auf Grund ihres Arbeitsvertrags nicht äußern. Allerdings arbeite die Zielperson bereits zehn Jahre für CETECH ohne Aufstiegschancen.
Insgesamt schätzt z. p. Person die Zielperson als konservativ und paranoid ein, was z. p. Person mit dem fortgeschrittenen Alter der Zielperson verbindet. Politisches Engagement der Zielperson ist der z. p. Person nicht bekannt, insbesondere nichts über Verbindungen zu neokommunistischen, religiös fundamentalistischen Gruppierungen oder zur rechts populistischen Hacker Szene.

A.1 Kommunikationsdaten Dzerzhinsky, Jaroslaw (Jeff)

Erstellung: maschinell (AQUA: Algorithmus zur quantit. Auswertung von Metakommunikationsdaten)

A.1.1 Kontakte

Anzahl Kontakte	5741
aktive Kontakte (Anzahl Nachrichten ≥ 1/Monat)	254
Nachrichten pro Tag	134
Anteil eingehende	68 %
Anteil mündliche Kommunikation	39 %
Anteil öffentliche	44 %
Erreichbarkeit	91 %
Agglomeration	21 %
Anzahl der Cluster (Basis 7 %)	8

A.1.2 Cluster Analyse / Beziehungen

(für Infos zu Typ und Größe der Cluster bitte *hier* klicken)

Clusterungsgrad	0,7	hoch
Interaktion zwischen den Clustern	0,5	mittel
Grad der Vernetzung	0,9	hoch
informeller Status	0,7	hoch
Duration (Beständigkeit aktiver Kontakte im Verhältnis zum Lebensalter)	0,2	gering
M-Faktor (Multimodalität)	0,8	hoch

A.1.3 Räumliche Mobilität

(für detaillierte Informationen zu Zeit und Aufenthaltsort bitte *hier* klicken)

urbane Mobilität (in km/Jahr und km/Tag)	12560/34
exurbane Mobilität (in km/Jahr)	136300
Flexibilität (min/max Anwesenheit an Sozialstandorten)	0,8
Migration (Distanz Geburtsort-Wohnort in km)	4634

A.2 Persönlichkeitsprofil Dzerzhinsky, Jaroslaw (Jeff)

Aus den oben aufgeführten Metakommunikationsdaten lässt sich folgendes Persönlichkeitsprofil erstellen:

A.2.1 Psychotyp

Erstellung: maschinell (FAB5: Faktoranalyse nach Big-5-Modell)

Persönlichkeitsfaktor	**Skala 1–9**
Neurotizismus	6
Extraversion	9
Offenheit für Erfahrungen (Intellekt)	8
Verträglichkeit	2
Gewissenhaftigkeit	1

A.2.2 Psychotyp grafische Darstellung

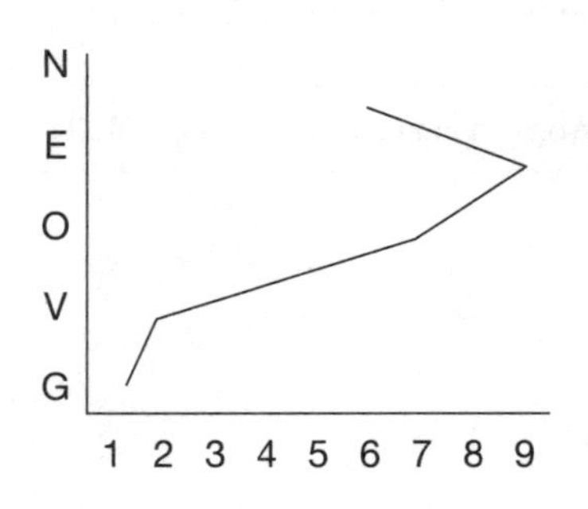

Formtyp: «Peitsche»
Verkäufertyp, kreativ, hohe innere Freiheit, unzuverlässig.

A.2.3 Sozial-Profil

Erstellung: maschinell (WOMM: Wolfowitz-Methode zur Metadatenanalyse)

Faktor	Skala 1–5	Beschreibung
sozialer Hintergrund	3,5	bildungsnah
soziale Mobilität	4,5	hoch bis sehr hoch
vermutliches Wahl Verhalten	2,8	Mitte rechts
religiöse Einstellung	1,6	tolerant
psychische Gesundheit	2,5	durchschnittlich
physische Gesundheit	2,5	durchschnittlich
Sucht Gefährdung	3,9	hoch
kriminelles Potenzial	3,3	eher hoch

B Kommunikationsinhalte und Ortsdaten Analyse

Dzerzhinsky, Jaroslaw (Jeff)

teilweise maschinell (MUTTI: Muster Erkennung auf der Basis Text und Themen orientierter Interferenz Verfahren)

Die personenspezifische Kommunikationsanalyse zeigt eine breit gefächerte Interessen Lage. Die z. p. Person ist unter verschiedenen Identitäten und mit verdeckten SIPs und

Länder Codes in sozialen Netzwerken, auf Plattformen und virtuellen Portalen unterwegs, u. a. *Second Life, WhatsCH, Twitter, Porn.Me, APPointent, AustauschvonKörperflüssigkeiten.de, Hui!, TrueLove, UNIVERSale, UNIVERSeX, Tele-Par-Ti.* Identitäten lauten u. a. *Hater, Bomber, Chiquita, Rose, DerDuce, Schneewittchen und EisenHart.*
Dzerzhinsky abonniert verschiedene Webkats, u. a. *Shooshoo* (*Welche Schuhe tragen die Promis?),* Flatrates für mehrere Film Portale, außerdem die Webcams *Voyeur*. *Anderen Leuten beim Ficken zusehen* und *Lokführer*.
Die z. p. Person bestellte im Beobachtungszeitraum
X = 1 Jahr umfänglich Waren aus den Bereichen Technik und Cyberworld-Zubehör, Life-Style, Bio-Design, Stimmungstuner, asc-Software für C3/D-Chip, Gastronomie, Schuhe, Damen Wäsche sowie virtuelle Waren, u. a. Wunsch Design (Cybersexmodel), spezielle Sprach Funktion (Cybersexmodel), Klingel Töne, Zauber Pulver, Pumpgun Mossberg XITA, Laser Kanone, Monster Penis, H-Bombe.
Die z. p. Person fällt durch Zahl reiche Klinik Aufenthalte auf, die vor wiegend ästhetisch-plastische Behandlungen zum Ziel hatten (Gewebe Implantation, Gesichtsplastik, Haut Aufhellung)
Von 09.–16. 05. 2049 kommt die Kommunikation der z. p. Person vollständig zum Erliegen, mutmaßlich wegen Krankenhaus Aufenthalt nach Suizid Versuch.

C Assessment / Proceeding

Erstellung: manuell

Bei z. p. Person handelt es sich um eine viel schichtige, intelligente und sozial flexible Persönlichkeit. Sie wird als kreativ, kooperativ und offen eingeschätzt. Starke Expressivität und Aktionsdruck werden beruflich und in sozialen Netzwerken ausgelebt.

Die Person verfügt als außer ehelicher Sohn von Hazza bin Khalid al Nahyan, Staatssekretär für Tourismus und Traditionspflege in den Vereinigten Emiraten, über einen stabilen sozialen und finanziellen Background.

Das Kommunikationsverhalten der z. p. Person entspricht im Wesentlichen Alter und Sozial Profil. Die Sucht Anfälligkeit der z. p. Person ist generationsbereinigt als unauffällig anzusehen. Es wurden keine konkreten Verdachtsmomente festgestellt. Eventuelle Verstöße gegen EUN 357 (5) (Missbrauch individueller Persönlichkeitsdarstellungen für sexuelle Zwecke)[5] fallen nicht in die Kompetenz der EUSAF.

stattgegeben, D. Scheck

B. Köhler (AssistentX, Referat C1)

5 Die Cybersex-Plattform Porn.Me bietet die Möglichkeit, Wunsch Partner aus 3-D-Fotos von realen Personen zu generieren. Missbrauchsverdacht besteht u. a. für Fotos von Dmitrievna, Laila (AVA N/440513/3) und Meyer, Anna-Luise, Lebensabschnittspartnerin der z. p. Person 2048-2049.

8

Der Himmel über dem Großen Brunnenplatz von Wú Chéng ist eine Fälschung, man sieht es daran, dass er an den Rändern stärker blau ist als im Zenit, strahlendes UNIVERSE-Blau, die Illusion von einem sonnigen Tag, obwohl die Sonne auch hier in Wirklichkeit nie zu sehen ist, nur die Helligkeit nimmt gegen Osten hin zu und spiegelt sich in den gläsernen Fassaden wider wie in einem dieser Schirme, die Fotografen und Kameraleute zur Aufhellung verwenden, und für einen Augenblick wirkt alles wie ein gigantisches Filmset, nur dass man nicht weiß, ob der Dreh schon begonnen hat oder unmittelbar bevorsteht:

Menschen eilen zur Arbeit, überall wird irgendetwas ausgeladen oder eingeladen, Rollständer und Falttische werden vor die Läden gestellt, es wird geputzt und gefegt, Schaufensterscheiben werden poliert, Lieferfahrzeuge passieren vorsichtig den Platz, während Elektroroller heimtückisch lautlos durch das Gewimmel sausen, am

Brunnen putzen sich Leute die Zähne, sie haben, vermutet Schulz, die Nacht in Schlafboxen im Zentrum verbracht, um sich das Fahrgeld oder die stundenlangen Wartezeiten zur Rushhour an den Metrostationen zu sparen, auf der großen Freitreppe vor dem Alibaba-Palast, dessen Eingang von schwerbewaffneten HTUA-Polizisten bewacht wird, sitzen Hunderte wie in einem Amphitheater und verzehren das mitgebrachte Frühstück, trinken Kaffee oder Tee aus ihren Travel Mugs,

aber Schulz hat kein Frühstück mitgebracht, Schulz setzt sich nicht zu den Schlafboxenmenschen auf die Treppe in seinem frisch gereinigten weißen Anzug, Schulz will weg hier, er bemüht sich, gelassen auszusehen, er blickt sich nicht um, als würde er verfolgt, sondern benimmt sich wie jemand, der ein Frühstücksrestaurant sucht, und er sucht ja auch ein Frühstücksrestaurant, er schaltet auf Audiobetrieb, um nicht ständig die eintreffenden Tweets vor Augen zu haben: Feuergefechte in Paris, das HTUA-Auslandsministerium warnt vor Reisen in die europäischen Hauptstädte, einen Augenblick überlegt er, ob er den Nachrichteneingang ganz abschalten soll, nur was, wenn eine Nachricht ihn unmittelbar betrifft, Flugverkehr, Terrorismus oder Sabena schickt eine *private message* als Tweet, obwohl sie das nie tut, denkt Schulz, während er an einem gläsernen Fitnessstudio vorbeigeht, in dem sich um diese Uhrzeit schon zweitausend Chinesen (geschätzt) und drei Stark-Eumelanin-Pigmentierte (gezählt) an den üblichen Geräten abschuften,

hin und wieder schafft es auch eine Werbebotschaft durch die Blocker und Filter: eine Apotheke verkauft Jodpräparate in der praktischen Dosierflasche, der Häagen-Dazs-Eispalast bietet kostenlose Parkplätze beim Erwerb eines Eisbechers zum Indoor-Verzehr, und jetzt wäre er beinahe über den Bettler gestolpert, der rücklings auf dem Boden liegt wie ein Toter, auf seinem Bauch ein verschrammtes Smartphone, das auf bargeldlosen Zahlungsempfang eingestellt ist,

aber Schulz verspürt keine Neigung, dem herumliegenden Mann etwas zu spenden, auch Betteln sollte eine Art Arbeit sein, findet er und biegt in die große Fußgängerzone ein, sofort verdichtet sich der Verkehr, man geht hier grundsätzlich rechts, auf der anderen Seite strömen ihm Menschen entgegen, gerade scheinen schmale schwarze Lederkrawatten wieder mächtig in Mode zu sein, kurz überlegt Schulz, ob er sich eine kaufen soll vor dem Termin, bei den Frauen ist Acid Pink angesagt, auch Neon sieht Schulz häufig, aber eigentlich gibt es hier alle Farben, alle Moden der Welt: Andro-Style, Loopniks oder Last-Century-Fashion, ein Mann trägt tatsächlich eine Tox-Rider-Atemschutzmaske, und auch fotoidentische Atemschutzmasken sind hin und wieder zu sehen,

ein Stich ins Herz,

manchmal vielleicht nicht hundertprozentig fotoidentisch, sondern die Lippen ein bisschen voller, die Farben ein bisschen kräftiger als beim Original, was Schulz erst recht das Gefühl gibt, die Gesichter der fremden Schönen erfunden zu haben, die an ihm vorbeigehen, ohne ihn zu beachten,

ein viertel Cent pro Gesicht, macht bei dreißig Millionen verkauften Masken, er hat es nachgerechnet, 75 000 NEURO, um die er heute reicher wäre,

jetzt klingelt ihm eine Werbung für rezeptfreie *Male-Power-Pillen* in den Ohren, wieso wird das nicht als Spam identifiziert, fragt sich Schulz, @g-24 meldet, dass die Präsidentin der Weltbank Maxi Merkel-Shapiro jetzt wieder Max heißt, und @FemFatal sendet eine ihrer typischen Botschaften an @dpa: *Aborigines = Ureinwohner = rassistisch,*

intoniert der Sprachassistent ein bisschen zu heiter, vergeblich um eine Satzmelodie bemüht, während Schulz den riesigen Bildschirm betrachtet, der offenbar zu einem SB-Restaurant namens McBaker gehört, eine Weile steht er davor und wartet darauf, dass die Landschaftsbilder von einer Information oder wenigstens von Werbung unterbrochen werden, damit er sehen kann, ob es hier etwas Annehmbares zum Frühstück gibt,

aber es kommt keine Werbepause, stattdessen bemerkt er, dass er allmählich Appetit auf Grillfleisch bekommt:

affektives Priming, begreift Schulz (unterschwellige Werbung ist in der ZONE noch immer verboten, aber HTUA-China ist, wie in allem, zehn Jahre voraus), leider handelt es sich um In-vitro-Fleisch, hundertprozentig *pisi*, nur muss Schulz bei dem Wort immer gleich an In-vitro-Fertilisation denken, was dazu führt, dass sein Gehirn ihn mit der Idee zu peinigen beginnt, er beiße in einen gegrillten Fötus,

weswegen er sich abwendet und weitergeht, vorsichtshalber blickt er sich noch einmal um, aber natürlich verfolgt ihn niemand, kein Mann im unfarbenen Anzug hat es auf ihn abgesehen, keine pinkfarbene Mickymaus in Begleitung zweier Polizisten: *paranuid*,

denkt Schulz, jetzt fällt ihm seine Chefin wieder ein, die gleich anrufen wird, die UNIVERSE-Himmelsuhr zeigt acht Uhr acht, vielleicht sollte er schon mal ein passendes Lau-Dse-Zitat smoogeln, wie wäre es überhaupt mit einem chinesischen Schriftzeichen als Fußband-Logo, vielleicht keine schlechte Idee, die Gesundheits-App meldet jetzt Hunger: Blutzuckerspiegel unter drei Millimol pro irgendwas, eine junge Chinesin auf halsbrecherischen Peeptoes überholt ihn scheinbar mühelos, jetzt kommt ein Tweet von @Luzia herein, die sich beschwert, dass ihr *keine Sau* zum Geburtstag gratuliert, ein *general commodity store* bietet bleihaltige Wegwerf-Regenmäntel im Dutzendpack, und der Blogger namens s@sukagen prophezeit den unmittelbar bevorstehenden Einbruch der Weltbörsen infolge der Reduktion der Geldmenge M3, was hieße das für sein Netto und Brutto, fragt sich Schulz, als ihm eine Schlangenfrau entgegenkommt, genauer gesagt, eine Frau in einer schlangenartig gemusterten *Skin*, einem Ganzkörper-Body, so eng, dass er sich zwingen muss, nicht hinterherzusehen,

aber auch Nazi-Mode gibt es in HTUA-China, obwohl Schulz nicht sicher ist, ob es sich wirklich um Nazi-Mode handelt oder um *militant fem*, der sich in HTUA-China mit Elementen des Provo-Feminismus mischt, einer Variante, die äußerlich wiederum dem Porno-Feminismus ähnlich ist, wenngleich das scheinbar sexistische Outfit der Provo-Feministinnen im Gegensatz zu dem der Porno-Feministinnen einen *bewussten Akt der Provokation* darstellt – aber im unübersichtlichen Crossover der Moden in HTUA-China fällt es Schulz, wie er zugeben muss, nicht leicht, zu unterscheiden, welches Outfit als sexistisch und welches als *scheinbar* sexistisch anzusehen ist, obwohl ja streng genommen nicht das Outfit sexistisch ist, wie Stony sagt, sondern der Blick des heterosexuellen weißen Mannes,

weswegen Schulz sein Ich-bin-mit-den-Gedanken-woanders-Gesicht aufsetzt und den Blick scheinbar ziellos über die vorbeiziehende Menge mäandern lässt, ohne die fraglichen Bereiche unmittelbar zu fokussieren: die entblößten Bäuche, die schlanken Beine der Chinesinnen, die knappen Röcke, jetzt kommt ihm eine Frau mit künstlich behaarten Beinen entgegen, auch das gibt es in HTUA-China: Extrem-Feminismus, nicht zu verwechseln mit der europäischen Spielart, die sich in der Radikalisierung der Sprache erschöpft, wogegen chinesische Extrem-Feministinnen, die sich *Das Salz der Erde* nennen, für eine Auf-null-Dezimierung des männlichen Geschlechts durch Geburtenkontrolle eintreten, wofür es durchaus ernstzunehmende Argumente gibt, trotzdem muss Schulz zugeben, dass er die Frau mit den künstlich behaarten Beinen ziemlich abstoßend findet – was wohl beabsichtigt ist,

denkt Schulz und beginnt endlich, Lau-Dse-Zitate zu smoogeln, die Himmelsuhr zeigt Viertel nach acht, die transsexuelle Plattform @INTERTRANS wirft dem Präsidentin der Weltbank Max Merkel-Shapiro, vormals Maxi Merkel-Shapiro, ursprünglich wiederum Max Merkel-Shapiro vor, er/sie habe seine/ihre ursprüngliche, also erste Geschlechtsumwandlung zur Frau nur zu dem Zweck veranstaltet, die Quote zu unterlaufen, was auf den Straftatbestand des *Quotenbetrugs* hinausliefe, die EUSAF empfiehlt den Bürgern der ZONE ein stündliches Update der von der EUSAF kostenfrei zur Verfügung gestellten Firewall, @dpa spricht ungeachtet des Protests von @FemFatal von viertausend *australischen Ureinwohnern,* die kurz vor Ablauf des Countdowns in die Sperrzone eingedrungen seien, es folgt der Wetterbericht für Wú Chéng: heute bis zu zweiundvierzig Grad Celsius, aber schon in den nächsten Tagen, sagt *China Today*, soll die künstliche Verschattung infolge der klimaregulierenden Großsprengung auf dem australischen Kontinent einen Temperaturrückgang von bis zu

aber inzwischen hat Schulz eine Website gefunden und auf *Lau Dse* geklickt, der als dicker Chinese mit einem, wenn Schulz das Wort kennte, schütteren Bart dargestellt ist und nach jedem Klick eine Audio-Weisheit absondert:

Auch der längste Weg beginnt mit dem ersten Schritt,

sagt Lau Dse, was nicht zu bestreiten ist, aber im Hinblick auf das Barfußlaufen kaum verwertbar, auch

Die größte Offenbarung ist die Stille

klingt gut, oder

Man/frau ist nicht nur verantwortlich für das, was man/frau tut, sondern auch für das, was man/frau nicht tut

nur hat das alles leider nichts mit *running* zu tun, aber

wahrscheinlich ist dieser dicke Chinese auch niemals gerannt,

denkt Schulz, während er die imponierende Landschaft auf der großen gläsernen Eingangstür von McBaker betrachtet, denn er passiert gerade eine weitere Filiale dieser Kette, und wenn er nicht wüsste, dass er manipuliert wird, könnte er tatsächlich glauben, er hätte Appetit auf In-vitro-Fleisch-Burger, er hat aber keinen Appetit, sondern Hunger, schon wieder eine Schlangenfrau, genauer gesagt, eine Zebrafrau oder Tigerfrau, nicht auf das Muster kommt es an, sondern auf den Stoff: Nano-Viskose, denkt Schulz, wird in der ZONE für Unterwäsche verwendet, ein Material, das die natürliche Körperform bis ins Kleinste zur Geltung bringt, nur ist Schulz nicht sicher, ob man das, was gerade an ihm vorbeiströmt, als *natürlich* bezeichnen kann: aller Wahrscheinlichkeit nach handelt es sich um neoplasmatisches Zellwachstum, der neueste Trend, eine Art kontrollierter Tumor, dem Silikonbusen angeblich in jeder Beziehung überlegen: Verträglichkeit, Konsistenz, Schwingungsverhalten, und wenngleich er sich im Augenblick nicht hundertprozentig erinnert, wie ein Silikonbusen von ähnlicher Dimension schwingt, wäre er, wie er zugeben muss, sofort bereit, das überlegene Schwingungsverhalten des neoplasmatischen Busens zu bestätigen,

dennoch gelingt es ihm, den Blick abzuwenden, bevor es peinlich wird, nur sein Tempo hat sich unwillkürlich verringert, er tut ein bisschen zerstreut, spielt einer Öffentlichkeit, die ihn gar nicht zur Kenntnis nimmt, vor, er versuche, sich daran zu erinnern, was er kaufen wollte, nachdenklich betrachtet er den Getränkeshop gegenüber, Red Bull sendet Grüße vom Mars, eine Drogerie wirbt für triclosanfreie Zahncreme: Neueste Studien beweisen, dass Triclosan für die Putzschäden *der halben Weltbevölkerung* verantwortlich ist,

registriert Schulz, während sein Blick sich in einer fliegenden Landschaft verfängt, deren Betrachtung schon nach einigen Sekunden spürbar seinen Speichelfluss stimuliert: schon wieder McBaker, anscheinend haben sie die ganze Straße gekauft, aber dass eine plumpe unterschwellige Bild-Werbung, ihm einen Willen aufdrückt, missfällt ihm entschieden,

oder ist es der Geruch, haben sie dem Geruch etwas beigemischt, blasen sie irgendwelche Signalpheromone in die Luft, fragt sich Schulz – ein Gedanke, der von der Andromeda-Software jedoch fehlinterpretiert wird, was aufgrund zufälliger Ähnlichkeiten irgendwelcher Impulskonstellationen hin und wieder passiert, sodass überraschend Lau Dse aus dem Quicklauncher hervorspringt und mit der grummelnden Stimme des Weisen verkündet:

Nichtstun ist besser, als mit großer Mühe nichts schaffen, was nicht sonderlich hilfreich ist, findet Schulz, zumal die residente Gesundheits-App inzwischen einen Blutzuckerspiegel von zwei Komma acht Millimol meldet, er schaltet das Navi ein, aber auch das Navi zeigt ausschließlich McBaker-Restaurants an, in HTUA-China dürfen regionale Leaseholder Präsenzen kaufen, dagegen ist nichts zu sagen, aber irgendwie ist es auch lästig, wenn Stadtpläne sich ständig verändern, mitunter verschwinden ganze Straßenzüge, ein Gebiet wird zum weißen Fleck, der EuZo-Kommissar für nachhaltige Geldpolitik warnt vor Panik, jetzt spaziert wieder eine von diesen Schlangenfrauen vorbei, wie Schulz sie für sich nennt, obwohl sie nichts mit einer Schlange gemein hat, auch trägt sie kein Zebra-Muster und keine Tigerstreifen, sondern ist *mit nichts als Tattoos* bekleidet, so sieht es jedenfalls aus, und beim Anblick dieser mit nichts als Tattoos bekleideten Frau kommt Schulz eine Idee, und zwar eine Geschäftsidee,

die Vorsitzende der Großen Mitte-Links-Rechts-Partei verbürgt sich – und das interessiert Schulz jetzt doch, denn wenn sich die Vorsitzende der Großen Mitte-Links-Rechts-Partei für irgendetwas verbürgt, dann kann man mit Sicherheit davon ausgehen, dass der-die-oder-das Verbürgte in nächster Zeit krachen geht –, die Vorsitzende der Großen Mitte-Links-Rechts-Partei verbürgt sich für die Sicherheit der Spareinlagen, über die Schulz allerdings nicht verfügt, eine Geschäftsidee, bei der es sich zweifellos um das hochgradig inkorrekte Produkt eines männlichen, heteronormierten Gehirns handelt, die aber dennoch von ökonomischem Interesse sein könnte, denkt Schulz: bekleidete Nacktheit, natürliches Schwingungsverhalten, hochauflösendes Bild: *die fotoidentischen Scheintitten,*

denkt Schulz und wäre beinahe mit einem Läufer zusammengestoßen, der sich einen Spaß daraus macht, die ihm Entgegenkommenden wie Slalom-Stäbe zu umkurven: Vollidiot, Schulz sieht ihm nach, er trägt Schuhe: *Barfuß-Schuhe*, idiotisch, dass die Sportschuhhersteller den Begriff *Barfußlaufen* okkupiert haben, barfuß heißt barfuß, heißt *ohne* Schuhe, denkt Schulz, aber jetzt, da seine Chefin fern ist, ist er auf einmal gar nicht mehr sicher, ob er es als *Ljuksuhs* empfände, hier ohne Schuhe zu laufen, über diese Betonplatten, auf die die Schlafboxenmenschen ihr Zahnputzwasser spucken, durch eine Fußgängerzone, die gerade noch von den Resten des Abfalls gereinigt wird, den die Restaurants und Geschäfte am späten Abend einfach vor die Türen kippen,

aber das ist schon wieder *negertief,*

denkt Schulz, nur dass er jetzt, da seine Chefin fern ist, aufrichtig zweifelt, ob es wirklich *negertief* heißt, und als er das Wort bei Wiktionary eingibt, fragt Wiktionary prompt zurück: *Meinten Sie «negativ»?,*

und jetzt ärgert er sich: über seine Chefin, aber noch

mehr über sich selbst, über seine Unentschlossenheit, seine Feigheit, darüber, dass er sich so leicht beeinflussen, so leicht in die Defensive drängen lässt, über das ganze beschissene Telefonat, über Jeff, das Arschloch: *Wirkliches Rotfuß Laufen*, anstatt da reinzuhauen, anstatt zu *töten*,

du musst töten wollen,

sagt sein Motivationscoach,

dein Körper muss töten wollen,

deine Faust muss töten wollen,

aber vor allem muss dein Kopf töten wollen,

und Schulz deutet den Stoß an, den sein Coach *Gyaku-Zuki* nennt: Ausfallschritt, Hüftdrehung, Arm dicht am Körper und

Tschaka!,

macht Schulz, soweit das möglich ist mit einem Blutzuckerspiegel von inzwischen zwei Komma sieben Millimol, *bitte Kohlenhydrate zuführen,* trotz allem braucht er jetzt eine Idee,

Ein überlegener Kämpfer siegt ohne Gewalt,

sagt Lau Dse, und Schulz holt sich die Smoogle-Suchmaske ins Blickfeld, nur was sucht er eigentlich, fragt sich Schulz,

obwohl er im Grunde weiß, was er sucht, nur fällt ihm gerade kein Suchbegriff ein, und plötzlich, möglicherweise infolge des unterirdischen Blutzuckerspiegels, kapiert er den Sinn einer Suchmaschine nicht mehr, denn was nützt die beste Suchmaschine, *wenn man nicht weiß, was man sucht,*

denkt Schulz und gibt NEGAKUSS ein,

nur um irgendwas einzugeben, um nicht zuzugeben, dass er gerade einen Blackout hat, gibt er NEGAKUSS ein, obwohl NEGAKUSS, wie ihm im selben Moment einfällt, *totally unpisi* sein könnte, ein Großvaterwort, er macht sich gefasst auf eine gigantische Sauerei, irgendwas unglaublich Pornografisches – und ist enttäuscht, fast empört, als die Suchmaschine ihn fragt, ob er *Schokokuss* meine, nein, er meint keinen Schokokuss, sondern

NEGAKUSS

aber es gibt kein NEGAKUSS, teilt die Suchmaschine in endgültiger, sachlicher Suchmaschinensprache mit: *null Ergebnisse für «NEGAKUSS»*, und das heißt: null, das heißt: nichts, das heißt: Leere, und es dauert einen Moment, bis die Leere sich wieder mit Realität füllt, mit Farben und Formen, die sich als Landschaft erweisen, die zwar nicht echt ist, aber real, oder umgekehrt: Echt ist der Geruch, auch wenn er von scheinbarem Fleisch stammt, Echt ist die Eingangstür, die sich jetzt öffnet, und aus der realen Öffnung treten scheinbare Titten heraus, ein Produkt seiner männlichen heterosexuellen Phantasie, das aber, wie Schulz nach kurzer Fokussierung begreift, echt ist:

echt fotoidentische Scheintitten,

denkt Schulz, während er sein Ich-bin-mit-den-Gedanken-woanders-Gesicht zu wahren versucht, sein Blick streift über die ihm entgegenschwingende Landschaft, er spürt die Hitze im Nacken, aus unerklärlichen Gründen startet der Hang Seng mit Verlusten in diesen Tag, aber Lizenzgebühren hätte es sowieso nicht gegeben, denn bestimmt, @Luzia will wissen, ob da draußen irgendwer existiert, *bestimmt* gibt es ein Recht an den eigenen Titten, @FemFatal startet einen *#AufschreiGegenRassismusBei@dpa*,

während Schulz vor dem McBaker steht und so tut, als würde er überlegen, ob er einen In-vitro-Fleisch-Burger essen will,

aber er will nicht,

obwohl es ja, denkt er, sein eigener Wille ist, *nicht zu wollen*, was bedeutet, dass es auch sein eigener Wille wäre, *zu wollen*,

denkt Schulz, dann erscheint eine *restricted area*-Warnung, und eine freundliche Stimme empfiehlt in akzentfreiem Deutsch:

Genieße politisch korrektes Fleisch und floate emissionfree über die faszinierende Landschaft von Southwest-China.

9

Kaum hat er das Restaurant betreten, erscheint eine Auswahl vor seinen Augen, die verwirrend vielfältig ist, wenn man bedenkt, dass es im Grunde nur eines gibt, nämlich In-vitro-Fleisch-Burger, allerdings als Single, Double oder XXL, mit geröstetem oder nicht geröstetem Weiß- oder Schwarzbrot, jeweils mit Sesam, Sonnenblumenkernen, Kürbiskernen oder Schwarzkümmel, wahlweise mit echtem oder laktosefreiem oder ganz ohne Käse (und wenn mit, dann fett, mittel, mager oder ganz fettfrei), dazu verschiedene Salatvarianten (mit Zwiebeln/Paprika/Tomaten oder ohne Zwiebeln/Paprika/Tomaten), dazu Chilisoße, Mangodressing, Mirabellen-Chutney oder Knoblauch-Mayonnaise (um nur das Wichtigste zu nennen), und das alles hat rätselhafte Namen wie *Best Friend Menu* oder *Slim Jim* oder *American Beauty*, Schulz entscheidet sich spontan für einen *Country Summer XXL mit Sesam und Mirabellen-Chutney*, JA, mit Pommes, und NEIN, nicht mit Cola, aber wenn sowieso ein Getränk dabei ist, dann doch JA, sagt Schulz und nimmt am Ende des *conveyors* sein komplett befülltes Tablett in Empfang, der Burger riecht wunderbar wie die Steaks auf der Grand-Canyon-Tour: rauchlos, aber mit echtem Kohlegrillgeruch, erinnert sich Schulz, während er nach einem Platz Ausschau hält, das Restaurant, das von außen klein aussah, ist von innen riesig, er findet ohne Schwierigkeiten einen freien Zweiertisch direkt am Fenster, genauer gesagt: direkt an einer Projektionswand, die ein Fenster vortäuscht, was einem das Gefühl gibt, der ganze Raum schwebe im Endlosflug über die Landschaft, begleitet von einer Art Sphärenmusik, und erst jetzt, da er sitzt, nimmt Schulz die Funkstille wahr, *restricted area*, nur streng personifizierte Nachrichten dürfen nicht unterdrückt werden, das haben die Telekommunikationsfirmen kürzlich vor einem WTO-Schiedsgericht durchgesetzt,

trotzdem hat er auf einmal das Gefühl, nicht erreichbar zu sein: Flusslandschaft, Felder und Wiesen, *Country Summer XXL*, grasende Rinderherden, der würzige Duft des Burgers scheint geradezu aus der Landschaft zu kommen, ein paar Bauern mit flachen Kegelhüten waten durch ein überflutetes Feld, allesamt barfuß, alle mit schmalen, schlitzförmigen Augen, eine seltsame Ethnie, die als Zielgruppe nicht in Betracht kommt, denn als native Barfußläufer besitzen sie bereits, was er verkauft,

denkt Schulz, während er sich vom Erdboden löst und

sich über die runden, in Restnebelfetzen gehüllten Berge erhebt, wie wäre es mit *native running*, er spricht es ein paarmal vor sich hin: *native running*, irgendwas fehlt noch, zweihundert Kilokalorien, meldet die residente Gesundheits-App und zeigt eine ungünstige Verteilung von Fetten, Eiweißen, Kohlenhydraten im Tortendiagramm, oder vielleicht: *Das Dao des Laufens*, er lässt es ins Chinesische übersetzen und wieder zurück ins Deutsche, allerdings ergibt die Rückübersetzung keinen Sinn: *Führe die Straße*, weshalb Schulz es erneut übersetzt und rückübersetzt, bis sich das Ergebnis stabilisiert hat, es lautet: *Folge der Straße*, damit könnte man etwas anfangen, aber da geht ein Anruf ein, und es ist, nein, nicht seine Chefin, sondern *love is a haven for troubled souls*, er überlegt, ob er seine Idee rasch noch notieren soll, aber dann hat er Angst, dass sie wieder auflegen könnte, und betätigt den Annahmebutton,

worauf Sabena erscheint, aber nicht mit Dienstfrisur und, wie sich herausstellt, nicht auf der Messe, sie hängt noch immer auf dem Flughafen von Minneapolis fest: wegen der *ethnischen Unruhen*, sagt Sabena, kein Bus, keine Bahn, die *private cabs* hätten ihre Tarife beinahe verzehnfacht, Schulz kapiert nicht, was das mit den ethnischen Unruhen zu tun hat,

aber das sind doch alles *Afros*, Sabena flüstert jetzt fast: *Afros oder Latinos*, flüstert Sabena, die Busfahrer, auch das Reinigungspersonal streikt, die Koffer sind mit zwei Stunden Verspätung gekommen, Gott sei Dank gibt es Chinesen, das ist das Einzige, was noch funktioniert: das chinesische Flughafen-Restaurant, sie schwenkt das Telefon kurz durch den überfüllten Raum, und obwohl das alles wenig erfreulich ist,

schöpft Schulz Hoffnung, denn Sabena sieht nicht so aus, als würde sie sich Gedanken über die Nacht in Frankfurt machen, sie verhält sich nicht wie jemand, der eine Beziehung in Frage stellt, sie hat einfach Stress, *deswegen* hat sie keine Nachricht geschickt, Schulz kämpft gegen ein Gefühl der Erleichterung an, denn wie könnte er erleichtert sein, wenn sie Stress hat, er versucht umzuschalten, seine Freude zu unterdrücken, sein Mitgefühl zu mobilisieren, er sucht nach der richtigen Tonart, auf keinen Fall darf es so klingen, als versuchte er, einen emotionalen Vorteil aus ihrer Lage zu ziehen, keine Ratschläge, kein Beschützer-Getue, denkt Schulz, aber bevor er die Worte gefunden hat, sagt Sabena:

Nio, so geht es nicht weiter,

es rauscht in seinen Ohren,

die residente Gesundheits-App meldet erhöhten Puls und einen signifikanten Anstieg der pH-Werte,

dann hört Schulz sich Entschuldigungen stammeln: die *Anfangsfremdheit*, hört er sich sagen, blödes Wort, die er nach drei Wochen immer empfinde, die besonders stressigen Umstände beim letzten Mal, und vielleicht hätte er nicht verschweigen sollen, sagt Schulz, dass sein Großvater verstorben sei, was ja stimmt, im Prinzip, es ist nur ein einziges Wort, das nicht ganz korrekt ist, ein Wörtchen, das Schulz sich einzufügen erlaubt, nämlich das Wörtchen *deswegen,* als er sagt:

deswegen sei er nicht in der Lage gewesen, also *emotional,* und er sei ganz sicher, dass ihm das nicht noch einmal passieren werde, sagt Schulz und nimmt sich vor, noch heute in irgendeiner chinesischen Apotheke rezeptfreie *Male-Power-Pillen* zu kaufen, bisher hielt er Potenzmittel für eine Alt-Männer-Angelegenheit, Eingeständnis des körperlichen Verfalls, aber vielleicht könnte er die Tabletten in einer weniger blamablen Packung aufbewahren: nicht dass Sabena das Zeug in seiner Kosmetiktasche findet, doch Sabena winkt ab:

Ach was, das sei es nicht, und sie sei, ehrlich gesagt, auch nicht *sooo sexfixiert,* sagt Sabena, sie spricht noch immer gedämpft, auch wenn dort, in ihrer Umgebung, kaum jemand eine ausgefallene Sprache wie Deutsch verstehen dürfte, sie nuschelt geradezu, sodass Schulz Mühe hat, jedes Wort zu erhaschen: es sei einfach *alles,* sagt Sabena, ihr Leben, der *Scheißjob,* sie habe einfach keine Lust mehr, irgendwelchen *Idioten* irgendwelche idiotische Unterwäsche vorzuführen, von der man obendrein *Pickel* bekommt, glaubt Schulz zu verstehen, und dann noch ihr Chef, der sie wegen jeder Flugzeugverspätung *zusammenscheißt*, und überhaupt: dieses Hin und Her, heute Minneapolis, morgen Neu-Delhi, in ihrem Alter müsse sie auch allmählich mal an sich denken, schließlich wolle sie *nicht erst mit fünfzig ein Kind*,

sagt Sabena, und Schulz begreift nicht, ob das für oder gegen ihn spricht, ob sie damit sagen will, dass sie sich endlich jemanden suchen muss, mit dem sie eine Familie gründen kann, oder ob sie meint, dass sie mit ihm, Schulz, ein Kind haben will – eine Vorstellung, die er keineswegs abwegig findet, auch wenn sie bisher der Zukunft angehörte, und zwar einer fernen, nicht absehbaren Zukunft, entsprechend unscharf sind die Bilder in seinem Kopf, eigentlich sieht er nur Räume: leere Räume, wie in einer Immobilienanzeige, aber freundlich und licht und mit *hellen Dielen*, die sieht er komischerweise genau, und während auf diesen hellen Dielen ein kleines, in seiner Vorstellung ziemlich schemenhaftes, aber eindeutig nepalesisches Kind auftaucht, sagt Sabena mit einem kleinen Schniefen oder Lachen:

Manche tragen ihre Kinder ja wieder selber aus,

was Schulz im Prinzip bekannt ist, trotzdem versteht er nicht, was dieses Schniefen oder Lachen bedeutet: Zustimmung oder Ablehnung, will Sabena sagen, dass sie diesen neuesten Trend zur, wie es heißt, *Eigengeburt* für abwegig hält, oder will sie sagen, dass sie das akzeptabel findet, nachdem sogar ein Schwuler ein Kind selbst zur Welt gebracht hat, *das ist schon ziemlich schräg*, hört Schulz sich sagen, worauf Sabena erwidert:

Ja, das ist schon ziemlich schräg,

und dabei sieht sie Schulz nicht an, sondern irgendwohin, knapp an der Webcam vorbei, Schulz versucht, ihre Miene zu deuten, aber im selben Augenblick lässt Sabena die Hand sinken, das Phone verkantet sich leicht, und Schulz' Blick fällt auf einen dieser typischen roten Lampions schräg über ihr an der Decke, typisch jedenfalls für chinesische Restaurants *außerhalb* Chinas, und beim Anblick dieses dicken roten Ballons, der von einem Lufthauch angerührt hin und her schwingt, muss er an Schwangerschaft denken, Sabena mit einem dicken Ballonbauch, der dann *aufgeschnitten* wird, um das Kind herauszuholen, unglaublich eigentlich, das kann man keiner Frau zumuten, obwohl, fällt ihm ein, auch Leihmütter ja irgendwie Frauen sind,

vielleicht muss es ja nicht unbedingt eine ukrainische Leihmutter sein, sagt Sabena, deren Gesicht plötzlich wieder auf dem Schirm erschienen ist,

aber auch eine pakistanische Leihmutter kostet ein paar tausend NEURO, hinzu kommt die In-vitro-Fertilisation, vor allem aber der Spender, für Qualitätsprofile werden inzwischen horrende Summen gezahlt, ganz zu schweigen von den Preisen für Exklusivspender, falls Sabena darauf besteht: Summen, für die er sich lebenslänglich verschulden müsste, es sei denn, er hätte tatsächlich geerbt, denkt Schulz

und überhört beinahe die Frage, die Sabena scheinbar beiläufig stellt, genauer gesagt: er hört sie, aber versteht nicht gleich, und glaubt dann, als er sie versteht, sich verhört zu haben: ob er sich schon habe testen lassen,

fragt Sabena,

und jetzt ist es offensichtlich: dass sie tatsächlich *ihn* meint, dass sie allen Ernstes mit ihm über eine Familiengründung verhandelt, es rauscht wieder in seinem Kopf, Sabena zeigt auf ihre Ohren: ein Flugzeug, begreift Schulz, oder eine Kaffeemaschine, jedenfalls Aufschub, denn so erfreulich die Nachricht ist, dass Sabena ihm zutraut, über das genetische Material für ein *eigenes Kind* zu verfügen, so klar ist auch, dass sie die Idee sofort wieder verwerfen würde, wenn sie um die Probleme wüsste,

deren geringstes vielleicht sein erhöhtes Altersdiabetes-Risiko darstellt, das bei der Untersuchung zutage träte,

schwerwiegender sind schon die signifikant niedrigen MOT-Werte seiner Spermien, die infolge des allgegenwärtigen Bisphenols A nahezu unbeweglich sind, aber das ließe sich unter Umständen vielleicht noch mit Hilfe einer, er weiß nicht, wie es heißt, aber jedenfalls teuren Direkt-in-die-Eizelle-Injektion lösen, während das genetische Editieren seiner MAOA-CDH13-Mutation einfach unbezahlbar wäre, außerdem würde Sabena, wenn sie von der MAOA-CDH13-Mutation erfuhr, nicht nur zögern, sein Sperma zu akzeptieren, denkt Schulz, sondern ihn selbst womöglich für potenziell kriminell halten, obwohl erwiesenermaßen neunzig Prozent derjenigen, die eine MAOA-CDH13-Mutation haben, nie kriminell werden, und obwohl auch er, Schulz, nie kriminell gewesen ist, abgesehen davon, dass er einmal eine Packung Kaugummi geklaut hat als Kind,

und abgesehen von seiner Anderdok-Phase, aber das ist vorbei, und es dürfte nirgends erfasst sein,

okay, einmal ist er trotz Führerscheinentzugs Auto gefahren, aber das ist nicht direkt kriminell, findet Schulz, und trotzdem sagt er jetzt:

Ich dachte immer, du wolltest einen nepalesischen Spender,

und beeilt sich, da es ein bisschen abweisend klingt, sogleich zu versichern, dass er grundsätzlich nichts gegen ihren Vorschlag habe, dass er sich selbstverständlich gern einer Genanalyse unterziehen werde, aber das Ergebnis einer solchen Analyse sei ja, sie möge ihn um Gottes willen nicht missverstehen, durchaus offen, im statistischen Durchschnitt seien immerhin mehr als vierzig Prozent des Eigenspermas europäischer Männer unbrauchbar, hört Schulz sich sagen, während er im Geist noch die Kosten für das geborene Kind aufschlägt, nein wirklich, er finde das *total positiv*, für Kindergarten, Vorschule, Frühsprachunterricht, er sei überzeugt, sagt Schulz, dass sie es schaffen könnten, um von Wohnraum, Klamotten, Phone-Rechnungen zu schweigen, und da Sabena nicht antwortet, fügt er hinzu, er sei wirklich sehr, das Wort *glücklich* liegt ihm schon auf der Zunge, kommt ihm dann aber doch zu pathetisch vor, und er sagt stattdessen: *interessiert,* und da das wiederum ein bisschen zu geschäftlich klingt, setzt er fort: weiter darüber zu sprechen, beim nächsten Mal, auf der Grundlage von Zahlen und Fakten, und jetzt lächelt Sabena und sagt dann, nachdem Schulz verstummt ist:

Du solltest das Ding abschalten,

und Schulz weiß sofort, was sie meint, nämlich den Avatar, den sie an seiner Stelle vor Augen hat, trotzdem fragt er, warum, und Sabena antwortet:

Weil er bescheuert aussieht,

und damit ist das Gespräch zu Ende, obwohl es noch eine Weile andauert, aber der Rest ist Anhang, Sabena ist nicht mehr bei der Sache, Schulz versucht noch einmal, auf ihre aktuelle Situation einzugehen, auf die ethnischen Unruhen, die *Afros,* sagt Schulz, um Sabena nicht das Gefühl zu geben, er wolle sie über die politisch korrekte Ausdrucksweise belehren, und ob sie niemanden kenne, den sie bitten könnte, sie mit dem Auto abzuholen,

fragt Schulz und ist in gewisser Weise beruhigt, dass

sie niemanden kennt, jedenfalls nicht so gut, dass sie ihn bitten könnte, sie abzuholen, schon gar nicht kostenlos, sagt Sabena, wenn man mit einer Fahrt pro Mitfahrer zweihundert Dollar verdienen kann, allerdings wurde durchgesagt, dass demnächst Militärbusse eingesetzt würden, und wenn nicht, erspare sie sich wenigstens die *inauguration party* am Abend, sagt Sabena,

und gerade als Schulz sich vorsichtig erkundigen will, was das für eine Party sei, muss Sabena auflegen, weil angeblich irgendwas Wichtiges durchgesagt wird, Schulz starrt noch ein paar Augenblicke ihrem verblassenden Bild hinterher, sie hat seinen Geburtstag vergessen, fällt ihm ein, der Fußboden unter ihm kippt weg, das ganze Restaurant beginnt, sanft ins Tal hinabzugleiten, das wird ihm jetzt doch zu viel,

Schulz wendet sich ab, schaut der Chinesin in der McBaker-Uniform zu, die erstaunlich flink das Geschirr abräumt, schon wieder ein Ohrfeigengesicht, wahrscheinlich spinnt er allmählich, die Frau ist einfach nur geschminkt, denkt er und konzentriert sich auf seinen Burger, aber der Appetit ist ihm vergangen,

dabei ist es doch eigentlich gut gelaufen, denkt Schulz, keine Rede von Frankfurt, kein Wort von Trennung, ich bin nicht *sooo sexfixiert*, der Satz irritiert ihn ein bisschen, er würde es, offen gestanden, nicht als besonders sexfixiert ansehen, alle drei Wochen Sex haben zu wollen, denkt Schulz und muss an die Zeiten denken, als er täglich Sex hatte, selbst wenn sie sich stritten, hatten sie Sex, und sie stritten sich immerzu, Ulli und er, und jetzt glaubt er sich zu erinnern, dass sie sogar im Streit Sex hatten, er erinnert sich an die stumme Feindseligkeit in ihren Augen, die sich zu einer wutschreienden Ekstase steigern konnte, *bitte Flüssigkeit zuführen und keine weiteren tierischen Eiweiße*, was Ulli wohl heute macht, falls sie sich nicht zu Tode gekifft hat: wahrscheinlich ist sie längst auf Sozialhilfe, alleinerziehend, zwei Kinder, selbst ausgetragen natürlich,

obwohl auch Sabena, das fällt ihm jetzt ein, im Falle der Mutterschaft kein Arbeitslosengeld bekäme, sondern Sozialhilfe, den Verdienstausfall nicht eingerechnet, aber es gibt noch Reserven: er könnte jederzeit einen Zweitjob bei *Human. Die menschliche Versicherung* annehmen oder wieder Bewertungen schreiben für den *BlenderBottle SportMixer – einzigartig wie du!*, obwohl es wahrscheinlich sinnvoller wäre, sich auf die Karriere bei CETECH zu konzentrieren, Punktestand erhöhen, Position in der Firma ausbauen, andererseits möchte er natürlich auch Zeit für das Kind haben, er muss sein Leben einfach besser organisieren, einfach besser werden, schneller, effektiver,

denkt Schulz, während er seinen XXL-Burger in sich hineinstopft, obwohl er eigentlich satt ist, isst er weiter, frisst weiter aus lauter Entschlossenheit, im Grunde wollte er doch schon immer ein Kind, oder sind es die Zwiebeln, die da in seinem Bauch rumoren, im Grunde wollte er schon immer eine Familie,

die er niemals gehabt hat, weil sein Scheißvater unbedingt nach Indien oder Indonesien abhauen musste, und jetzt befürchtet Schulz, dass er zu zögerlich war, wieder einmal,

anstatt einfach ja zu sagen, anstatt seine Freude zum Ausdruck zu bringen, anstatt zu sagen: *glücklich*, denn irgendwie ist er es ja, abgesehen von Einzelheiten, die man später noch klären kann, im Grunde ist er doch glücklich, oder ist es das Fleisch, sollte er an einer rätselhaften Überempfindlichkeit gegen In-vitro-Fleisch leiden,

denkt Schulz und hätte es lieber nicht denken sollen, denn jetzt ist es da, dieses Ding, das sich in seinem Bauch ausdehnt, sich aufbläht, jetzt denkt er an Kaiserschnitt, bekloppter Gedanke, dass *er* das Kind zur Welt bringt: immerhin würde er so das Geld für die Leihmutter sparen, und gerecht wäre es auch, nachdem die Frauen jahrtausendelang gebären mussten, denkt Schulz, er legt den Rest *Country Summer XXL* auf den Teller zurück, nimmt noch einen Schluck Cola im Stehen und geht langsam zum Ausgang, die Sphärenmusik reißt ab, *Wir hoffen, dich in unserem Restaurant bald wieder begrüßen zu dürfen*, es folgt ein kurzer Hinweis auf den bevorstehenden Börsengang von

McBaker, dann hört er das Martinshorn und der Name *Laila* blinkt oben rechts auf dem Screen, Schulz ertappt sich dabei, wie er die Zähne bleckt, idiotisch, obwohl er sich plötzlich erinnert, gelesen zu haben, dass erfolgreiche Menschen beim Lachen die Zähne entblößen, dann fällt ihm der bescheuerte Avatar wieder ein, den er abschalten sollte, bloß *wie*, sein Puls ist auf Gelb, aber seine Argumente sind gut, denkt Schulz, *rot* gleich *nackt* und so weiter, *Das Dao des Laufens*, und auf das Gesicht achten, Zähne nicht blecken, das könnte dämlich aussehen, am besten gar nichts machen, gar kein Gesicht, wie Tox Rider in der berühmten Folge von *Life or Death*, denkt Schulz, dann betätigt er den Annahmebutton, worauf seine Chefin erscheint:

die Sphinx mit der Spinnenfrisur, noch immer im schwarzen Abendkleid mit diesem aberwitzigen Ausschnitt, nur dass sie sich, als hätte sie seinen Blick vorhin registriert, etwas umgelegt hat, das die Schultern bedeckt und die einander zugewandten Rundungen ihrer Brüste: ein leicht aufgeplustertes, lilafarbenes, vermutlich künstliches Fell oder eine Federboa, aber das denkt Schulz nicht, er denkt weder *Boa* noch *Fell*, sondern *Puschel*, und diesen *Puschel* hat er heute schon einmal gesehen,

und er weiß sofort, wo.

EUSAF
European Security and
Anti-Terror Facilities

Berlin, 05. 09. 2055

Personen Daten Prüfung (P1)

AVA N/440513/5

Zielperson: Schulz, Nio

zu prüfende Person: **Kroy, Sabena** (mutmaßliche Partnerin der Zielperson)

ID-Nummer: 78847714876

Geburtsdatum: 19. 04. 2019

Geburtsort: Münster, D / NL / E.ON / SBI

Eltern: Kroy, Roos (Mutter), ID 69876498326, Staatsangehörigkeit NL / D / E.ON / SBI; Ruppig, Sebastian (Vater), ID 65789307652, D / E.ON / SBI

Wohnort: Minneapolis

fam. Status: allein lebend

eingetragenes Geschlecht: weiblich

Staatsbrgsch.: D / E.ON / SBI, USA (MAT&T-Group)

Tätigkeit: Showroom Model AIMANT DESSOUS Minneapolis (Honorar Basis)

Aussage Kroy, Sabena

(Zusammenfassung der Vernehmung durch FBI, Minnesota, CT-Div.)

Z. p. Person gibt an, die Zielperson zuletzt am 30. August im Flughafen Hotel Frankfurt/Main getroffen zu haben. Dabei ist ihr keine Besonderheit an der Zielperson aufgefallen. Terroristische oder kriminelle Interessen der Zielperson sind ihr nicht bekannt. Ob die Zielperson psychische Probleme hatte oder sich bedroht fühlte, kann sie nicht sagen. Vom Verschwinden der Zielperson habe sie erst durch das FBI erfahren.
Trotz wiederholter Nachfrage bestreitet z. p. Person, mit der Zielperson zusammen zu sein. Sie habe die Zielperson lediglich gedatet. Als Beweis führt sie an, dass sie die Kosten für das *social freezing* allein trägt.
Weitere Angaben will die Person nur in Anwesenheit eines Anwalts machen.

A.1 Kommunikationsdaten Kroy, Sabena

Erstellung: maschinell (AQUA: Algorithmus zur quantit. Auswertung von Metakommunikationsdaten)

A.1.1 Kontakte

Anzahl Kontakte	423
aktive Kontakte (Anzahl Nachrichten ≥ 1/Monat)	34
Nachrichten pro Tag	52
Anteil eingehende	52 %
Anteil mündliche Kommunikation	34 %
Anteil öffentliche	6 %
Erreichbarkeit	68 %
Agglomeration	62 %
Anzahl der Cluster (Basis 7 %)	5

A.1.2 Cluster Analyse / Beziehungen

(für Infos zu Typ und Größe der Cluster bitte *hier* klicken)

Clusterungsgrad	0,5	mittel
Interaktion zwischen den Clustern	0,0	null
Grad der Vernetzung	0,4	mittel
informeller Status	0,5	mittel
Duration (Beständigkeit aktiver Kontakte im Verhältnis zum Lebensalter)	0,5	mittel
M-Faktor (Multimodalität)	0,3	gering

A.1.3 Räumliche Mobilität

(für detaillierte Informationen zu Zeit und Aufenthaltsort bitte *hier* klicken)

urbane Mobilität (in km/Jahr und km/Tag)	12560/34
exurbane Mobilität (in km/Jahr)	101 000
Flexibilität (min/max Anwesenheit an Sozialstandorten)	0,8
Migration (Distanz Geburtsort-Wohnort in km)	7200

A.2 Persönlichkeitsprofil Kroy, Sabena

Aus den oben aufgeführten Metakommunikationsdaten lässt sich folgendes Persönlichkeitsprofil erstellen:

A.2.1 Psychotyp

Erstellung: maschinell (FAB5: Faktoranalyse nach Big-5-Modell)

Persönlichkeitsfaktor	Skala 1–9
Neurotizismus	6
Extraversion	1
Offenheit für Erfahrungen (Intellekt)	4
Verträglichkeit	4
Gewissenhaftigkeit	7

A.2.2 Psychotyp grafische Darstellung

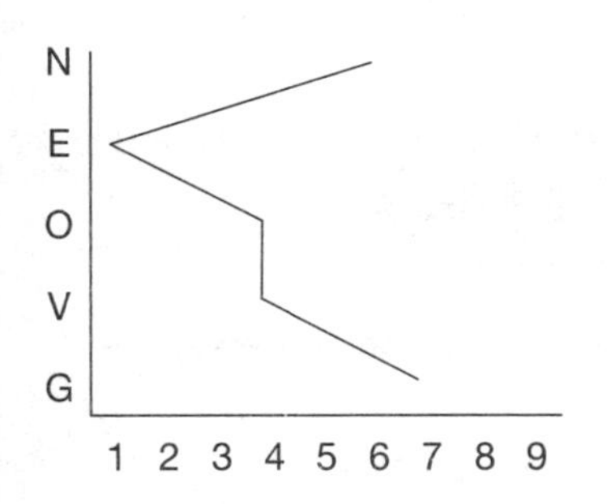

Formtyp: «Nase»
Buchhaltertyp, ordentlich, verschlossen, instabil.

A.2.3 Sozial-Profil

Erstellung: maschinell (WOMM: Wolfowitz-Methode zur Metadatenanalyse)

Faktor	**Skala 1–5**	**Beschreibung**
sozialer Hintergrund	2,2	mittel
soziale Mobilität	1,5	gering
vermutliches Wahl Verhalten	2,1	Mitte
religiöse Einstellung	2,8	leicht intolerant
psychische Gesundheit	1,9	gut
physische Gesundheit	3,9	mäßig
Sucht Gefährdung	1,2	schwach
kriminelles Potenzial	1,2	schwach

B Kommunikationsinhalte und Ortsdaten Analyse

Kroy, Sabena

teilweise maschinell (MUTTI: Muster Erkennung auf der Basis Text und Themen orientierter Interferenz Verfahren)

Im Vordergrund der Interessen der z. p. Person stehen Gesundheit, Esoterik, Karriere.

Seit 3/2055 verstärkt Aktivitäten bei Jobsuche in den Be-

reichen Fashion, Design, Womenswear, Footwear, Pattern Making, Merchandising, Motion Design, Joop, Konfekt.
Die z. p. Person tätigte im Beobachtungszeitraum X = 1 Jahr Zahlungen in folgenden Bereichen: Verkehr (Flugtickets), Gesundheit, Kosmetik, Mode, Buchmarkt. Dabei handelt es sich teilweise um analog erworbene Waren.
Die Person hat ihren Hauptwohnsitz zzt. in Minneapolis.
Häufige berufliche Reisen sowie private Reisen nach Münster und Berlin.
Regelmäßige physische Aufenthalte in: Basilika Saint Mary, *Custom Fitness* Minneapolis, *American German Institute* (Kochkurs deutsch) sowie in der Hypnose-Therapie-Praxis Dr. Forecast.

C Assessment / Proceeding
Erstellung: manuell

Wir haben es mit einer tendenziell verschlossenen, stark ordnungs- und sicherheitsbedürftigen Persönlichkeit zu tun. Kontakte sind verhältnismäßig normal entwickelt mit altersbereinigt geringer Kontaktzahl, aber Vergleichs Weise hoher Rate aktiver Kontakte.
Trotz Neigung zur Introvertiertheit ist S. Kroy sozial gut integriert. Das Missverhältnis zwischen räumlicher und sozialer

Mobilität wird subjektiv mit hoher Wahrscheinlichkeit als latente Überforderung empfunden.

Folgende Verdachtsmomente konnten aus der Kommunikationsinhalte und Ortsdaten Analyse destilliert werden:

1. Die Angaben der z. p. Person bzgl. ihrer Beziehung zur Zielperson (sowohl bzgl. Zeitraum als auch bzgl. Charakter) weichen von unserer Interpretation der Beobachtungsdaten ab. Die Beziehung besteht seit 1,5 Jahren. Zwar ist die Kommunikationsdichte zur Zielperson mit insgesamt 1841 Nachrichteneingängen oder -abgängen in diesem Zeitraum nicht signifikant hoch. Trotzdem entspricht das Kommunikationsmuster nach Art der Verteilung und Dauer mit einer Wahrscheinlichkeit von mehr als 96 % dem Muster einer intimen Bindung. Das Begriffsfeld *Beziehung* hat eine Dichte von mehr als 90 %.
2. Die Mobilitätsanalyse der z. p. Person zeigt, dass die z. p. Person sich im Laufe eines Jahres insgesamt zwölf Mal unterschiedlich lange in der Praxis Dr. Forecast in St. Paul, Minnesota, aufgehalten hat. Die Website Dr. Forecast wirbt u. a. mit der Behandlung von sexueller Lustlosigkeit, Orgasmus Störungen, Blockaden, Aversionen und nicht integrierbaren Vorlieben und Zwangsvorstellungen.

Die unter dem Pseudonym Dr. Forecast praktizierende Person ist Krassin, Sergej (ID 56789639457), geb. in Rostov (RU/APOLOG-Gruppe). Der ausgebildete Psychologe (SWP Marketing- und Produktwerbung) wurde 2036 wegen des dringenden Verdachts auf Weitergabe von Betriebsgeheimnissen (business secrets) von UNIVERSE entlassen. Das FBI ermittelte außerdem wegen Verstoß gegen Datenschutz Rechte und telepathischem Daten Diebstahl. Person verfügt angeblich über paranormale Fähigkeiten.
Eine Vergütung der Behandlung der z. p. Person durch Krassin hat nachweislich nur bei den ersten drei (von zwölf) Behandlungen stattgefunden.

Es werden folgende weiter führende Maßnahmen vorgeschlagen:

1. Prüfung des analogen Inhalts der Beziehung zwischen der z. p. Person und der Zielperson durch techn. Monitoring (Mobilgeräte, Notebook, Security Anlage)

Zur Abwechslung mal nachdenken:
Wo soll die Technik installiert werden?

D. Scheck

2. Sofern eine weiterführende inhaltliche Analyse der analogen Beziehung der z. p. Person zu der Person Krassin, Sergej alias Dr. Forecast erfolgen soll, wäre

formal Amtshilfe bei den entsprechenden MAT&T-Stellen zu beantragen. Die Entscheidung darüber obliegt der übergeordneten Leitungsebene.

Abgelehnt.
DER MANN VÖGELT DIE.
Das ist doch klar!
D. Scheck

A. Alteras (AssistentX, Referat C1)

10

Der Himmel über der Fußgängerzone wird blasser, je weiter man sich vom Großen Brunnenplatz entfernt, die UNIVERSE-Anzeige ist nicht mehr zu entziffern, aber die Glass zeigt seit siebenundvierzig Sekunden eine Minute nach halb neun, langsam bewegt sich Schulz vorwärts, zu langsam für das hiesige Lebenstempo, Menschen strömen links und rechts an ihm vorbei, Menschen, die seltsam aussehen: wie Schlingpflanzen oder wie blaue Kartoffeln, ein leuchtend pinkfarbener Hintern taucht vor ihm auf, blinkt noch lange zwischen den Gehenden wie ein Warnlicht, eine chinesische Bank verspricht erhebliche Geldgeschenke, für Konditionen und Geschäftsbedingungen klicken Sie bitte *hier*, der *#AufschreiGegenRassismusBei@dpa* freut sich über das zehntausendste Herzchen, auf dem Kometen C/2044 Z2 wurde ein kühlschrankgroßes Objekt entdeckt, dann ist Schulz in einer Traube von blauen Luftballons, auch ein blaues Gratisgetränk wird ihm gereicht, aber Schulz will gerade kein blaues Gratisgetränk, obwohl die residente Gesundheits-App ihm zur Flüssigkeitsaufnahme rät, weder möchte er eine Abenteuerreise zu den Quellen des Gelben Flusses unternehmen, noch legt er im Augenblick Wert darauf, sich von Garra-Rufa-Fischen die Hornhaut seiner Füße abknabbern zu lassen, denn Schulz muss kotzen, einfach nur kotzen, es muss einfach raus, er schafft es gerade noch bis zu der blauen Tonne, die hoffentlich keine Papiertonne ist, und dann: *Fehlgeburt*, schießt es ihm durch den Kopf, während der säuerliche Schwall in die Tonne geht, nicht hinterhersehen, noch ein Schwall, die Nachgeburt, und noch ein paar leere, schmerzende Konvulsionen, dann ist es vorbei,

Schulz bleibt noch einen Augenblick an der Tonne stehen, beide Hände auf den blauen Plastikrand gestützt, es dauert eine Zeit, bis er wieder denken kann,

der Hang Seng verliert über sieben Prozent,

ein paar lärmende Warrior-Kids mit beängstigend echt aussehenden Pumpguns ziehen vorbei,

Kronprinzessin Mara erhält den Bambi für Frieden und Völkerverständigung,

@Luzia droht plötzlich damit, sich mit einer Packung *XTreme C* umzubringen,

und dann hat Schulz endlich *alles* und zwar als Ganzes, ohne jeden Gedanken einzeln denken zu müssen, begriffen: warum sie so wunderbar zweistimmig singen können, warum seine Chefin Jeff immer recht gibt,

warum sie ihn stets bevorzugt, obwohl er erst zweieinhalb Jahre in der Firma ist, während er, Schulz, bereits zehn Jahre für CETECH arbeitet,

warum sie – und das ist der Gipfel! – ihn anweist, sich von diesem Anfänger, von diesem *Gimpel* kontrollieren zu lassen: auditiv begleiten, wie es im Firmenjargon heißt, *bitte sieh das nicht gleich wieder negertief,*

hört Schulz seine Chefin sagen und kämpft vergeblich gegen die Vorstellung an, Jeff habe während des ganzen Gesprächs unterhalb des Bildausschnitts vor der Chefin gekniet und seine Zunge in ihre Möse gesteckt, warum ist er eigentlich stets davon ausgegangen, dass seine Chefin lesbisch sei, fragt sich Schulz, während ein Hintern mit zwei großen roten Don't-touch-Händen vorbeizittert, oder ist sie doch lesbisch,

aber wieso verbringt sie dann den Abend mit Jeff (was streng genommen noch nicht das Gegenteil beweist), wieso bedeckt sie die Rundungen ihrer einander zugewandten Brüste mit Jeffs lila Puschel (was, streng genommen, auch nichts beweist), und im Grunde ist auch die Tatsache, dass sie Jeff viel zu oft recht gibt und ihn, Schulz, seit der Pleite mit der fotoidentischen Atemschutzmaske aufmerksamer anschaut als vorher, noch kein Beweis dafür, dass seine Chefin, dass die Zwei-Meter-Sphinx (einschließlich Frisur), dass diese Riesin mit den Schwarzmeeraugen und den Melonenbrüsten sich ausgerechnet von diesem Silikonmännchen vögeln lässt,

aber vielleicht steht sie ja auf Silikonmännchen, vielleicht steht sie auf kleine Männer, die vor ihrem Sofa knien und sie mit der Zunge befriedigen, wobei diese Zunge, Schulz kann es nicht ändern, in seiner Vorstellung mehr und mehr die Form eines Dildos annimmt, der sich, auch das kann er nicht ändern, allmählich grün färbt: giftgrün, wie der Dildo im Themen-Köfferchen aus dem Sexualethik-Unterricht von Frau Doktor Leim, und je mehr Schulz sich bemüht, nicht an Jeffs grüne Dildozunge zu denken, desto schlimmer wird es, und nachdem er sich noch eine Weile bemüht hat, nicht an Jeffs grüne Dildozunge zu denken, kann er an nichts anderes mehr denken als an Jeffs grüne Dildozunge, die seine Chefin allmählich in Schwingungen versetzt, sodass die einander zugewandten Rundungen ihrer Melonenbrüste rhythmisch aneinander zu klatschen beginnen, während sie Laute hervorbringt, die Schulz an die Schreie exotischer Vögel erinnern, wie er sie als Kind im großen Tropenhaus des Berliner Tierparks gehört hat, ohne allerdings die entsprechenden Vögel je zu sehen,

bis es ihm endlich gelingt, die Phantasie anzuhalten, indem er seine Gedanken auf die AKW-Sitzung am nächsten Dienstag lenkt, genauer: indem er sich die Frage stellt, ob das alles für das bevorstehende Bekenntnis geeignet wäre, ob er in der Lage wäre, vor versammelter Mannschaft über grüne Dildozungen und exotische Vogelschreie zu sprechen, *das Schlimmste* sagt Stony, aber wäre es nicht eine Bankrotterklärung, nach eineinhalb Jahren bei den AKWs zugeben zu müssen, dass er noch immer zu derartigen Phantasien imstande ist, fragt sich Schulz, jetzt ein Hintern mit Reißverschlussimitation, *Lass nichts Böses in deine Gedanken ein,* sagt Lau Dse, zumal es, offen gestanden, nicht vollkommen unüblich ist, dass ein Mitarbeiter einen anderen auditiv begleitet, zwei Köpfe wissen mehr als eins, sagt seine Chefin grammatikalisch nicht ganz korrekt, jetzt befinden sich achttausend *australische Ureinwohner* in der Sperrzone, meldet @dpa, obwohl die Zahl der Faves und Retweets im Umfeld des *#AufschreiGegenRassismusBei@dpa* sich auf den sechsstelligen Bereich zubewegt, und Schulz ärgert sich kurz, dass er den Aufschrei nicht sofort gefaved hat: ein paar Statuspunkte hätte er nötig, nachdem ihn in den letzten Wochen etliche Leute wegen Passivität entfolgt haben, nur: *warum gerade Jeff,* fragt sich Schulz, warum muss gerade Jeff ihn begleiten,

obwohl er zugeben muss, dass sonst kaum jemand in Frage käme: Carlos treibt sich in den APOLOG-Staaten herum, Van hat mit dem Projekt nichts zu tun, Coco nicht die geringste Ahnung von China, *dringend Flüssigkeit zuführen,* sagt die Gesundheits-App, der Blutzuckerspiegel steht schon wieder bei zwei Komma acht, *bitte denk jetzt mal logisch,* denkt Schulz, jetzt ein signierter Hintern, Schulz erkennt den Namenszug des Tox-Rider-Darstellers Nick Humpel, vielleicht waren sie zusammen auf einem Konzert, oder sie hat Jeff zu einer dieser interaktiven Kunstaktionen begleitet, wo fünfhundert Leute aus drei Kontinenten sich virtuell umarmen, oder sie waren zusammen Kuchen essen, tatsächlich, erinnert sich Schulz, haben die beiden sich schon öfters über Backrezepte unterhalten,

im Grunde kann es ihm auch egal sein, ob der Typ sich den Bizeps implantieren lässt oder Lidschatten aufmalt oder sich irgendwelches Zeug ins Hirn pflanzen lässt, denkt Schulz, zumal er ja selber Zeug im Hirn hat, allerdings nicht zu vergleichen mit dem Zeug, das Jeff im Hirn hat, einen Hormon-Chip, das ist doch nicht mehr gesund, mit Turbo-Modus und Komaschlaf-Funktion, sechzehn Stunden lang ununterbrochen Scheiße quasseln, und dann knipst er sich für sechs Stunden aus und ist wieder *dermaßen komplett gut drauf,* dass man ihm die Fresse einschlagen möchte, überhaupt die Sprüche, die ihm seltsamerweise niemand verübelt: wenn er in der Teamsitzung verkündet, dass er wieder mal *geil feministisch gefickt* habe, oder Ukrainische-Nutten-Witze erzählt, trotzdem kommt keiner, ja, nicht einmal Schulz selbst, auf die Idee, ihm vorzuhalten, das sei *weißmännlichhetero,* warum eigentlich nicht, fragt sich Schulz, weil er ab und zu im Röckchen zur Teamsitzung kommt, *Nicht wider die Natur handeln, fördert der Dinge Gedeihen,* sagt Lau Dse, oder weil er hin und wieder die *Damentoilette* benutzt, weil ihm *heute so mösig zumute ist,* das sollte er, Schulz, einmal sagen: *weil mir heute so mösig zumute ist,*

oder die Nummer in der Cafeteria von CETECH, als Jeff, damals keine zwei Wochen bei der Firma, dem Model in dem essbaren Zimmermädchenkostüm ein Stück Slip aus dem Hintern biss, um es, andeutungsweise mit dem angebissenen Hintern koitierend, unter allgemeinem Beifall zu verspeisen,

warum darf der das, fragt sich Schulz, wohingegen er selbst jeden Dienstag zu den AKWs rennt und irgendwelche Bekenntnisse erfindet, nein, nicht erfindet, es ist jedes Wort wahr, es sind zweifellos die tiefsten, die schlimmsten, die peinlichsten Wahrheiten, die er nach und nach auszusprechen gelernt hat, allerdings, und das ist das Seltsame, wenn er sie tatsächlich ausspricht, wenn er – einmal im Vierteljahr – an dem Slide-Projektor in der Steve-Jobs-Oberschule steht und Wahrheiten ausspricht, die ihn wochenlang beschäftigt haben, die ihm tief und schlimm und peinlich erschienen sind, dann kommen sie ihm mit einem Mal gar nicht mehr so tief, so schlimm und peinlich vor, im Gegenteil, dann fürchtet er plötzlich, sie seien nicht tief, nicht schlimm, nicht peinlich genug, und wenn Stony ihn anschließend lobt, überkommt ihn jedes Mal das Gefühl, er sei ein Heuchler, ein Betrüger,

genau wie beim Motivationstraining, wenn sein Coach den *Killerinstinkt* in seinen Augen gesehen haben will,

oder wenn Sabena beim Abschied sagt, dass sie es *schön* fand,

oder wenn seine Mutter ihn bewundert, weil er ihren Fernseher oder ihre Waschmaschine oder ihren Kühlschrank programmiert hat,

oder wenn seine Chefin sich zu einem *Gutt Job, Nio* durchringt,

immer hat er das Gefühl, er spiele den Menschen bloß etwas vor, und jetzt fällt ihm das unangenehme kleine Erlebnis am Morgen wieder ein, als der Fingerprintsensor versagte, die nicht personalisierbare, kalte Stimme der Glass, die ihm nicht glauben wollte, dass er *er* sei, als wäre die Glass imstande, über die haarfeinen Implantate in seinem Gehirn seine Echtheit zu prüfen:

checking identity

aber warum, fragt sich Schulz, während irgendein Hier-gibt-es-alles-Kaufhaus ihm allen Ernstes *bestes negakuss in Wú Chéng* anbietet, warum muss er eigentlich *er* sein,

warum muss er jemand sein, der er vielleicht gar nicht ist oder nicht sein will, warum ist er nicht so wie Jeff, beispielsweise,

er muss sich ja nicht gleich Lidschatten aufmalen oder Röcke tragen oder auf die Damentoilette gehen, wenn er sich *mösig* fühlt, aber warum nicht ein paar von diesen Second-Life-Sachen abonnieren oder bei *Swarm* mitspielen, anstatt immer alles abzulehnen, wie sein Großvater, und warum eigentlich keinen Hormonchip, mal abgesehen davon, dass so ein Teil schweineteuer ist, wahrscheinlich hat Jeff reiche Eltern, von seinen Honoraren allein könnte er sich keinen Hormonchip leisten und erst recht nicht die Gen-Editionen, mit denen er immer angibt, angeblich hat er sich sogar eine HIV-Immunität epigenieren lassen: *ohne Gummi fliegen die Vögel am Himmel*, einer seiner bekloppten Sprüche, und wahrscheinlich,

denkt Schulz, wahrscheinlich ließe sich auch eine MAOA-CDH13-Mutation epigenieren, vielleicht sollte er darüber nachdenken, falls er tatsächlich Geld von seinem Großvater erbt, man fühlt sich vollkommen anders, sagen Leute mit Editionserfahrung, man *ist* jemand anders, ein anderes Ich, kein Cyber-Ich, keine Second-Life-Variante, sondern *echt anders*, sagen die Leute,

und Schulz versucht sich vorzustellen, wie es wäre, wie er sich fühlen würde als jemand anders, als jemand, der geheilt ist, im Netz wird die Frage diskutiert, ob @Lucia sich real umbringen wollte oder nur ihre Netzidentität wechseln, wie er sich fühlen würde, wenn alles Kranke, Dunkle,

Verbrecherische in ihm ausgelöscht ist, Mars One bringt die ersten Kolonisten *one way* zum Mars, aber will er das überhaupt?, *bestes negakuss in Wú Chéng*, da hat irgendwer seine Suchanfrage gecrackt, der Hang Seng verliert elf Prozent, Schulz hat keine Ahnung, wie so etwas geht, aber er kennt das, Suchworte, die plötzlich in einer Werbung auftauchen, auf keinen Fall draufklicken, Würmer, Trojaner, Tumore, die Weltbank dementiert Gerüchte über das Schwinden der Geldmenge M3, oder irgendwelche *bots* oder *webcrawler* oder *thiefs* oder *widows* oder *cranks,* der Transpazifische Rat sieht aufgrund der meteorologischen Komplexlage keine Möglichkeit, den Countdown für die klimaregulierende Großsprengung auf dem australischen Kontinent aufzuschieben, will er das Kranke, Dunkle, Verbrecherische in sich auslöschen?,

aber entweder wird seine Frage von der Glass falsch interpretiert, oder ihm verrutscht der Fokus, jedenfalls geht irgendwas schief auf dem kurzen, aber langen Weg zwischen dem Impulsfeuerwerk irgendwelcher Ionen und dem Kohlenstoff-Prozessor der Glass, der UNIVERSE-Navigator poppt auf, vor seinen Augen erscheint ein lila Pfeil, und eine Stimme, die der Stimme von Lau Dse verdächtig ähnlich ist, sagt ihm ins Ohr: *Folge der Straße*,

und Schulz folgt der Straße,

Schulz reißt sich endlich von der blauen Papiertonne los und folgt der Straße, vielleicht könnte man Roadmaps für *True Barefoot Runner* entwickeln, der Gedanke kommt auf, aber eigentlich interessiert ihn das schon nicht mehr, er folgt der Straße, passiert eine Duftwolke von Frittiertem, ohne erneut brechen zu müssen, biegt dann, dem Pfeil folgend, in eine Querstraße ein und empfindet es als eine Art Bestätigung, dass dort ein öffentlicher Trinkbrunnen steht, er führt sich ausgiebig Flüssigkeit zu, benetzt Gesicht und Haare, bevor er der Straße weiter folgt, es ist zwölf Minuten nach halb neun, die Temperaturanzeige steht auf dreißig Grad Celsius, ein wenig brennen seine Füße in den atmungsaktiven Schuhen mit der abriebfesten Laufsohle, aber sonst geht es ihm gut, bis auf den Blutzuckerspiegel, der Hang Seng verliert siebzehn Prozent, die Vorsitzende der Großen Mitte-Links-Rechts-Partei erwartet keine nennenswerten Auswirkungen auf die transatlantischen Märkte, die Straße hat aufgehört, Fußgängerzone zu sein, Elektroroller gleiten lautlos zwischen Fußgängern umher, ein Lieferwagen hupt sich den Weg frei, man muss aufpassen, wo man hintritt, überall Aufsteller vor den Geschäften, Schmuck und Sonnenbrillen, Flickenhandtaschen, Topflappen, kleine Autos aus Elektroschrott, ein als Eisbär verkleideter Typ drückt ihm einen Flyer in die Hand, auf dem ein Eisbär abgebildet ist, der einen Flyer verteilt, auf dem ein Eisbär abgebildet ist, der einen Flyer verteilt, den Schulz in die nächste Mülltonne wirft, der letzte Eisbär ist vor einem Monat in einem Zoo in Alaska verstorben, die EUSAF fordert mehr Transparenz in Politik, Staat und Gesellschaft, *jetzt links abbiegen,* sagt Lau Dse, und Schulz biegt links ab, stolpert in eine Gruppe krummer, dunkler Gestalten hinein, die Bündel auf ihren Rücken schleppen: Wanderarbeiter, weiß Schulz, nur wieso Wanderarbeiter immer so schmale Augen haben, ist ihm ein Rätsel, das Navi warnt vor Ausflügen in die Randbezirke, aber Schulz findet nicht, dass das hier wie ein Randbezirk aussieht, es sieht eher aus wie in Wien, auch wimmelt es von Touristen, zwei Frauen mit Rastalocken und Pluderhosen kommen ihm entgegen, das können nur Deutsche sein, *ich liebe Kafka,* schnappt Schulz im Vorbeigehen auf, oder: *ich liebe Kaffee*?, Wienerwald wirbt mit traditionell chinesischer Kost, Alibaba möchte ihm modische Quirky-Look-Jeans von Harley&Harley in 33/33 verkaufen,

aber Schulz kauft keine modischen Quirky-Look-Jeans von Harley&Harley, auch wenn er zugeben muss, dass die Größe stimmt, Schulz folgt der Straße, seine Durchschnittsgeschwindigkeit beträgt drei Komma acht Kilometer pro Stunde, seine Körpertemperatur ist normal, sein Blutdruck stabilisiert sich allmählich wieder, nur sein Blutzuckerspiegel fällt allmählich unter zwei Komma sieben, aber Schulz folgt der Straße, auf leicht brennenden Sohlen, während er, ohne es selbst zu bemerken, eine Melodie zu summen beginnt: chromatische Kaskaden über einer synkopischen Bassfigur, schwer nachzusingen, aber die Melodie kennt er gut, gut genug jedenfalls, um vom *SoundHound* erkannt zu werden: Anderdok, *Fock You*, meldet die App, und Schulz klickt ohne zu zögern auf die Playtaste und hört, während er an gebrauchten Telefonen und Radioweckern vorbeigeht, während zwei rot-weiße HTUA-Polizisten einen kleinen Mann mit Stoppelbart abführen, während ein Blinder mit Bauchladen einem Sehenden Lose verkauft und eine schlanke Chinesin auf Nagelabsätzen und mit fotoidentischen Striemchen auf dem Hintern an ihm vorbeizieht,

hört jenen legendären Song, dessen ganzer Text aus nur zwei Worten besteht.

11

Jeff meldet sich kurz nach neun über die sogenannte kodierte Leitung: vor langer Zeit, als Schulz bei CETECH anfing, hat er der Installation eines Plug-ins zustimmen müssen, einer Software, die es der Firma möglich macht, ihn jederzeit über eine verschlüsselte Leitung anzusprechen, der *Mann im Ohr,* wie es intern heißt, nicht ganz *pisi,* denn es könnte auch eine Frau sein, aber in diesem Fall ist es ein Mann, *wie sind die aktuellen Tittenwerte in China, du Heter,* nicht ganz klar, ob Jeff *Hater* oder *Hetero* meint, die Straße ist schmaler geworden, Menschen drücken sich an Schulz vorbei, wechselnde Gerüche steigen ihm in die Nase, Menschen essen, spucken, sprechen ins Unsichtbare, schon wieder ein lila String, in HTUA-China werden auch Ärsche neoplasmatisch veredelt, vier als Smartphones verkleidete Männer führen ein jämmerliches Smartphone-Ballett auf, kurz übertönen die heillos übersteuerten Lautsprecher den Anderdok-Sound, dann ist die Stimme des Sängers wieder da, *fock you fock you fock you fock you,* der Hang Seng verliert zweiundzwanzig Prozent, die virtuelle Konferenz der Weltbank fordert eine temporäre Schließung der Börsen, Wienerwald wirbt für *Leckere regionale Vegi-Gerichte,* auf der digitalen Werbefläche serviert eine blonde Chinesin im üppig gefüllten Dirndl *Zäpfle Hefeweizen Naturtrüb Alkoholfrei,* der klassische Homburg scheint plötzlich wieder in Mode zu sein, ein Mann trägt einen Stahlhelm, ein anderer hat eine Art Faraday'schen Käfig um seinen Kopf (mit Aussparungen für die Ohren), *was ist los, Heter, redest du nicht mit mir,* Schulz deaktiviert das CETECH-Plug-in, aber Jeff ist noch immer zu hören, *jetzt zupf dir mal nicht die Härchen aus dem Sack,* ein Arsch mit lebensecht aufgenähten Herzchen-Taschen wackelt vorbei, auch fotoidentische Scheintitten sind wieder zu sehen, *biege rechts ab und passiere den Sti-Wens-Platz,* sagt Lau Dse, Schulz erkennt das bunt gemusterte Dach des Stephansdoms, wenn auch nur in Miniatur, *wo bist du überhaupt, Heter,* ein als Roma oder Sinti oder Jenischer oder Angehöriger einer anderen zur Dauermigration gezwungenen Bevölkerungsgruppe Europas Verkleideter spielt auf der Geige Musik der Roma oder Sinti oder einer anderen zur Dauermigration gezwungenen Bevölkerungsgruppe Europas, die Schulz aber nicht hört, weil ihm der Sänger von Anderdok ins Ohr brüllt, nur für gelegentliche Meldungen wird die Musik kurz zurückgefahren: Punkt zehn Uhr achtzehn südaustralischer Zeit findet planmäßig die klimaregulierende Großsprengung auf dem australischen Kontinent statt, der transpazifische Rat bedauert, die Vorsitzende der Großen Mitte-Links-Rechts-Partei erklärt, der *#AufschreiGegenRassismusBei@dpa* schafft es unter die Top Ten der Tagesnews, @dpa verliert zweiunddreißig Prozent, @Luzia gibt ihren Klarnamen und ihre Adresse bekannt, sie heißt Sarah Klump und wird sterben, *wenn keiner von euch Arschlöchern die Nothilfe ruft*, es gibt plötzlich Headshops am Straßenrand, hier kann man – in geringen Mengen – legal Alkohol kaufen, Wienerwald wirbt für *original Tofu-Eisbein, saftiges In-vitro-Rippchen auf Kraut, Kaiserschmarrn eifrei milchfrei mehlfrei und ohne Zucker* und andere typisch alteuropäische Gerichte, und zwischen alldem, über alldem die Schredderstimme von Tom Hertzberg alias Dino Droge, der sich vor zehn Jahren an einem Elektrokabel erhängt hat: *fock you fock you fock you fock you*, Jeff ist kaum noch zu hören *hallo, Schülzchen, ich weiß nicht, ob du schon mal was von Kommunikation gehört hast*, jetzt wird es noch enger, beim Streit um die arktische Bohrinsel Juri Dolgoruki werden drei pakistanische Sicherheitsleute getötet, *ich versuche, mit dir zu reden*, niederländische Bauern protestieren gegen die Zwangsräumung küstennaher Gebiete, *hallo, kannst du dem Onkel mal guten Tag sagen*, eine Organisation namens Redwood erinnert an den Jahrestag der Ermordung von Kshama Watts, *who the fuck is Ksha-*

ma Watts, kreischt Jeff, *who the fuck is fucking Kshama Watts,* aber auch Schulz weiß nicht, wer Kshama Watts ist, und selbst wenn er wüsste, wer Kshama Watts ist oder genauer: war, nämlich die Organisatorin der Arbeiterübernahme eines im Jahre 2036 von Boeing geschlossenen Werks in Seattle, wäre Schulz im Augenblick weder bereit noch imstande, mit Jeff alias Jaroslaw Dzerzhinsky über Kshama Watts zu reden, *irgendwie bist du vom Kurs ab, Heter,* auf der Werbefläche eines Wienerwald-Restaurants serviert eine Chinesin im Schottenrock Thüringer Klöße, *falls du heute noch ein Business-Date haben solltest,* Schulz versucht es mit dem Biotransponder, *wäre es günstig, demnächst ein Taxi zu callen,* sagt Jeff, was aber bloß die Körpertemperatur- und Pulsanzeige zum Verschwinden bringt, *es sei denn, du möchtest die vierzehn Kilometer zu Fuß gehen,* Schulz aktiviert den Biotransponder wieder, seine Körpertemperatur beträgt siebenunddreißig Komma zwei Grad, sein Blutzuckerspiegel ist unterirdisch, *dann rufe ich jetzt mal bei den Chinesen an und beantrage eine Terminverschiebung,* auch der Laktatwert nähert sich allmählich einer kritischen Untergrenze, *was habe ich dir getan, Heter,* Schulz versucht es mit Messenger, jemand findet heraus, dass #SarahKlump heute neununddreißig Jahre alt wird, *glaubst du, ich habe dich angeschissen,* jemand findet, das sei der passende Zeitpunkt zum Sterben, Schulz versucht es mit Look-Out-Look-In, *bist du so be-*

scheuert, zu glauben, ich hätte dir die Scheiße eingerührt, Schulz versucht es mit Blassphemia, *die Scheiße hast du dir selber eingerührt,* seine Fußsohlen brennen, *ich versuche, dir zu helfen,* der Schweiß läuft ihm an den Schläfen herunter, *deinetwegen schlage ich mir die Nacht um die Ohren, weil du unser aller Mutterkuh in den Ausschnitt glotzt, statt deinen Text aufzusagen,* lila Pfeil nach scharf links, im subsaharischen Wasserkrieg tritt der sechzehnte Waffenstillstand in Kraft, Schulz versucht es mit Multitasker, *jetzt gib mal Laut, Nio, sonst wird der Onkel böse,* in den MAT&T-Staaten wird Senator McShy wegen des Versuchs der sexueller Belästigung einer Sexarbeiterin zu einem Jahr auf Bewährung verurteilt, Schulz versucht es mit Sharkness, *okay, dann lassen wir es,* @dpa wird von Zäpfle-Bier übernommen, *dir ist klar, was jetzt folgt,* eine singhalesische Leihmutter namens Lei-La schafft es mit der fünfunddreißigsten Geburt ins Guinnessbuch der Rekorde, Schulz versucht es mit Spottycat, *die schmeißen dich raus, alter Mann,* Schulz versucht es mit Radiator, *Scheiße, die brauchen dich noch nicht einmal rauszuschmeißen,* es folgen drei Frauen in durchsichtigen Burkas, *du bist einfach raus, du bist tot,* Schulz versucht es mit DiveIn, und Jeffs Stimme ist weg, bewaffnete Friedensaktivisten stürmen aus Protest gegen irgendwas das Parlament irgendwo, aber Jeffs Stimme ist weg, ringsum sieht es auf einmal aus wie das barocke Zentrum von Potsdam, aber Jeffs Stimme ist weg, *noch null Komma fünf Kilometer zum Ziel,* sagt Lau Dse, ABER JEFFS STIMME IST WEG, eine Chinesin in Preußenuniform serviert Spitzenwein aus brandenburgischen Hanglagen, es gibt auch Currywurst, es gibt inzwischen elf Tote infolge der ethnischen Unruhen in den MAT&T-Staaten, aber gewiss nicht in dem Flughafenrestaurant, wo Sabena jetzt sitzt und auf den Einsatz von Militärbussen wartet, denkt Schulz, trotzdem sinkt seine Geschwindigkeit auf zwei Kilometer pro Stunde, einen Augenblick hat er mit Schluckbeschwerden zu tun, das Ziehen im Bauch nimmt zu, in den MAT&T-Staaten mehren sich Stimmen, die NSA bestreitet, die Vorsitzende der Großen Mitte-Links-Rechts-Partei betont, aber Schulz denkt an Sabena, eigentlich denkt er nicht, es ist mehr ein Ziehen im Bauch, es ist eine vage Vorstellung, ein molekülдünner Geruch, es ist eine Erinnerung an etwas, das nie gewesen ist, die Sehnsucht nach etwas, das er nicht kennt, dann sind die Barockhäuser wieder da, die Cafés, die Mini-Markets, die Apotheken, die Sportläden, die Kosmetikgeschäfte, die Boutiquen, die Losverkäufer, die Bettler, die Elektroroller, die Wanderarbeiter, die Schlangenfrauen, die Sonnenbrillenverkäufer, die Scheintitten, die Apple-Werbung, die Hutträger, die Businessanzüge, die heimlichen Alkoholverkäufer, die Mini-Burkas und die Abayas, die Peeptoes und die Weltkriegsjacken, die Stahlhelme und die Kufiyas, die Bodystockings und die Hitlerkostüme, die Suspender-Panties und die Uniformen, die bewegten Werbeflächen mit den unsichtbaren Geruchstransmittern und die Stimme des an einem Elektrokabel baumelnden Anderdok-Sängers: *fock you fock you fock you fock you*, jetzt gibt es Arsch am Spieß: Giga-Barbell-Piecing, lila Pfeil rechts, plötzlich sieht es aus wie in Rothenburg ob der Tauber oder wie in Wernigerode an der Holtemme oder wie in Alsfeld an der Eifa oder wie in Füssen am Lech, *noch vierhundert Meter*, das Islamische Kalifat, Torsten Jerzembeck postet ein Foto von Nina, aber wer ist Torsten Jerzembeck, und wer ist Nina, und was ist mit dem Islamischen Kalifat, das Islamische Kalifat bestreitet, Torsten Jerzembeck bleibt bis auf weiteres unbekannt, das Islamische Kalifat bestreitet aufs schärfste, die sogenannte schmutzige Atombombe in dem New Yorker Bus Terminal deponiert zu haben, ein echt nackter Bauch, die Außentemperatur steigt auf dreiunddreißig Komma fünf Grad, sein Blutzuckerspiegel stabilisiert sich infolge der Fettverbrennung, nur die Laktatwerte steigen auf zwei Komma neun Millimol pro Liter, lila Pfeil links, dann gleich wieder rechts, das *Guggenheim Abu Dhabi* erwirbt die Rechte an der Selbstenthauptung des Performancekünstlers Ai Dai, s@sukagen bezweifelt die physische Existenz von Merkel-Shapiro, @INTERTRANS Deutschland fordert das konsequente Einführung von geschlechtsneutrales Sprache im Schulunterricht, dem Sammeln von

Staatsbürgerschaften soll endlich ein Ende bereitet werden, sagt die Staatssekretärin für Irgendwas, Pfeil nach links, *noch dreihundert Meter,* jemand hat sich eine Kopfwunde aufgemalt, jemand hat sich ein Preisschild an die Stirn getackert, jemand findet heraus, dass Sarah Klump keineswegs als Marketing-Managerin bei Alibaba Europe gearbeitet hat, sondern, wen interessiert das, einen sogenannten All-inclusive-Umzugsservice für begüterte Familien betrieb, dass ihr Profilfoto gefakt war, dass sie Gewichtsprobleme hatte und sich seit zwei Jahren in psychotherapeutischer Behandlung befand, *noch zweihundert Meter,* auch der außerbörsliche Handel wird jetzt geschlossen, die Vorsitzende der Großen Mitte-Links-Rechts-Partei versichert erneut, jemand hat sich fotoidentisch den Mund zugenäht, jemand trägt seine Eingeweide als dreidimensionales CT auf dem T-Shirt, Wienerwald bietet jetzt auch marokkanische, französische, russische, mexikanische, norwegische, samische, usbekische, uigurische, tatarische, kasachische, ossetische, pygmäische und himbaische Küche, jemand trägt ein Messer im Hals, jemand findet *diese exhibitionistischen Netz-Suizide einfach zum Kotzen,* es gibt auch Augen-Piercings, jetzt taucht eine fotoidentische Scheinmöse auf, *noch einhundert Meter bis NEGAKUSS,* die aber aussieht wie eine geplatzte Bratwurst, Pfeil links, wie ein zugenähter Mund, es gibt auch Jobangebote, wie ein Messer im Hals, besonders freuen wir uns über Bewerber mit Diskriminierungserfahrung, wie die Eingeweide von Sarah Klump, noch einmal Pfeil links, *nur noch fünfzig Meter,* die virtuelle Konferenz der Weltbank dementiert Gerüchte über die physische Nichtexistenz von Merkel-Shapiro, Wienerwald bietet ein *Nio-Spezial,* und es gibt erfreuliche Nachrichten aus der Tierwelt: chinesische Wissenschaftler, Schulz wird von einem Elektroroller touchiert, chinesische Wissenschaftler haben festgestellt, dass die Bisphenol-A-Konzentration in den Binnengewässern zu einer Vergrößerung einiger Fischpopulationen geführt hat, Pakistan droht Indien wegen Bruchs des Nutzungsvertrages der Indus-Nebenflüsse mit atomarem Erstschlag, endlich stirbt Sarah Klump und @dpa meldet in exakt einhundertvierzig Zeichen:

> *Zäpfle-Bier eröffnet ein Spenden-Konto für die Pitjantjatjara Arrernte Luritja und weitere Stämme des vorkolonialen australischen Kontinents.*

GENESIS / KURZFASSUNG

Ich will die Geschichte nicht vom Urknall an erzählen. Besser gesagt, ich *kann* sie nicht vom Urknall an erzählen, denn der Urknall ist etwas, das nicht existiert. Jedenfalls nicht in einem Sinn, wie wir das Wort «existieren» gebrauchen: Der Urknall ist eine Vorstellung, eine Singularität würden die Mathematiker sagen, eine Art Division durch null, ein Moment, den man nicht Moment nennen kann, weil die Physik, die wir kennen, noch keine Gültigkeit hat.

Sprechen könnte ich allenfalls vom Moment nach dem Urknall, von der Planck-Ära – bitte legen Sie das Buch jetzt nicht aus der Hand, Sie werden gleich sehen, worauf ich hinauswill. Ich verspreche, ich mache es kurz, ich erspare Ihnen zum Beispiel die Erklärung dafür, warum die Erzählung erst $5{,}391 \cdot 10^{-44}$ Sekunden nach dem Urknall beginnen kann, der übrigens alles andere war als ein Knall. Denn es gab keinen Raum, in dem es hätte knallen können, noch nicht einmal «leeren Raum», in dem man eine Explosion, oder was immer man sich vorstellt, hätte beobachten können aus der Ferne. Es gab keine Ferne, es gab keine Nähe, es gab einfach nichts, noch nicht einmal Zeit.

Tatsächlich behaupten ernsthafte Physiker, die Welt sei aus Nichts entstanden, etwa wie Elektrizität: indem man negative und positive Ladungen trennt. So sei auch die Welt entstanden: indem sich das Nichts in Teilchen und Antiteilchen aufspaltete, die sich sogleich wieder zu annihilieren begannen, sodass die Welt sofort wieder zu Nichts hätte werden müssen. Aber aus irgendeinem Grund, wegen irgendwelcher winzigen Störungen oder Anomalien, sagen die Physiker, ist ein bisschen Materie übrig geblieben, ein Milliardstel, um genau zu sein, und dieses Milliardstel ist es, das wir am Himmel sehen und das durch eine Kraft, die wir nicht kennen, ins All gesprengt wird, nein, nicht ins All gesprengt wird, sondern All darstellt, aufspannt, erzeugt.

Wäre die Expansionsgeschwindigkeit des Universums im Moment nach dem Urknall jedoch nur um ein Hunderttausendmillionstel Milliardstel kleiner gewesen, sagen die Wissenschaftler, so wäre das Universum wieder in sich zusammengestürzt, bevor es auch nur die Größe eines Tennisballs erreicht hätte. Ist das nicht erstaunlich?

Wären Protonen nur zwei Tausendstel schwerer, als sie es tatsächlich sind, hätten sie sich nicht zu stabilen

Atomen formieren können, und die Welt, wie wir sie kennen, wäre niemals entstanden.

Wiche die elektrische Ladung eines Elektrons nur um ein Geringes von seiner tatsächlichen Ladung ab, wären die Sterne der ersten Generation entweder keine Sterne geworden, oder sie wären am Ende ihrer Lebensgeschichte nicht explodiert, und es wären keine Sonnensysteme wie das unsere entstanden.

Denn nichts anderes ist unser Sonnensystem als eine Sternenexplosion. Und nichts anderes ist unsere Erde als ein sich drehender Nebel, der irgendwann, vor ungefähr viereinhalb Milliarden Jahren, zu einer kompakten Masse zusammenklumpte und um die entstehende Sonne zu kreisen begann, und zwar in einem ausgesprochen günstigen Abstand und mit einer ausgesprochen freundlichen Exzentrizität: Wäre der Unterschied zwischen maximaler und minimaler Entfernung zur Sonne nur um ein paar Hundertstel größer, hätte es, da die Strahlungsintensität sich quadratisch zum Abstand verhält, auf der Erdoberfläche lebensfeindliche Temperaturunterschiede gegeben.

In Wahrheit ist es noch schlimmer: Irgendwann, knapp nach ihrer Entstehung, stieß die Erde mit einem anderen, etwa marsgroßen Planeten zusammen (wobei übrigens der Mond entstand, der am Ende unserer Geschichte bedauerlicherweise nicht mehr zu sehen sein wird), und man kann mit Sicherheit davon ausgehen, dass dieser Zusammenstoß den Kurs der Erde merklich veränderte. Mit anderen Worten: Unsere fragile Umlaufbahn verdanken wir einem planetaren Unfall.

Schlimmer noch: Da unsere Sonne vor vier Milliarden Jahren um etwa ein Drittel schwächer strahlte, wäre die Erde auf ihrer wie auch immer zustande gekommenen Umlaufbahn ein hoffnungslos unbewohnbarer Eisklumpen geblieben, hätte nicht eine hundert- oder sogar tausendfach höhere Kohlendioxid-Konzentration in der Erdatmosphäre diesen Mangel durch Treibhauseffekte ausbalanciert (um von anderen Faktoren zu schweigen, die auf die komplizierte Energiebilanz der Erde Einfluss hatten: etwa die Temperatur ihres Kerns, die radioaktiven Zerfallsprozesse im Innern oder die Kometeneinschläge in der Phase des sogenannten *großen Bombardements*, deren Energie so gewaltig war, dass alles Wasser der Erde, das zum größten Teil erst die Kometen mitbrachten, wieder verdampfte).

Es folgte ein vierzigtausendjähriger Regen.

Ist das nicht wunderbar? Dass man einen solchen Satz schreiben darf? Man möchte dabei gewesen sein: als Stein, als mineralische Schicht, als Methan in der Atmosphäre oder als Kohlendioxidmolekül. Und in gewisser Weise war man das tatsächlich.

Der Regen füllte die Ozeane (wobei er glücklicherweise ein bisschen Land übrig ließ) und schuf damit eine der wichtigsten Voraussetzungen für diese Geschichte, denn hier, im Wasser der Ozeane, schlossen sich die Atome vermutlich zu jenen langkettigen organischen Molekülen zusammen, die wir DNS nennen. Aber selbst wenn man annimmt, dass sie schon mit den Kometen auf unseren Planeten gelangt sind, müssen sie, darin sind die Wissenschaftler sich einig, im Wasser entstanden sein. Nur dass sie dort nicht hätten entstehen dürfen!

Verstehen Sie mich nicht falsch: Dies ist kein kreationistisches Manifest. Ich will hier weder bezweifeln noch beweisen. Ich erzähle eine Geschichte, genauer gesagt: die Vorgeschichte einer Geschichte, und falls diese Geschichte oder Vorgeschichte unglaubwürdig klingt, falls sie Ihnen unlogisch oder schlecht konstruiert scheint, dann darf ich zu meiner Entlastung darauf hinweisen, dass ausgerechnet dieser Teil der Geschichte oder Vorgeschichte den Tatsachen entspricht.

Denn es ist Tatsache, dass organische Kettenmoleküle gemäß den Gesetzen der Polymerchemie im Wasser nicht hätten entstehen dürfen, genauer: sie hätten sich im Moment ihres Entstehens wieder auflösen müssen (Hydrolyse heißt das entsprechende Wort), und verrückterweise entsteht bei der sogenannten Polykondensation sogar noch Wasser. Im Grunde haben wir es mit einem Prozess zu tun, der sich selbst verunmöglicht, und falls Ihnen, liebe Leserin, lieber Leser, an dieser Stelle das berühmte Ursuppenexperiment von Urey-Miller einfällt: Dabei entstanden nicht die gewünschten Kettenmoleküle, sondern lediglich deren Bausteine, die Aminosäuren; zudem gingen Urey und Miller, wie man inzwischen weiß, von falschen Voraussetzungen aus. In Wirklichkeit ist es noch niemandem gelungen, in wässriger Lösung eine organische Molekülkette zu erzeugen, schon gar keine, die in der Lage wäre, sich selbst zu vervielfältigen oder, noch verrückter, zugleich den Bauplan für eine Membran enthielte, die sie einerseits vor Wasser schützte und sie andererseits zur Aufnahme der darin gelösten Substanzen befähigte.

Genau das hat aber stattgefunden. Auf unwahrscheinlichen Wegen oder Umwegen wurde das Wunder vollbracht: auf dem Grund des Meeres, der seltsamerweise eisfrei war (was daran liegt, dass Wasser die einzige Substanz ist, die sich von vier Grad Celsius abwärts wieder ausdehnt), fernab des Lichts (das zu dieser Zeit vermutlich alles entstehende Leben zerstrahlt hätte) und unter anaeroben Bedingungen, das heißt: ohne Sauerstoff, denn – das wird Sie vielleicht überraschen – Sauerstoff ist ein Stoffwechselgift, eine bösartige toxische Substanz, die uns altern lässt, ja, die uns auf der Stelle umbrächte, verfügten wir nicht über ein ausgeklügeltes Enzymsystem, das uns wenigstens eine Zeitlang vor dem Zerfall beschützt.

Zum Glück gab es keinen Sauerstoff auf dem Planeten. Die Entstehung, genauer gesagt: die Freisetzung von Sauerstoff beginnt erst rund eine Milliarde Jahre nach der Entstehung des Lebens, und sie bringt es zum ersten Mal an den Rand der Auslöschung. Das Verrückte dabei ist, dass das Leben selbst den Sauerstoff produziert. Plötzlich, nach einer Milliarde Jahre, erfindet eine bestimmte Bakterienart, die sogenannten Cyanobakterien, die Photosynthese, einen komplizierten chemischen Vorgang, bei dem organisches Material unter Nutzung der gefährlichen Sonnenenergie produziert wird, wobei – als Abfallprodukt – freier Sauerstoff entsteht. Eine Milliarde Jahre lang atmen die Cyanobakterien Gift in die Atmosphäre, dann setzt das größte bekannte Sterben der Erdgeschichte ein, und es besteht kein Zweifel, dass auch die Cyanobakterien irgendwann dem eigenen Erfolg zum Opfer gefallen wären, hätte nicht eine andere Bakterienform eine noch viel erstaunlichere Erfindung gemacht als die Photosynthese, nämlich die Sauerstoffatmung, die sich obendrein als hocheffiziente Form der Energiegewinnung erweisen wird.

Mit dem kleinen Nachteil, dass sie zum Tode führt. Oder Vorteil. Denn natürlich würden wir unser Ziel nicht erreichen ohne ihn. Erst der Tod erzeugt die evolutionäre Beschleunigung, die im Weiteren nötig sein wird – der Tod und die Sexualität, ohne die es sogenannte höhere Lebewesen nicht gäbe.

Die Sauerstoffkatastrophe hatte aber noch andere Effekte, die ich erwähnen muss, denn die Geschichte ginge nicht weiter, hätte der Sauerstoff nicht eine Verminderung des Treibhauseffekts zur Folge gehabt. Andernfalls hätte die allmählich sich erhitzende Sonne dem Leben längst den Garaus gemacht. Infolge der abnehmenden Kohlendioxidkonzentration geschah allerdings das Gegenteil: kaum dass die Sauerstoffkatastrophe überstanden war, setzte die große *präkambrische Eiszeit* ein und bedeckte die Erdoberfläche mehrmals beinahe vollständig mit Gletschern.

Das war vor ungefähr zwei Milliarden Jahren.

Vor zweihundertfünfundvierzig Millionen Jahren verschwanden aus unbekannten Gründen fünfundneunzig Prozent aller Arten.

Vor fünfundsechzig Millionen Jahren schlug ein Meteor mit der Wucht von einigen Milliarden Hiroshima-Bomben auf der Erdoberfläche ein, setzte riesenhafte Regionen in Brand, verursachte Schwefelsäurenebel und ätzenden Regen, führte zur Verdunklung der Atmosphäre, zur Abkühlung des Klimas und schließlich zum erneuten Aussterben einer Vielzahl von Arten, insbesondere aber jener Riesenreptilien, die fast zweihundert Millionen Jahre lang die Erde beherrscht hatten. Wäre die Wucht des

Meteors geringer gewesen, würde die Erde womöglich noch immer von Sauriern bewohnt. Wäre seine Wucht jedoch größer gewesen, hätte vermutlich auch eine andere Spezies den Einschlag nicht überlebt, nämlich jene kleine rattenhafte Kreatur, an der, Sie ahnen es, der Fortgang dieser Geschichte hängt, denn es handelt sich um die Urmutter aller heute lebenden Säugetiere.

Vor fünf Millionen Jahren starben um ein Haar die Grasfresser aus: eine Welt ohne Schafe, Kühe und Pferde?

Vor zweieinhalb Millionen Jahren erreichte die letzte, man muss wohl sagen: die gerade noch ausklingende Eiszeit ihren Höhepunkt mit der Vergletscherung der Antarktis. Zwar drang das Eis nicht mehr bis zum afrikanischen Kontinent vor, was vermutlich die Ausrottung unserer Vorfahren zur Folge gehabt hätte, dennoch waren die Auswirkungen katastrophal. Die Niederschläge gingen zurück, Wälder verwandelten sich in Savannen, es begann eine Zeit der Wanderschaft und des Hungers, Früchte mussten zum großen Teil durch härtere Nahrung ersetzt werden, was, so sagen die Wissenschaftler, zu verschiedenen Überlebensstrategien führte: die eine bestand in der Ausbildung eines stärkeren Kauapparats, die andere in der Entwicklung von Werkzeug. Damit begann der seltsame Siegeszug eines nackten schwächlichen Geschöpfs, das nicht einmal über eine nennenswerte Fluchtgeschwindigkeit verfügte.

Wie wahrscheinlich ist Intelligenz? Warum, wenn sie einen so gewaltigen Selektionsvorteil darstellt, haben andere Tierarten sie nicht in demselben Maße entwickelt? Zumindest werden Sie, liebe Leserin, lieber Leser, zugeben müssen, dass es auf den ersten Blick geradezu irrwitzig erscheint, sich in einer Situation zunehmenden Nahrungsmangels ein Organ anzuschaffen, das allein zwanzig Prozent der verfügbaren Energie verbraucht. Auch im Hinblick auf den Fortpflanzungserfolg – und nur darum geht es – ist die enorme Vergrößerung des Schädelvolumens zunächst ein Desaster, zumal bei einem Geschöpf, dessen Geburtskanal sich aufgrund des aufrechten Gangs gerade dramatisch verengt hat. Kein Tier gebiert so opferreich wie die Gattung *Homo*. Und hätte die Natur nicht die Fontanelle erfunden, die es ermöglicht, dass sich die noch nicht verwachsenen Schädelplatten des Säuglings im Geburtskanal übereinanderschieben, hätte kein Wesen dieser Gattung je das Licht der Welt erblickt. Dennoch, trotz dieser raffinierten Erfindung, erweisen sich die Kosten der Intelligenz als so enorm, die Risiken als so gewaltig, dass von den zwölf bekannten Arten der Gattung elf in relativ kurzer Zeit wieder aussterben. Es überlebt nur eine.

Der *Homo sapiens* erscheint vor zweihunderttausend Jahren. Vor fünfundvierzigtausend Jahren wandert er in Europa ein. Vor etwa zehn- oder elftausend Jahren entdeckt er den Ackerbau und beginnt mit der Viehzucht, einer Lebensweise, auf die er genetisch nicht programmiert ist und die, nebenbei bemerkt, die durchschnittliche Lebenserwartung zunächst um zehn Jahre senken, die Kriege, Klassen und Hungersnöte hervorbringen wird, aber in letzter Konsequenz auch Lokomotiven, Bücher und Smartphones und insofern wohl als Fortschritt zu betrachten ist.

Vor diesem Hintergrund muss man die Jäger und Sammler, die vor vielleicht acht- oder neuntausend Jahren jene große bewaldete Insel im Nordosten des heutigen Deutschland besiedeln, zu den Zurückgebliebenen zählen, zu den Verlierern der neolithischen Revolution, die dort eine letzte Zuflucht finden: hohe Buchenwälder mit üppigen Beständen an Rehwild, massenhafte Lachs- und Störvorkommen in den umliegenden Gewässern. Ob es damals auf der Insel schon Blaubeeren gab? Und die herrlichen Mirabellen?

Es sind nur wenige Knochen und ein paar behauene Rentiergeweihe von diesen Namenlosen geblieben, und wenn ich ihnen meine Aufmerksamkeit widme, so deshalb: Obwohl die Insel eine Vielzahl mehr oder weniger gewaltsamer Siedlungs- und Verdrängungswellen erleben wird, können wir mit einiger Sicherheit davon ausgehen, dass alle nachrückenden Völker und Stämme sich zumindest bis zu einem gewissen Grad, und sei es nur dadurch, dass die Sieger sich die eroberten Frauen aneigneten, nachdem sie die Männer und Kinder erschlagen hatten, mit der ursprünglichen Bevölkerung vermischten, sodass wir es bei jenen Namenlosen sehr wahrscheinlich mit den ersten Vorfahren unseres Helden zu tun haben.

Noch trennen uns etwa dreihundert Generationen.

Was nicht bedeutet, dass wir es mit bloß dreihundert oder, da Sexualität im Spiel ist, mit sechshundert Vorfahren zu tun hätten: Die Anzahl der Ahnen verdoppelt sich mit jeder Generation. Damit der Held unserer Geschichte geboren werden kann, müssten rein mathematisch betrachtet am Anfang der Ahnenkette 2^{300} verschiedengeschlechtliche Personen gestanden haben. Was selbstverständlich unsinnig ist, denn die Zahl übertrifft bei weitem die Anzahl aller jemals geborenen Menschen, ja sogar, ich habe es nachgerechnet, die Anzahl aller Atome im Weltall. Aber selbst wenn wir eine erhebliche inzestuöse Tendenz zumindest in höheren Verwandtschaftsgraden einrechnen, haben wir es noch immer mit einer irrwitzigen Anzahl von Individuen zu tun, die gezeugt und geboren und – zumindest eine Zeitlang – überlebt haben müssen, um ein Stück ihrer Erbinformation in den drei Milliarden Basenpaaren des Genoms von Nio Schulz zu hinterlassen.

Unter diesen Individuen werden rothaarige Sueben-Krieger gewesen sein, die, den berühmten Haarknoten über der rechten Schläfe, 300 vor Christus auf der Insel einbrechen. Ihnen folgen die Rugier, selbst von den Hunnen verdrängt: die Völkerwanderung ist so alt wie die Menschheit, eine nicht abreißende Bewegung, ein ständiger Kampf um Land und Ressourcen. Den Rugiern – Roggenbauern – verdankt die Insel ihren Namen. Tacitus weiß über den germanischen Stamm allerdings nur zu berichten, dass ihre Schilde rund und ihre Schwerter kurz gewesen seien. Der größte Teil der Rugier wandert bald in Richtung Süden ab, führt eine Zeitlang unter Attila Krieg und zieht dann, vernünftiger Entschluss, an die Donau, um Wein anzubauen.

Ein Teil jedoch bleibt auf Rügen und vermischt sich, nachdem er sich schon mit der ansässigen Bevölkerung vermischt hat, noch einmal mit den von Osten her anrückenden Slawen. Die Rugier werden nun slawisiert, aber die Eroberer übernehmen, wenn man der Wissenschaft glauben darf, in slawisierter Form ihren Namen: Aus Rugiern werden Rujanen und, ein Reigen der Fremdbezeichnungen, schließlich die Ranen, berühmt noch heute für die mächtige Burg, die sie auf der nördlichsten Spitze Rügens errichten. Sie verehren den vierköpfigen Gott Svantevit und entwickeln sich zu geschickten Seefahrern, genauer gesagt: zu Piraten, die den gesamten Ostseeraum unsicher machen.

Der Kampf Dänemarks gegen die Ranen dauert Jahrzehnte, wenn nicht Jahrhunderte. Endlich, im Jahre 1168 – inzwischen lassen sich Jahreszahlen nennen –, wird es einem dänischen König gelingen, das ranische Fürstentum zu erobern. Das Heiligtum des Svantevit wird zerstört, worauf der slawische Fürst Jaromar widerstandslos den christlichen Glauben annimmt und dänischer Lehensherr wird.

Nun wird die noch immer dünn besiedelte Insel ihren vorläufig letzten großen Zustrom an genetischer Diversität erleben, nämlich durch Kolonisten, die mit Steuer- und Abgabenerlass gelockt werden. Zumeist sind es die Ärmsten der Armen, die sich auf Rügen niederlassen: Flamen, Rheinländer, Westfalen und Schwaben – Bauern, deren Ackerfläche sich durch das Erbrecht mit jeder Generation weiter verkleinert hat, bis sie nicht mehr davon zu leben, geschweige denn ihre Abgaben zu zahlen vermochten. Aus diesem Gemisch, aus den desperaten Habenichtsen des Reichs, den Versprengten der Völkerwanderung, den Nachfahren rothaariger Sueben-Krieger, den Kindern von Sklaven, den Söhnen und Töchtern von Bauern, Fischern, Seeleuten und Piraten, aus Siegern und Besiegten, aus gerissenen Anführern und lautlosen Gefolgsleuten, aus Kämpfern, Helden, Feiglingen, Verrätern, aus all denen, die irgendwie durch List oder Zähigkeit oder auch nur mit gutem Glück über die Runden kamen, die nicht verhungerten, nicht ertranken, nicht erschlagen wurden, nicht an Seuchen zugrunde gingen, nicht bei der Geburt schon erstickten oder irgendeinen jener grässlichen Tode starben, die nur die Spezies Mensch anderen Wesen zu bereiten imstande ist – aus alldem wird, nachdem auch noch die Rügischen Erbfolgekriege überstanden sind und die Kriege der Hanse gegen die Dänen, nachdem die große Sturmflut ein Stück der Halbinsel Mönchgut versenkt und Papst Innozenz VIII. die sogenannte Hexenbulle erlassen hat, nachdem die Insel schließlich auf unblutige Weise protestantisch geworden ist, ein Name hervortreten: der Name eines Kindes, welches das Unglück hat, in die finsterste Zeit, die die Insel je erleben wird, hineingeboren zu sein.

Nun bleiben noch zehn Generationen.

Zehn Generationen, das bedeutet, inzestuöse Tendenzen eingerechnet: fünfhundert bis tausend Personen, deren Schicksal wir von jetzt an verfolgen müssten, um eine Ahnung davon zu bekommen, welcher Aufwand, welche Anstrengungen, welche Zufälle nötig waren, damit unsere Geschichte nach noch einmal vierhundert Jahren endlich dort ankommt, wo sie beginnt. Das ist *nichts* im Verhältnis zur gesamten Vorgeschichte. Jedoch, es wird Zeit für dieses Geständnis: Wir haben noch weniger.

Denn alle Aufzeichnungen und Dokumente, die andere

vor mir gesammelt und weitergegeben haben, folgen im Wesentlichen der Spur derer, die den Namen Umnitzer führten: ein Name, den unser Held allerdings nicht mehr trägt. Mir bleibt deshalb nichts übrig, als mich auf die Geschichte der letzten zehn männlichen Vorfahren zu beschränken, und auch da sind meine Kenntnisse so unzuverlässig und lückenhaft, dass ich ohne Mutmaßungen und Spekulationen nicht auskommen werde.

Claus Umnitzer. Vielleicht, dass er ursprünglich Ummanzer hieß? Hier im Norden waren Nachnamen um 1600 noch nicht lange Brauch, aber der Dialekt eines westlichen Inselbewohners unterschied sich deutlich genug von dem eines östlichen: in Mönchgut hätte man einen Ummanzer an seiner Aussprache erkannt.

Sein Geburtsdatum ist nicht überliefert. Es gibt keine Taufpapiere, über seine Kindheit wissen wir nichts. Seine Chancen, das vierzehnte Lebensjahr zu erreichen, liegen statistisch bei vielleicht fünfzig Prozent – beim Sohn eines Leibeigenen eher darunter. Dass er der Sohn eines Leibeigenen war, ist aber gewiss, denn die Leibeigenschaft gilt auf Rügen noch bis ins neunzehnte Jahrhundert.

Wenn er Glück hatte, war sein Vater Fischer. Zwar hätte das weder den Vater noch den Sohn davor bewahrt, zur Saat- und Erntezeit mehrere Tage die Woche Fron auf dem Gutshof zu leisten; auch blieben den Fischern die Abgaben keineswegs erspart: zahlbar in Form von Hering. Aber

Hering gab es reichlich. Wenn die Schwärme im Frühjahr kamen, erstrahlte das Meer in der Ferne, *Heringsleuchten* nannte man das. In guten Jahren konnte man den Fisch mit dem Kescher buchstäblich ins Boot schaufeln.

Claus ist vielleicht neun oder zehn, als im fernen Antwerpen zwischen den aufstrebenden protestantischen Niederlanden und dem katholischen Weltreich Spanien ein Friede geschlossen wird, der von vornherein zeitlich begrenzt ist: eine Atempause nach einem schon vierzig Jahre andauernden Krieg. Laut Vertrag soll der Friede zwölf Jahre halten, er hält immerhin neun.

Claus ist ungefähr achtzehn, als der böhmische Feldherr Albrecht Wenzel Eusebius von Wallenstein im Namen des Kaisers das größte Heer der bisherigen Menschheitsgeschichte versammelt. Man erzählt sich auf der Insel von mordenden, plündernden Söldnern, die drüben auf dem Festland die Scheunen leer fräßen und das Vieh schlachteten, die Bauern aufhängten, wenn sie nicht kollaborierten, deren Töchter vergewaltigten oder Menschen, die sie für Protestanten hielten, ans Scheunentor nagelten.

Noch einmal neun Jahre lang hofft man, dass der Krieg auf dem Festland bleibe. Aber im Jahr 1627 muss der Herzog von Pommern-Stettin dem Wallenstein die Kapitulation unterschreiben. Noch vor dem Winter besetzen die Kaiserlichen die Insel und lassen schlimmste Befürchtungen wahr werden. Knapp die Hälfte der Bevölkerung überlebt die Besatzung nicht, mancher entzieht sich durch Flucht. Auch der inzwischen achtundzwanzigjährige Claus beschließt nach einjähriger Besatzung, seinen Heimatort zu verlassen und nach Stralsund zu gehen, die stolze Stadt, die der Belagerung Wallensteins widerstanden hat.

Ob er bei Nacht und Eisgang über das Wasser rudert oder das seltene Glück hat, dass der Strelasund bis in den Bodden hinein gefroren ist, bleibt unbekannt. Tatsache ist aber, dass ein Claus Umnitzer im Winter 1628/29 in Stralsund aufgetaucht ist. Ich versuche mir vorzustellen, wie er dort ankommt. Bisher hat er es kaum je bis zur Inselhauptstadt Bergen geschafft. Stralsund kennt er nur vom Hörensagen. Selbst die gewöhnlichen Häuser der Hansestadt erscheinen ihm hoch. Das Rathaus ist ein Wunderwerk. Die zweitürmige Sankt-Nikolai-Kirche berührt fast den Himmel. Als er das Kirchenschiff betritt, vielleicht um von seinen letzten Witten eine Kerze zu stiften, bricht das vielfarbige Licht durch die Fenster und erfüllt den Raum buchstäblich mit den Bildern der Heiligen. Er sieht an den Säulen empor zum unbegreiflichen Deckengewölbe. Er steht vor dem Hochaltar, darauf Szenen aus dem Leben Jesu, aber es sind keine Bilder, was er sieht, sondern etwas, er hat kein Wort dafür, das aus sich selber hervortritt – wie lebendig. Es zieht ihn herab auf die Knie, und so, stelle ich mir vor, findet ihn Pastor Sleker.

So ist es gewiss nicht gewesen. Dennoch muss der entlaufende Leibeigene auf irgendeine Weise die Aufmerksamkeit des Pastors erregt haben – zum Glück, denn die Überlebenschancen eines Neuankömmlings in der von der Belagerung ausgezehrten, pestkranken Stadt sind gering. Noch im selben Jahr wird der Pastor selbst an der Pest sterben. Seinen alten Kirchenknecht hat es schon zu Beginn der Epidemie hingerafft, ein Umstand, dem wir in gewisser Weise die Fortsetzung dieser Geschichte verdanken. Denn im April 1629, so ist in den Registern vermerkt, heiratet der neue Kirchenknecht Claus Umnitzer die Tochter seines Vorgängers im Amt, Anna Kruse mit Namen, und sichert sich damit ein Jahresgehalt von vierundachtzig Gulden, *theils aus dem Landt theils aus dem Begrebniß Register, nebst freyem Quartier.*

Damit wären wir unserem Ziel einen großen Schritt nähergekommen. Was noch fehlt, sind Nachkommen, die Anna allerdings nicht mehr gebären wird, denn auch sie wird das Pestjahr nicht überleben. Es dauert zwei Jahre, bis Claus sich erneut zu heiraten entschließt oder bis er eine Frau findet. Er ist zweiunddreißig, als diese Frau, deren Name unbekannt bleibt, das erste Kind zur Welt bringt, eine Catharina. Aber selbst wenn wir die weibliche Linie zu verfolgen imstande wären: Catharina wird mit achtundzwanzig Jahren kinderlos sterben. Auch zwei weitere Töchter sterben früh. Wie viele Kinder nicht einmal die Taufe erleben, wissen wir nicht. Zuletzt hängt die Fortsetzung der Geschichte an einem, Matthäus, Claus' einzigem Sohn.

Wir haben noch neun Generationen.

Ich kann nicht anders, als ihn mir schmächtig vorzustellen, ein kränklich aussehendes Kind, dem man von Anfang an geringe Chancen einräumt. Seit der Ankunft des Vaters hat die Stadt ein Drittel ihrer Bevölkerung verloren. Und wer nicht beim Beschuss umgekommen oder an der Pest zugrunde gegangen ist, dem bietet sich noch immer eine breite Auswahl an Todesarten.

Als Matthäus vier wird, wüten die Blattern in Stralsund. Mit acht erlebt er eine Pockenepidemie. Er übersteht höchstwahrscheinlich Scharlach, Diphtherie, Windpocken, Röteln und Mumps. Er stirbt nicht an Malaria, steckt sich nicht an der Gelbsucht an, erstickt nicht am *Croup*, wie der Keuchhusten genannt wird, holt sich keine Schwindsucht, entkommt dem Typhus, dem Milzbrand, der Ruhr, um nur die häufigsten Infektionskrankheiten zu nennen, die damals im Umlauf sind infolge katastrophaler hygienischer Bedingungen. Das Wasser der Stadtbrunnen ist dermaßen verseucht, dass sämtliche Einwohner Dünnbier trinken, einschließlich der Kinder.

Als Matthäus dreizehn ist, wird im westfälischen Oldenburg Frieden geschlossen. Jetzt gehört Stralsund zu Schweden, mit anderen Worten, es ändert sich nichts: Eine schwedische Garnison ist Stralsund schon vor Matthäus' Geburt gewesen.

Als er sechzehn ist, führt der Vater ihn in das Amt des Kirchenknechts ein. Es ist gerade kein Krieg. Matthäus kommt auch nicht bei den Löscharbeiten ums Leben, als 1662 beide Türme der Nikolaikirche brennen. Er wird nicht von einem Nebenbuhler erstochen oder wegen Hexerei angezeigt, als er, der schmächtige Knecht, die Tochter eines alteingesessenen Tuchmachers freit, welche obendrein schön ist – wie sonst soll man sich eine Achtzehnjährige vorstellen, die auf den Vornamen *Engel* hört.

Denn auch das ist eine Todesart, die Erwähnung verdient, wenn auch vorwiegend, aber keineswegs ausschließlich, Frauen dem Hexenwahn zum Opfer fallen, der nach dem Ende des Krieges noch einmal und mit Heftigkeit ausbricht. Matthäus bleibt die Tortur erspart. Mit neunundzwanzig Jahren heiratet er Engel Maytmann, es ist vielleicht der Höhepunkt seines Lebens. Nur mit dem Nachwuchs klappt es nicht recht: Sein erster Sohn, den er zu Ehren des Vaters Claus nennt, wird kein Jahr alt. Auch seinen zweiten Sohn nennt er Claus, und auch dieser stirbt. Ein Jahr später wird ihm ein Mädchen geboren, es wird auf den Namen der Mutter getauft und stirbt. Als auch ein viertes Kind stirbt, hat Matthäus noch vier Jahre zu leben, und falls Sie, liebe Leserin, lieber Leser, glauben, ich wolle es spannend machen: all diese Angaben findet man, alphabetisch geordnet, noch heute im Stadtarchiv von Stralsund.

Den Kirchenbüchern zufolge wird Matthäus' letzter Sohn, Gabriel, am 12. März 1675 geboren. Keine zehn Monate später ist Matthäus Umnitzer tot. Seine Frau folgt ihm kurz danach.

Doch der alte Claus lebt noch immer! Bis zuletzt hat er an der Seite seines Sohnes das Amt des Kirchenknechts ausgeübt, aber nun verlassen ihn die Kräfte. Wenige Wochen nach dem Tod von Matthäus wird er wegen *hohen alters und anhaltender Leibes Blödigkeit* aus dem Amt entlassen. Ein Jahr später kommt der Krieg nach Pommern zurück. Im September 1677 erfährt Claus, dass die Dänen Rügen erobert haben.

Er ist nie wieder dort gewesen. Er hat, so stelle ich mir vor, nur manchmal über den Sund nach der Insel geschaut, mit dem glücklichen Gefühl, entronnen zu sein, aber vielleicht, in zunehmendem Alter, auch mit freundlicher, schmerzloser Wehmut: Kein Mensch kann vergessen, wie er als Kind auf dem Bakenberg stand und zum ersten Mal das silberne Schimmern eines Heringsschwarms wahrnahm.

Er stirbt, so wünsche ich es ihm, sanft und befriedet, bevor die Preußen im Herbst 1678 Stralsund erneut zu belagern beginnen. Sie werden ein Drittel der Häuser zusammenschießen. Nach einem Großbrand wird die Stadt kapitulieren, mit dem Ergebnis, dass auch nach dem neuen Friedensvertrag alles beim Alten bleibt.

Stralsund bleibt schwedisch. Aber der nächste Krieg ist schon programmiert. Er wird der Große Nordische heißen, und auch er wird am Status von Stralsund nichts ändern. Allerdings bringt er der Stadt zwei weitere Belagerungen und eine neuerliche Pestepidemie ein, und dass Gabriel von alldem verschont bleibt, verdankt er vermutlich dem alten Claus. Dieser muss kurz vor seinem Tode verfügt haben, dass sein einziger Enkel zur Erziehung in die Pfarrei des nahe gelegenen Brandshagen gegeben wird.

Brandshagen besteht aus ein paar riedgedeckten Katen und einer großen Kirche. Ich stelle mir vor, wie der Dreijährige hier ankommt mit seinem Bündel und seinem Bettsack; wie er an der Tafel des Küsters sitzt, ein stummes Waisenkind, das auf seine Zuteilung wartet. Auch in Brandshagen ist es in Zeiten des Krieges gewiss nicht gemütlich. Drei Mal werden die Angreifer zu Gabriels Lebzeiten dort Quartier nehmen, und da Kinder in jenen Jahren nichts gelten, gehören sie in der Regel zu den ersten Opfern von Mangel und Unterernährung.

Später wird Gabriel den Unterricht des Pastors besuchen, der vermutlich darin besteht, dass die Schüler den Vormittag lang einen Satz aus dem Alten Testament auf die Schiefertafel schreiben, während der Pastor sich um seine Angelegenheiten kümmert. Vielleicht ist es auch anders. Immerhin wird Gabriel der Erste in unserer Reihe sein, der Lesen und Schreiben lernt und vermutlich sogar einen Kirchenchoral auf der Orgel zustande bringt, denn der Küster, der offenbar keine männlichen Nachkommen hat, wird den Zögling zu seinem Nachfolger machen. Allerdings muss der Küster der kleinen Gemeinde die Aufgaben eines Kirchenknechts mit übernehmen: Glockenläuten, Putzen und Reparieren. Wir dürfen annehmen, dass Gabriel ohne schwere Zwischenfälle über die Runden kommt. Er fällt nicht vom Glockenstuhl, er zieht sich keine Blutvergiftung zu, weil er sich an einem rostigen Nagel reißt, kein Balken erschlägt ihn bei einem Brand, und kein Pferd trampelt ihn zu Tode – oder vielleicht doch? Seine Todesursache ist nirgends verzeichnet. Er stirbt recht früh, mit einundvierzig. Bis dahin hat er vier Kinder gezeugt, von denen zwei überleben.

Die Nachkommenschaft des Zweitgeborenen wird nach wenigen Generationen aussterben. Bleibt der Erste, Gottfried Niclas, an dem die Fortsetzung der Geschichte nun hängt.

Wir haben noch acht Generationen.

Niclas ist vier Jahre alt, als seine Mutter, Agnisa, den Amtsnachfolger seines Vaters zu heiraten gezwungen wird. Doch nach ihrem Tod ist in der Stieffamilie kein Platz mehr für den Jungen. Vierzehnjährig geht er zurück nach Stralsund und wird dort von der Verwandtschaft aufgenommen, der Tuchmacherfamilie Maytmann, aus der seine Großmutter Engel stammt.

Plötzlich wendet sich sein Schicksal. Niclas übernimmt die Tuchmacherwerkstatt des Großvaters. Es gibt wieder Krieg, aber diesmal woanders: Nach einigen empfindlichen Niederlagen in den zwanziger Jahren zieht es der schwedische König vor, dem Schlachtfeld fernzubleiben, sodass eine Zeitlang in Preußen, Schlesien, Russland, sogar in Indien oder auf den Philippinen gestorben und gemordet wird, während Niclas in Stralsund ungestört das Tuch für die Uniformen der Sterbenden und Mordenden herstellen kann. Der ferne Krieg verhilft ihm zu unverhofftem Wohlstand. Gottfried Niclas wird der erste – und einzige – Kapitalist und, wenn man so will, Kriegsgewinnler in der Familie.

Er ist neunundreißig, Altersmann der Tuchmacherzunft, Provisor der Gewandhausliegenschaften und Anwärter auf einen Platz im Hohen Rat, als seine Ehefrau stirbt. Zu diesem Zeitpunkt hat er bereits sechs Kinder gezeugt, von denen zwei überleben. Eines davon bekommt den Namen Bartholomäus. Aus ihm wird ein gerissener, wenn auch sonst beschränkter Geschäftsmann, der in seinem Leben nur eine einzige Reise unternimmt, nämlich nach Rügen, wo er sich darüber verwundert, dass der Mond dort ebenso aussieht wie über Stralsund. Dennoch mehrt er den Reichtum und zeugt vier Kinder, deren Nachkommenschaft sich bis ins einundzwanzigste Jahrhundert fortpflanzt. Nur befindet sich darunter keiner der Vorfahren unseres Helden.

Erst mit vierundvierzig Jahren, in einem Alter, das sein eigener Vater schon nicht mehr erlebte, wird Niclas eine zweite Ehe mit der dreiundzwanzigjährigen Sophie Katharina Hacker eingehen. Die ersten drei Kinder aus dieser Verbindung sterben bald nach der Geburt, und Niclas wird bereits einundsechzig Jahre alt sein, seine Frau immerhin neununddreißig, als sie ein viertes und letztes Kind zur Welt bringt: Christoph Arnold.

Es fehlen noch Ludwig, Berthold, Erwin, Kurt, Alexander und Markus.

Christoph wird 1772 geboren. Wäre die Geschichte ausgedacht, würde ich zögern, ihn zum dritten Waisenkind in Folge zu machen. Er erbt keine Tuchmacherwerkstatt, auch hat sein gerissener Halbbruder alle anderen Vermögenswerte an sich gebracht. Immerhin hat der Vater noch für eine ordentliche Schulbildung gesorgt, die Christoph, als Patenkind eines Monsignore, nach dem Tod seiner Eltern vervollkommnen wird.

Achtzehnjährig tritt er in die Kanzlei eines Regierungsrats ein. Mit vierundzwanzig wird er Verwalter der pommerschen Güter des schwedischen Grafen Brahe. Er begleitet den Grafen auf mehreren diplomatischen Reisen ins Ausland und wird der Erste in der Linie der Umnitzers sein, der «ausländisch» spricht: Schwedisch, Norwegisch, Französisch und wahrscheinlich auch Englisch.

Er übersteht den Angriff eines Stiers mit einer gebrochenen Rippe. Wird zweimal auf Reisen ausgeraubt und liegt nach einer Budapest-Reise zehn Tage mit einer Krankheit darnieder, die der Doktor für Gelbfieber hält und mit Blutegeln und kalten Umschlägen behandelt. Schließlich lässt er sich als Pächter von Gut Bisdamitz auf Rügen nieder, der Insel der Vorfahren.

Das Gut floriert unter seiner Leitung. Mit dreißig Jahren heiratet Christoph die Tochter einer gutsituierten Bäckersfamilie, Sophia Katharina Wilcken. Da das erste Kind schon sechs Monate nach der Hochzeit zur Welt kommt, darf man von Liebe ausgehen. Insgesamt werden sie zehn Kinder haben, von denen nur eines im Säuglingsalter stirbt. Man könnte meinen, die Zeit sei vorbei, da man sich um die Fortsetzung dieser Geschichte Sorgen machen müsste. Weit gefehlt.

Noch während seiner Zeit als Verwalter des Grafen

Brahe auf Schloss Spyker hat Christoph vom Ausbruch der Revolution in Frankreich gehört. Er ist ein Mann mit bürgerlichem Bewusstsein, die Leibeigenschaft auf Rügen hält er für überholt, aber die blutige Jakobinerherrschaft in Paris findet nicht seine Zustimmung.

Paris ist weit weg. Die Zeitungen aus Stralsund kommen nur alle acht Tage. Dass ein General Napoleon Bonaparte in Italien und Ägypten Krieg führt, nimmt Christoph vermutlich mit einem Schulterzucken zur Kenntnis. Allmählich aber kommt der Krieg näher. Die Namen der Orte, bei denen Schlachten ausgetragen werden, klingen immer bekannter. 1805 tritt Schweden der Koalition gegen Napoleon bei. Zwei Jahre später besetzen die Franzosen das immer noch schwedische Rügen, und bald ziehen einhundert Mann auf Gut Bisdamitz ein. Wieder einmal schuftet die ganze Belegschaft für die Besatzer, es wird Weißbrot gebacken und Fleischbrühe gekocht. Die Viehstände schwinden. Der Schafsstall brennt, nachdem Sophia Katharina einen Franzosen mit dem Besen verprügelt hat. Einmal soll Christoph nach Kriegsrecht verurteilt werden, weil er keine Kalesche für den Kommandanten auftreiben kann. Ihn rettet seine umfassende Bildung. Der Kommandant entschließt sich, mit dem gebildeten Mann lieber eine Runde L'Hombre zu spielen.

Der Krieg hat das Gut an den Rand des Ruins gebracht, der Friede aber ruiniert es. Schweden, das übrigens von da an nie wieder Krieg führen wird, überlässt die Insel den Preußen. Neue Zölle und Steuern werden eingeführt, hochmütige Beamte drangsalieren die Bevölkerung mit Vorschriften. Die Getreidepreise verfallen, weil Schweden und England kein Korn aus Pommern mehr importieren, und das alles muss hier erzählt werden, weil nun in der Familie Umnitzer das große Hungern angeht.

Die ältesten Töchter müssen sich als Dienstmägde oder Erzieherinnen verdingen. Beide werden noch vor dem zwanzigsten Lebensjahr an der Schwindsucht zugrunde gehen. Der Jüngste wird zur Pflege in eine andere Familie gegeben und stirbt kurze Zeit später an Diphtherie. Nur drei Söhne überstehen die Elendszeit, und immerhin zweien von ihnen gelingt die Familiengründung und der gesellschaftliche Aufstieg, allerdings auf Umwegen:

Arnold, der Älteste, wird zunächst wegen Mitgliedschaft in einer *geheimen und verbotenen Verbindung* vier Jahre in der Festung Kolberg einsitzen, dann als Philosoph, Dichter, Politiker und Revolutionär von sich reden machen, aus Deutschland fliehen, sich mit Karl Marx einlassen und wieder verkrachen und schließlich, am Ende seines Lebens, durch Otto von Bismarck mit einem Ehrensold von jährlich dreitausend Reichsmark gewürdigt werden.

Aber der, auf den es uns ankommt, ist Ludwig.

Auf dem Höhepunkt seines Lebens wird Ludwig Umnitzer mit einem Goldknauf-Stöckchen durch Berlin spazieren. Er ist übrigens der Erste in der Reihe der Vorfahren, der einen akademischen Grad im Namen führt. Er promoviert mit einer *Zusammenfassung der herrschenden Auffassungen der pathologischen Anatomie* und bringt es sogar bis zum Professor und Medizinalrat. Er baut sich eine Sommervilla am Ostseestrand, ganz in der Nähe von Bisdamitz, der Stätte seiner Kindheit. Aber der Weg bis dahin ist weit.

Ludwig ist zehn, als die Familie das Gut verlassen muss und in eine Elendswohnung in der Inselhauptstadt Bergen zieht. Bergen liegt nicht auf einem Berg, aber doch auf einem Hügel. Es leidet an Wasserknappheit. Zweimal täglich geht Ludwig eine halbe Stunde bergauf, mit einer sogenannten Tracht über der Schulter, an der zwei Eimer Wasser hängen. Die Schulkameraden verspotten den Neuankömmling wegen seiner Armut und wegen des langen Haars. Manchmal versetzt er ihnen eine Tracht Prügel – und muss den Weg noch einmal gehen. Trotz allem überlebt Ludwig die Epoche der schwersten Armut, vielleicht weil er anders als seine drei verstorbenen Geschwister das Glück hat, dass er im Elternhaus bleiben darf.

Doch als die Familie weiter nach Franzburg zieht –

der Vater hat dort eine klägliche Stelle als Schreiber eines Gerichtssekretärs gefunden –, wird Ludwig zur Erziehung und Unterrichtung in eine Pfarrei geschickt, wo die Hausfrau an Brot und Butter und sogar an Kräutertee spart.

Ludwig überlebt auch die Langenhagener Pfarrei. Aber der Unterricht ist so lausig, dass der Junge, als er später in die Untertertia des Gymnasiums Stralsund aufgenommen wird, feststellen muss, dass er so gut wie nichts gelernt hat. Er wird sich für seine Dummheit so sehr schämen, dass er an Selbstmord denkt, den ihm sein älterer Bruder Gott sei Dank ausredet.

Da Stralsund noch immer keine Kanalisation hat (die wird erst 1896 eingeführt) und noch immer Massen von Ratten die Stadt bevölkern, während der Unrat links und rechts in den Rinnsteinen liegt, ist es kein Wunder, dass Ludwig an Malaria erkrankt. Ein kleines Wunder ist aber, dass eine Nachbarsfrau, die ihn zuvor bei der gestrengen Schulleitung wegen Rauchens angezeigt hat, ihm unverhofft Chinin spendiert und so über die Krankheit hinweghilft. Den Typhus übersteht er ohne Medikamente.

Als Student in Halle wird Ludwig sich wie schon sein Bruder einer verbotenen liberalen Burschenschaft anschließen und sich so heftig mit dem Säbel «auf die Mensur» duellieren, dass Blut fließt und Lungen durchstochen werden. Zum Glück sind es nicht seine. Nun muss Ludwig sich nur noch als Arzt in Berlin niederlassen und die richtige Frau finden: Marie Mayer, Tochter eines berühmten Gynäkologen. Sie öffnet ihm die Tür zur bildungsbürgerlichen Elite Berlins und bringt sieben gesunde Kinder zur Welt, die allesamt fruchtbar sind und das Paar mit über neunzig Enkeln beglücken.

Wir schreiben inzwischen das Jahr 1850. In Deutschland hat die industrielle Revolution begonnen. Die Kindersterblichkeit ist stark zurückgegangen, worauf die zivilisierte Welt mit Geburtenkontrolle reagiert – was sozusagen die Chance, nicht geboren zu werden, erhöht. Aber geboren werden müssen noch:

Berthold und Erwin und Kurt und Alexander und Markus.

Über Berthold spricht man nicht gern. Er gilt als beschränkt und jähzornig. Obschon liberal erzogen, liebt er alles Preußische. Er meldet sich freiwillig zum Deutsch-Französischen Krieg – aus dem er unversehrt wiederkehrt.

Er notiert gern Zoten in einem kleinen Oktavheft, was aber nichts zur Sache tut.

Er ist so pedantisch, dass er seine Handtücher, so wird in der Familie kolportiert, dergestalt kennzeichnen lässt, dass er vorn und hinten und oben und unten erkennt. Er wäscht sich mehrmals täglich die Hände und trinkt nie aus einem fremden Glas, was ihn vor mancher Infektionskrankheit bewahrt, denn Berlin ist bis zur Jahrhundertwende noch eine dreckige Provinzstadt. Kaum jemand kennt ein Badezimmer. Das erste deutsche Wasserklosett wird 1860 im Schloss in Coburg installiert, und das nur, weil die Queen dorthin häufiger zu Besuch kommt.

Pedanterie kann aber auch gefährlich sein. Einmal springt Berthold aus der noch von Pferden gezogenen Straßenbahn, weil er im Begriff ist, sich um drei Minuten zu verspäten, und gerät dabei unter die Droschke eines Kuriers, der ein Telegramm über die Proklamation der Dritten Republik ins Reichskanzleramt überbringen soll.

Seit 1856 trägt Berthold einen Vollbart, weil Bärte plötzlich in Mode sind. Man möchte wie ein Entdeckungsreisender aussehen. Der Bart wird sorgfältig getrimmt und mit amerikanischer Bartseife gereinigt.

Für ein Studium reichen seine Begabungen nicht, also wird er in eine Buchhalterlehre gegeben. Durch Vermittlung seines berühmten Vaters bekommt Berthold eine Stelle als Assistent bei der Reichsbank, wird nach einiger Zeit, wiederum durch Vermittlung des Vaters, nach Glogau versetzt und dort mit vierunddreißig Jahren zum Buchhalter befördert, was deswegen erwähnt werden muss, weil eine Familiengründung erst jetzt, mit Erhalt der Stelle, in Aussicht steht.

Berthold heiratet Susanne Martins, die Tochter des liberalen Glogauer Bürgermeisters, welche sich allerdings bald zu einer züchtigen Deutschnationalen und Kaiserverehrerin entwickelt.

Verglichen mit seinen Vorgängern und Nachfolgern kommt Berthold risikoarm durchs Leben, wenn man von den unbekannten Gefahren absieht, die er womöglich andernorts zu überstehen hat. Das Reisen ist mit seiner Heirat zu einer Lieblingsbeschäftigung geworden. Er reist natürlich allein. Was er auf Reisen tut, bleibt unbekannt. An seine Ehefrau schickt er nichtssagende Postkarten, auf denen im Telegrammstil geschrieben steht:

Paris Wetter wunderbar. Baguette mit Thunfisch: so was kann man nicht fressen. Ratte im Restaurant. Grüße Bert.

Hat Berthold sich etwa in zwielichtigen Kaschemmen herumgetrieben? Ist er der «französischen Krankheit» nur knapp entgangen? Um ein Haar Opfer einer Messerstecherei geworden?

Egal. Inzwischen hat er vier Kinder gezeugt, drei davon Jungs, die er regelmäßig auf die übelste Weise verprügelt, mit erstaunlich unterschiedlichem Effekt: Herbert wird Nazi und schwul; Konrad lernt Buchhalter wie der Vater, bringt es allerdings nicht zum Geheimen Rat, sondern wird Gewerkschaftsfunktionär; Erwin jedoch, den Berthold einmal so heftig mit dem Kopf gegen eine Türklinke stößt, dass helles Blut aus der Platzwunde springt, wird einen anderen, nicht weniger überraschenden Weg einschlagen.

In Erwins Kindheit und Jugend hält die Moderne Einzug in Berlin. 1887, bei seiner Geburt, gibt es weder Autos noch elektrischen Strom, weder Badezimmer noch Apfelsinen. Neun Jahre später stellt Siemens auf der *Großen Gewerbeausstellung* die erste elektrische Straßenbahn vor. Bald bekommt jeder Stadtteil sein Kohlekraftwerk – zu dem Preis, dass die verrußten Fenster mindestens einmal die Woche zu putzen sind.

Als Sohn eines Geheimen Rats entgeht Erwin der Lohnarbeit in der aufstrebenden Industrie, an die Ärmere ihre Arbeitskraft verkaufen müssen. Denn auch das, liebe Leserin, lieber Leser, muss hier vermerkt werden: Zwölf Stunden den Tag und sechs Tage die Woche schuften Arbeiter, zumeist Männer, unter Bedingungen, die heute als kriminell gelten würden – atmen vergiftete Luft, werden von Lasten erschlagen, in Bergwerken verschüttet, durch Gasexplosionen getötet, von Kalk verätzt, stürzen von Gerüsten oder sterben, kaum dass sie das fünfundsechzigste Jahr erreicht haben, an Staublunge. All dem entgeht Erwin, der – typischer Traum eines geknebelten Sohns – zur Handelsmarine will, dann aber wegen Kurzsichtigkeit Lehrer studiert.

Er ist siebenundzwanzig und bereits Studienrat, als ein bosnisch-serbischer Student den österreichischen Erzherzog erschießt und den Europäern damit den ersehnten Kriegsanlass liefert. Dass Erwin wie die meisten voller Begeisterung in diesen Krieg zieht, ist zweifelhaft. Wahrscheinlich wäre er lieber auf Hochzeitsreise gegangen, denn er ist gerade in Charlotte Schwarz verliebt, eine dunkelhaarige Schönheit, die allerdings, da sie lediglich einer niederen Beamtenfamilie entstammt, auf die strikte Ablehnung seiner Eltern stößt.

Zum Glück stirbt der alte Berthold gerade noch rechtzeitig, und nun kommt Erwin der Krieg in gewisser Weise gelegen, denn einer sogenannten Kriegstrauung kann seine patriotische Mutter sich kaum widersetzen.

Einen Sohn zeugt Erwin noch vor der Hochzeitsnacht, allerdings nicht den, den wir für die Fortsetzung der Geschichte brauchen, dann zieht er als frischgebackener Leutnant ins Feld. Von dem, was ihn *im Feld* erwartet, hat Erwin vermutlich nicht die geringste Vorstellung. Der letzte, der Deutsch-Französische Krieg nimmt sich im Verhältnis zu dem, was kommt, wie eine größere Schießerei aus.

Zwei Jahre später wird Erwin vor Le-Mort-Homme auf dem von der Artillerie um- und umgewühlten Schlachtfeld liegen und plötzlich einen stechenden Schmerz zwischen Hals und Schulter verspüren. Unterbrochen von kurzen

Ohnmachtsanfällen robbt er zum Graben zurück. Im Lazarett erfährt er, dass die Verletzung relativ harmlos ist, der Granatsplitter seine Aorta aber um nur einen Zentimeter verfehlt hat.

Dem Granatsplitter, der die Geschichte hier fast beendet hätte, verdanken wir zugleich ihre Fortsetzung, denn während des kurzen Genesungsurlaubs zeugt Erwin seinen zweiten und für uns entscheidenden Sohn – womit wir ihn entlassen könnten, wenn es nicht noch eine Begegnung gäbe, die für sein, insbesondere aber für das Leben seiner Söhne Folgen haben wird: Erwin Umnitzer, dem sich im Verlauf des Schlachtens immer dringlicher die Frage nach den Ursachen des Krieges gestellt hat, liest, ausgerechnet in einem britischen Kriegsgefangenenlager, wo er als Offizier den ganzen Tag Tennis spielt und amerikanisches Büchsenfleisch zu essen bekommt, das Kommunistische Manifest von Karl Marx und Friedrich Engels.

Jetzt sind es noch drei Generationen.

Allerdings ist die Wahrscheinlichkeit, dass der, an dem die Geschichte nun hängt, unbeschadet durch die nächsten siebenunddreißig Jahre kommt, auf abenteuerliche Weise niedrig.

Kurt Umnitzer wird in eine Zeit hineingeboren, wo man in Deutschland sogar das Brot und den Kaffee aus Kohlrüben macht. Schon als Kleinkind erkrankt er an der Möller-Barlow-Krankheit, im Volksmund Skorbut genannt, und es wird sich im Hinblick auf die kommenden Ereignisse als Glück erweisen, dass sein Vater erstens Lehrer und zweitens geizig ist. Denn erstens möchte Erwin nicht, dass seine Kinder auf die Schule gehen, an der er selbst unterrichtet, und schickt sie deshalb auf die Karl-Marx-Schule im entfernten Neukölln. Und zweitens spart er den Groschen für die Straßenbahn ein, sodass die Jungs jeden Tag insgesamt zehn Kilometer zu Fuß gehen müssen, was die Kondition des schwächelnden Zweitgeborenen erheblich verbessert – fraglich, ob er die Zumutungen, die ihn erwarten, andernfalls überlebt hätte.

Jedoch birgt der tägliche Schulweg auch Gefahren. Einmal, nachdem Kurt einen Mitschüler gehänselt hat, rennt er blindlings über die Straße und wird von einem LKW erfasst. Der Zufall will es, dass sich die Kurbel des Fahrzeugs im Riemen des Schulranzens verhakt, weshalb das Kind nicht überrollt, sondern lediglich ein paar Meter über den Boden geschleift wird.

Als er fünf oder sechs Jahre alt ist, nimmt sein Vater ihn zu einer kommunistischen Wahlveranstaltung mit, und Kurt hört zum ersten Mal das Lied *Brüder, zur Sonne, zur Freiheit.*

Mit zehn erfährt er von seinem Vater, dass Deutschland schon bald eine Räterepublik sein wird.

Als er zwölf ist, brennt seine Mutter mit dem Genossen Powileit durch, weil sie sowohl das Hausfrauendasein als auch die Seitensprünge ihres Ehegatten satthat.

Mit vierzehn klebt Kurt KPD-Wahlplakate und entwischt mehrmals nur knapp den immer mächtiger werdenden Schläger-Banden der Nazis. Und als der Feldmarschall Hindenburg dem Gefreiten Hitler über den Hohenzollerngräbern in der Potsdamer Garnisonskirche die Hand reicht, emigriert der kommunistische Oberstudienrat Umnitzer in das Heimatland aller Werktätigen. Das heißt, er schickt seine Söhne schon mal voraus.

Kurt ist sechzehn, als er in Moskau ankommt, der Sprache nicht mächtig, mit den Spielregeln nicht vertraut. Im Arbeiterparadies ist alles billig, aber nur schwer zu kriegen: Essen, Wohnraum, Kleidung. Trotzdem scheinen die Menschen voller Begeisterung zu sein. Und auch voller Misstrauen. Es gibt ständig Versammlungen. Es gibt «Säuberungen». Es gibt «Volksfeinde», sogar, wie sich bald herausstellt, in den höchsten Partei- und Staatsgremien.

Kurt verbringt die Nächte eine Zeitlang im Vorortzug zwischen Moskau und Klim. Er macht seinen Schulabschluss, arbeitet als Zeichner und bewirbt sich schließlich für ein Geschichtsstudium, was ihn fast das Leben kosten wird. Es rettet ihn eine fehlende Kopeke, und deshalb, liebe Leserin, lieber Leser, muss davon berichtet werden:

Kurt Umnitzers Bewerbung wird abgelehnt. Er weiß noch nicht, dass ein allmählich aufkommendes Misstrauen gegen alles Ausländische der Grund dafür ist. Er ist inzwischen Sowjetbürger, doch in seinem Pass steht: *Nationalität: Deutscher.* Nach der Ablehnung steht Kurt ratlos im Vorhof der Moskauer Universität, als ein Bekannter seiner Eltern die geschwungene Treppe heruntersteigt: Alexander Emel aus Berlin, der, wie sich herausstellt, an der Moskauer Universität Geschichte lehrt. Emel verspricht ihm, die Sache in Ordnung zu bringen, sie verabreden sich für den nächsten Tag. Aber Emel ist zur vereinbarten Zeit nicht da. Kurt will ihn aus der Telefonzelle auf dem Vorhof der Universität anrufen, aber ihm fehlt *eine Kopeke,* und er überlegt es sich anders. Er will, nimmt er sich vor, ohne Protektion an der Uni aufgenommen werden.

Zwei Jahre später wird Alexander Emel, der in Wirklichkeit Moische Lurje heißt, verhaftet und im ersten großen Moskauer Schauprozess zum Tode verurteilt. Er hat, wie er «gesteht», ausländische Studenten zu einem Anschlag auf Stalin angestiftet. Kurt wäre ihm als einer dieser ausländischen Studenten vermutlich bald nachgefolgt.

Und plötzlich sitzen auch Kurts Mutter Charlotte und der Genosse Powileit in Moskau fest. Bislang waren sie für einen obskuren kommunistischen Geheimdienst als Kuriere tätig, nun aber hat jemand bei der Leitung der KOMINTERN angezeigt, die beiden seien mit dem Volksfeind Moische Lurje befreundet gewesen. Wieso sie, nachdem sie ein Jahr lang im Hotel Metropol – nein, nicht im berühmten Lux – auf ihre Abholung gewartet haben, dann doch nach Paris ausreisen dürfen, ist unbekannt. Erwähnt werden muss es, weil ihre Verurteilung in Zeiten der Sippenhaft wohl auch den Sohn ins Unglück gerissen hätte.

Es folgt die aberwitzige Zeit des Hitler-Stalin-Pakts. Bis zum letzten Tag liefert die Sowjetunion den Kraftstoff für jene Panzerarmee, die im Juni 1941 die sogenannte Molotow-Linie überrollt. Nun gelten die Deutschen wieder als Feinde, so auch Kurt, der inzwischen ein Fernstudium begonnen hat. Als Deutscher wird er nicht zur Armee eingezogen, auch die Zivilverteidigung hat keine Verwendung für ihn. Die Vorlesungen an der Uni fallen aus, und da Kurt über kein eigenes Zimmer verfügt, lässt er sich zum Zwecke des Selbststudiums mit seinen Lehrbüchern in einem Moskauer Naherholungsgebiet nieder und wird festgenommen, weil hinter dem nächsten Busch ein getarntes Flugabwehrgeschütz versteckt ist.

Er ist schlau genug zu behaupten, er habe seinen Pass vergessen. Die Eintragung *Nationalität: Deutscher* hätte leicht zur Übergabe an den Geheimdienst oder gar zur standrechtlichen Erschießung führen können. So aber gibt sich der Milizchef damit zufrieden, dass eine Universitätssekretärin am Telefon bestätigt, Kurt Umnitzer sei ihr wohlbekannt.

Aber der Krieg gewährt ihm nur kurzen Aufschub. Ob eine Einberufung zur Roten Armee seine Überlebenschancen erhöht hätte, ist fraglich. Ja, vielleicht rettet es ihn, dass er Deutscher ist. Andererseits sind seine Chancen, das Folgende zu überstehen, statistisch noch geringer: Als potenzieller Feind wird Kurt im September 1941 nach Kasachstan gebracht, wo andere, schon vor ihm Deportierte in der Steppe ein paar Lehmhütten errichtet haben. Ein gutes Jahr lang lebt Kurt in der Siedlung Nr. 11 und schuftet in der Landwirtschaft, die von den Deportierten trotz widriger Bedingungen betrieben wird. Er atmet die sternenkalte Nachtluft der Steppe. Erlebt schwindelerregende Sonnenaufgänge, sengende Hitze und brachiale Schneefälle, bis er zusammen mit den anderen sogenannten Deutschstämmigen zur sogenannten Arbeitsarmee eingezogen wird. Was, wie sich herausstellt, nichts anderes heißt als Gulag, Arbeitslager, Holzfällen bei minus dreißig Grad. Dazu Hungerrationen, Unfälle, Brutalität. Eine unvorstellbare Mückenplage im Sommer.

Wie viele Menschen im Lager 239 umkommen, ist nicht bekannt. Besonders schwer ist es in den ersten Kriegsjahren. Über das nahe gelegene TawdinLag weiß man, dass von fast zweitausend Deutschstämmigen, die im Juli 1942 dort eingeliefert worden sind, vier Monate später nur noch 460 leben.

Die Chancen von Kurt Umnitzer sind besonders schlecht. Nicht nur, weil er ein Intellektueller ist, der im Gegensatz zu den meist aus dem Wolgagebiet stammenden Bauern keine körperliche Arbeit gewöhnt ist, sondern auch, weil er im ganzen Lager der einzige aus Deutschland kommende Deutsche ist, was ihn nicht nur dem Spott der Mitgefangenen aussetzt – er ist schließlich *freiwillig* hier –, sondern auch dem besonderen Misstrauen der Bewacher.

Einmal soll er wegen Sabotage angeklagt werden, weil er beim Verladen von Baumstämmen zusammenbricht. In einem Roman dürfte man so etwas nicht schreiben, aber zufällig wird Kurts Ankläger am Tag darauf selbst vom der Geheimpolizei abgeholt, und als wäre das nicht schon unwahrscheinlich genug, gelingt es Kurt in der folgenden Nacht auch noch, seine Akte aus dessen Büro zu stehlen, worauf die Anklage vom neuen Natschalnik vergessen wird.

Einmal frisst er das Fleisch eines an Krätze verendeten und *bereits vergrabenen* Pferdes.

Einmal wird er mit Dystrophie – Unterernährung – in die Krankenstation eingeliefert: eine Diagnose, mit der man die Krankenstation eigentlich nur tot wieder verlässt.

Einmal zertrümmert ihm der Ast eines fallenden Baumes den Fuß, und dieses Mal rettet ihn, dass er neben dem Fernstudium als Kartenzeichner gearbeitet hat. Inzwischen ist die Rote Armee so weit vorgerückt, dass der Frontverlauf täglich im Radio vermeldet wird. Bloß hat im Lager niemand eine Ahnung, wo die fremdartigen Orte liegen: Landkarten gibt es nicht. Zur Überraschung des Kommandanten ist Kurt in der Lage, anhand der Radiomeldungen aus dem Kopf eine Karte des Frontverlaufs zu zeichnen, was ihm vorübergehend eine Brotration sichert, ohne dass er in die Taiga hinausmuss.

Als die Front endlich Berlin erreicht hat und die Nachricht von der Kapitulation Deutschlands eintrifft, dürfen die Deportierten das Arbeitslager verlassen. Nicht aber ihren Verbannungsort. Sie sind, wie sie morgens beim Appell erfahren, von jetzt an *Auf ewig Verbannte.*

Wir wollen nicht fragen, wie Kurt diese Nachricht übersteht. Suizid, Alkohol, Verwahrlosung wären wohl die plausibelsten Schlusspunkte dieser Erzählung. Die wirkliche Geschichte nimmt einen anderen, weniger plausiblen Verlauf. Denn weder ist es besonders plausibel, dass eine schöne, junge, lebenshungrige Frau, die gerade eine schwer zu erlangende Zuzugsgenehmigung für die Sehnsuchtsstadt Moskau ergattert hat, sich von ihrer gebrechlichen Mutter überreden lässt, an einen Ort zurückzukehren, wo sich Schweine in den Gräben ungepflasterter Straßen suhlen; noch ist es plausibel, dass sie, die eben noch als Gefreite der Roten Armee gegen die Deutschen gekämpft hat, sich hier ausgerechnet in einen Deutschen verliebt. Aber genau das geschieht. Und nun brauchen wir, und zwar rechtzeitig, einen Toten.

Wäre Stalin ein weniger furchteinflößender Mensch gewesen, hätte der Diensthabende vielleicht früher gewagt, das Schlafzimmer des Diktators zu betreten, nachdem dieser tagsüber zu keiner Mahlzeit erschienen war, und Stalin hätte seinen Schlaganfall womöglich überlebt. Vielleicht hätte er nur die Sprache verloren und noch weitere zehn Jahre per Handzeichen regiert. Dann jedoch wäre Irina in einem Alter gewesen, in dem eine Frau damals kaum noch als gebärfähig galt.

So aber lag der Diktator fast einen ganzen Tag im Pyjama auf dem Fußboden seines Schlafzimmers, bevor man ihn entdeckte: Vier Tage später erklang im sowjetischen Rundfunk Trauermusik. Neun Wochen später wurde der verhasste Geheimdienstchef Beria verhaftet. Und noch einmal neun Wochen später beschlossen Kurt und Irina, dass man nunmehr das Wagnis eingehen könne, ein Kind in die Welt zu setzen.

Alexander Umnitzer wird im Juni 1954 geboren. Zwei Jahre später gelingt es der Familie, in die DDR zu übersiedeln. Von nun an nimmt die Überlebenswahrscheinlichkeit rapide zu. Alexander ist der Erste, der in eine Welt ohne Krieg, Hunger, Deportationen hineinwächst, und auch wenn er die DDR im Gegensatz zu seinem Vater als eine Mangelgesellschaft erleben wird, muss man feststellen, dass keiner seiner Vorfahren in vergleichbarem Wohlstand gelebt hat.

Indes gibt es durchaus Bedrohungen, nur wird Alexander diese Bedrohungen nicht wahrnehmen. In Wirklichkeit lebt er keineswegs in einer befriedeten Welt: In anderen Regionen wird unentwegt Krieg geführt, und dass der Atomkrieg zwischen den hochgerüsteten Supermächten ausbleibt, ist angesichts der Waffenarsenale, der allgemeinen Unvernunft und der notorischen Anfälligkeit neuartiger Technik der weniger wahrscheinliche Fall.

Schon die Vorkehrungen für den möglichen Krieg bringen unsere Geschichte, so kurz vor dem Ziel, in Gefahr. Denn nur ein Jahr nachdem die Familie unter äußerster Anstrengung und mit großer Eile die Übersiedlung vollbracht hat, ereignet sich vierhundert Kilometer von Alexanders Geburtsort entfernt der größte nukleare Unfall aller Zeiten. Am 20. September 1957 explodiert in Tscheljabinsk, Südural, ein Plutoniumtank. Gigantische Mengen an radioaktivem Staub werden vom Südwestwind in Richtung Slawa geblasen. Zwar bleibt die Siedlung von den schlimmsten Folgen verschont, dennoch hört man, dass dieser oder jener an einer geheimnisvollen Krankheit zugrunde geht.

Mit sieben Jahren sammelt Alexander als Jungpionier Unterschriften: Er weiß, dass die Vereinigten Staaten von Amerika das befreundete Kuba bedrohen. Was er nicht weiß: dass die Welt der Katastrophe nur knapp entgeht. Die Russen haben Atomwaffen auf Kuba stationiert, wie zuvor die Amerikaner in der Türkei. Die Armeen der Supermächte befinden sich in höchster Alarmbereitschaft. Die Hardliner im Weißen Haus raten dem amerikanischen Präsidenten zum Angriff. Castro fordert die Russen zum Erstschlag auf. Im letzten Moment einigen sich John F. Kennedy und Nikita Chruschtschow auf den wechselseitigen Abzug der Waffen, und ich bitte Sie, liebe Leserin, lieber Leser, um Nachsicht, wenn ich die, wie man sagt, *welthistorischen* Ereignisse aus der kleinlichen Perspektive dieser Familiengeschichte betrachte, aber es waren nun einmal die fernen, unsichtbaren Gefahren, die das unspektakuläre Leben des Alexander Umnitzer und damit den Fortgang unserer Geschichte ernsthaft bedrohten.

Einmal jedoch wird das Unsichtbare sich Alexander zeigen, aber da es für dieses Ereignis bis heute keine behördliche oder öffentliche Bestätigung gibt, soll hier nur geschildert werden, was Alexander mit eigenen Augen sah. Es kann ein Datum benannt werden, der 21. März 1974, nicht die beste Zeit im Leben Alexanders, denn er wird gerade zum Soldaten ausgebildet, mit anderen Worten, es wird gerade versucht, ihn durch persönliche Demütigungen, militärischen Drill und Drohungen zum unbedingten Gehorsam zu erziehen. In der Nacht vom 21. zum 22. März ist es verhältnismäßig gemütlich: Soldat Alexander Umnitzer ist zum Dienst im sogenannten Kfz-Park des *Grenzausbildungsregiments 7* in Halberstadt eingeteilt. Er sitzt in der kleinen Wache am Kfz-Park, und sein Blick fällt auf das Munitionslager des gegenüberliegenden russischen Panzergarderegiments. Dieses Lager besteht aus vielleicht einem Dutzend fahrlässig gemauerter unverputzter Garagen, in denen jeweils mehrere gefechtsbereite, also mit Munition beladene LKWs des Typs Ural geparkt sind.

Gegen zehn Uhr abends fängt es an zu grummeln. Später wird man sich erzählen, ein Panzerfahrer habe eine Übungsgranate in die Munitionsgarage gefeuert, weil er eine Lampe irrtümlich für ein Übungsziel hielt. Zuerst ist es ein kleiner Brand, dann explodiert die Munition samt den Fahrzeugen, und zwar nicht, wie man sich vielleicht vorstellt, mit einem großen Knall, sondern in einem stundenlangen Feuerwerk. Da nun allerlei glühender Eisenschrott über die Straße in Richtung des Grenzausbildungsregiments fliegt, ergeht der Befehl, sämtliche Truppen hinter die Kasernengebäude zu evakuieren. Nur die Wachen bleiben an ihrem Platz, und so wird Alexander ungefähr eine Stunde nach Beginn des Feuerwerks einer der wenigen Zeugen dieser beeindruckenden Veranstaltung: Plötzlich, aus dem Nichts, aus dem Untergrund, taucht ein großes Tatra-Transportfahrzeug auf. Es trägt eine schöne, schlanke, vielleicht zehn oder zwölf Meter lange Rakete.

Dummerweise ist der Plattenweg, der aus der Stadt zu den Kasernen führt, eine Sackgasse. Um aus der Gefahrenzone zu kommen, kann das Raketenfahrzeug nur diesen Weg nehmen: bergauf und unmittelbar an dem detonierenden Munitionslager vorbei, unter dem ballistischen Bogen aus glühendem Schrott hindurch. Ein waghalsiges Unternehmen. Langsam, sehr langsam schiebt sich der Tatra-Zug unter dem Feuerwerk hindurch. Und kaum, dass es geschafft ist, folgt der nächste.

Zweiundzwanzig Raketen zählt Alexander, während er zum ersten Mal im Leben den unmittelbaren Zusammenhang von Angst und Darmfunktion registriert, und das alles, liebe Leserin, lieber Leser, Sie ahnen es, kann nur deshalb so detailliert beschrieben werden, weil ich hier aus eigener Erfahrung berichte. Ob es sich tatsächlich um Atomraketen handelte, wird kaum je geklärt werden können. Sicher ist jedoch, dass auch ein konventioneller Sprengkopf genügt hätte, um die Geschichte an dieser Stelle zu beenden.

Im Frühjahr 1975 wird Alexander aus der Armee entlassen. Eine Zeitlang befindet er sich im Zustand der Euphorie. Er treibt sich in Diskotheken herum, er fährt betrunken Auto. Und mehr als einmal findet er sich in Schlafzimmern wieder, über deren geografische Lage er sich nachträglich Aufschluss verschaffen muss, bis er im Sommer des nachfolgenden Jahres eine heftige Ausschüttung der Hormone Vasopressin und Oxytocin erleidet, im Volksmund Liebe genannt, mit entsprechenden Konsequenzen.

Markus Umnitzer ist das erste nichteheliche Kind in der Reihe und zugleich ein Trennungskind, denn Melitta und Alexander werden sich schon ein Jahr nach seiner Geburt trennen, genauer: Melitta wird sich von Alexander trennen, so jedenfalls wird Alexander es sehen, aber das gehört schon nicht mehr zu dieser Geschichte.

Was aber dazugehört: dass Markus zeitlebens das Gefühl behalten wird, alleingelassen worden zu sein, und das nicht nur wegen der Trennung. Als Markus zehn Jahre alt ist, flieht Alexander in den Westen, und auch wenn die Mauer wenig später fällt, kann Markus dem Vater nicht verzeihen, dass er ihn hinter der damals noch unverrückbar erscheinenden Mauer zurückgelassen hat.

Die darauffolgenden Jahre werden in die Geschichtsschreibung als eine Zeit der Befreiung und der Hoffnung eingehen. Für Markus werden sie eine taumelnde Katastrophe, eine Zeit der Wut, des Rausches oder, in Momenten der Nüchternheit, eines andauernden, auf kleiner

Flamme brennenden Schmerzes, den er stets mit seinem Vater verbinden wird.

Eine Zeitlang treibt er sich mit Nazis herum. Bei der Racheaktion einer Gruppe von jungen Türken kommt er gerade noch mit einer Platzwunde davon.

Als er zu den Punks überläuft, verprügeln ihn seine ehemaligen Kumpels dermaßen, dass er bewusstlos auf der Straße liegen bleibt. Erst nach zwei Stunden findet ihn eine Passantin.

Einmal, nach exzessivem Mischkonsum von MDMA und Alkohol, wird er gefährlich dehydriert und mit einer Körpertemperatur von einundvierzig Komma sechs ins Krankenhaus eingeliefert.

Und damit ist nur die Oberfläche, sind nur die äußeren Symptome seiner Gefährdung beschrieben. In Wirklichkeit ist die Gefährdung innerlich. Noch hat es in der Reihe der Bisherigen keinen gegeben, der so verloren, so abgeschnitten, so haltlos gewesen ist.

Zehn gefährliche Jahre muss Markus Umnitzer überstehen, bis seine Unruhe sich weniger zerstörerische Wege zu suchen beginnt. Er wird die Malerei für sich entdecken und ein halbes Kunststudium absolvieren; er wird einer Gruppe von (harmlosen) Satanisten angehören und sich zugleich mit der Zahlenmystik der Kabbala beschäftigen; er wird schließlich über einige religiöse oder esoterische Umwege beim Mahayana-Buddhismus ankommen, aber bevor er Deutschland und Europa verlässt und sich, nach einigen Jahren in Bhutan, in der *City of Happiness* in Nepal niederlässt, begegnet er in einem Potsdamer Fitness-Studio Alma Schulz.

Alma Schulz ist eine gewissenhafte und fürsorgliche Person, die bis zu diesem Zeitpunkt einer geregelten Arbeit nachgeht und einen gepflegten Retro-Haarschnitt trägt. Markus errechnet anhand von Sternenkonstellationen, dass sie die idealen Partner füreinander sind. Im zweiten Jahr ihrer Bekanntschaft reisen sie für drei Wochen nach Bali, dann aber verzögert der Ausbruch des ostjavanischen Vulkans Raung ihren Rückflug, und sie bleiben, spontaner Entschluss, noch weitere fünf Monate oder auch sechs.

Natürlich weiß ich nicht, was in diesen fünf oder sechs Monaten auf Bali im Einzelnen geschieht, aber das ist für den Schluss dieser Geschichte nicht wichtig. Es muss Mitte Dezember gewesen sein: Regenzeit. Nach vier oder fünf Monaten des Umherfahrens haben die beiden ein kleines Zimmer an der Nordküste gemietet. Die Regenzeit ist angenehmer, als sie geglaubt haben: Der tägliche Regen dauert nicht länger als ein oder zwei Stunden und bringt eine angenehme Abkühlung mit sich. Ich stelle mir vor, wie sie nach dem Regen auf der kleinen überdachten Terrasse vor ihrem Zimmer sitzen. Es ist die schönste Stunde des Tages. Trotzdem, stelle ich mir vor, wird Alma die Zeit allmählich ein bisschen lang, allmählich kommt Heimweh auf. Jedenfalls würde es zu Alma passen, wenn sie sich wünschte, Weihnachten wieder im kalten Deutschland zu sein.

An diesem Abend regnet es ein wenig länger als sonst. Vielleicht sind die beiden vom Palmwein ein bisschen angetrunken. Vielleicht gehen sie, weil es nicht viel zu tun gibt, etwas früher als gewöhnlich ins Bett. Alma fragt sich, ob sie Markus an die Kondome erinnern soll, denn ihre Pille ist seit zwei Monaten aus. Sie weiß, dass Markus kein Kind will. Er würde es, denkt sie, als Fessel empfinden. Trotzdem schweigt sie, als seine Hand ihre Taille umfasst und seine unrasierte Wange ihren Hals auf eine Weise streift, von der sie erschauert. Und Markus?

Markus könnte sich vorstellen, für immer auf Bali zu bleiben. Er liest seit Wochen das *Tibetische Totenbuch.* Ist vom immer gleichen Tagesablauf verzückt. Alles, womit er sich bislang beschäftigt hat, erscheint ihm mit einem Mal irrelevant, sogar das eigene Selbst erscheint ihm als Illusion, als flüchtiger Durchgangsposten im kosmischen Lauf, und er ist damit einverstanden.

Und damit sind wir beinahe am Ziel: ein Vulkanausbruch, ein Regenschauer, ein bisschen Heimweh und etwas Wein, die fehlende Pille, das Totenbuch und ein Anflug kosmischer Harmonie, der Markus in der entscheidenden Minute daran hindert, ein Kondom aus der

Packung zu nesteln – diese Kleinigkeiten sind nach vierzehn Milliarden Jahren Vorgeschichte noch nötig, damit ein Spermium, angelockt vom Duftstoff Burgeonal, der nach neuesten Erkenntnissen auch den Maiglöckchen eigen ist, auf eine befruchtungsfähige Eizelle trifft, ihre Schutzhülle mit Hilfe geeigneter Enzyme auflöst, die Plasmamembran erreicht und schließlich mit ihr verschmilzt, um nach neun Monaten und etwa fünfzig Milliarden vorprogrammierten Teilungsvorgängen jenes Wesen hervorzubringen, dessen Schicksal wir gerade verhandeln.

12

Es sieht aus wie ein Schwimmbad oder die stilisierte Ruine eines aztekischen Tempels oder eine Marsstation, vor der Eingangsschleuse steht ein auf Hollywood-Cop gestylter Sicherheitsmann, aber im Inneren ist es eine Shopping Mall, wie es sie auch in Frankfurt oder Minneapolis geben könnte, Willkommen im YÚQŬYÚQIÚ, hier gibt es ALLES UND JEDES, verspricht eine Stimme, zuerst betritt man die Schmuck- und Uhrenabteilung, EPOS Designklassiker aus Schweizer Produktion, der Anblick glitzernder Luxusartikel aktiviert den Nucleus accumbens, was das Kaufverhalten beeinflussen soll, doch das Einzige, was Schulz augenblicklich beeinflusst, ist die Klimaanlage, er spürt, wie sein Schweiß zu erkalten beginnt, hinter megahartem Saphirglas tickt deine persönliche Zeit, es folgt die Beauty-Abteilung, aber die Kundschaft ist spärlich, fast sind die Verkäuferinnen in der Überzahl, artig stehen sie neben ihren Displays und Vitrinen, wie geohrfeigt, denkt Schulz, obwohl er kaum hinsieht, weil er befürchtet, sofort von einer dieser überzähligen Verkäuferinnen angesprochen zu werden, aber er möchte nicht angesprochen werden, weswegen er ein Gesicht aufsetzt, als wüsste er, was er sucht, und die musikalisch untermalten Produktbeschreibungen erträgt, die erklingen, sobald man einen Artikel einen Tick zu lange fixiert: fluoreszierender Longwear Lipstick mit natürlichem Teebaumöl gegen Bakterien und Viren, säuselt die Stimme, aber sein Blick endet irgendwo davor oder dahinter, jedenfalls sieht er weder den fluoreszierenden Longwear Lipstick noch Bakterien und Viren, auch keine natürliche Schafsmilchseife aus Österreich mit peelenden Keimen und Karma-Effekt, der Packung liegt ein Foto deines persönlichen Schafes bei, behauptet die Stimme, vergeblich versucht er, die Lautstärke herunterzuregeln, Pheromon-Mix mit Moschus-Background, kommt ihm bekannt vor, als Gel oder Waschknete, zuletzt gekauft am, deine Sonnenbrille im Porsche-Design, warum lässt sich die verdammte Lautstärke nicht regeln, mit *phototrope visibility protection*, Schulz verlangsamt den Schritt, deine ultimative Shopper Bag aus robustem Alaska-Büffelleder, bleibt stehen, mit Ortungshilfe und Diebstahlschutz, und blickt zu Boden,

tatsächlich ist es einen Augenblick still,

keine Nachricht, das Navi schweigt, nur die Gesundheits-App macht durch ein leises Piepen auf sich aufmerksam, jetzt sieht er, dass seine Hose bekleckert ist, Mirabellen-Chutney oder Kotze, was jetzt, fragt sich Schulz, er muss nachdenken, denkt er, aber sein Gehirn ist wieder mal weg, er bewegt den Kopf vor und zurück, um sein Gehirn wieder zu spüren, den Blick noch immer am Boden, wo auf einmal ein Paar roter High Heels erscheint, aus dem eine schwarz gekleidete Person herauswächst, die in ein Ohrfeigengesicht ausmündet, *kein* Ohrfeigengesicht, wie Schulz aus der Nähe erkennt, sondern lediglich ein Gesicht, dem durch rötliche Schminke auf Höhe der Wangenknochen der Anschein verliehen worden ist, es sei beidseitig geohrfeigt worden, und aus diesem scheinbar beidseitig geohrfeigten Gesicht kommen Laute, die Schulz nach einigen Sekunden erfolgreich als Frage interpretiert: *Can I help you, sir*, worauf ihm nichts anderes übrigbleibt, als seine Kopfbewegungen wie Nicken aussehen zu lassen, was aber, wie er wiederum mit einer kleinen Verzögerung begreift, von seinem Gegenüber als Ja gedeutet werden muss, sodass er sich nunmehr gezwungen sieht, die angebotene Hilfe auch zu erbitten, obwohl er das scheinbar beidseitig geohrfeigte Gesicht lieber nicht nach dem, was er sucht, fragen möchte, weshalb er, um Zeit zu gewinnen, so tut, als würde er lediglich nach dem chinesischen Wort suchen, genauer: er bringt, soweit ihm das möglich ist, durch Zeichen zum Ausdruck, dass er auf das Anspringen des Online-Übersetzers wartet, tatsächlich springt der Übersetzer auch an, nur fällt Schulz nichts ein, wonach er fragen könnte, obwohl er natürlich nach allem fragen könnte, abgesehen vielleicht von Sonnenbrillen und Seifen, denkt Schulz, denn er steht neben den Sonnenbrillen und Seifen, aber es gibt genügend Dinge, die weder Sonnenbrillen noch Seifen sind, es gibt *Millionen* Dinge, die weder Sonnenbrillen noch Seifen sind, denkt Schulz, allerdings scheint es vollkommen gleichgültig zu sein, was er denkt, denn er fragt bereits, falls man die drei Silben, die er jetzt mit jeweils einer kurzen Pause dazwischen und leicht ansteigender Betonung hervorbringt, als Frage bezeichnen kann:

Ne-Ga-Kuss,

hört Schulz sich sagen,

was die Verkäuferin sofort wiederholt, mit gleicher Betonung und ohne ihr scheinbar beidseitig geohrfeigtes Lächeln zu verwackeln, ohne Erstaunen, ohne jedes Flackern im Blick, einfach nur wiederholt, als wollte sie sich vergewissern, dass sie recht verstanden hat, allenfalls dass sie eine Sekunde zögert, glaubt Schulz zu bemerken, bevor sie, wiederum ohne das scheinbar beidseitig geohrfeigte Lächeln zu verwackeln, sagt:

donnstairs,

wobei sie auf den Fußboden zeigt, und erst jetzt kapiert Schulz, dass die Etagen in diesem Kaufhaus nach unten abgehen, nicht nach oben, inverser Aufbau, denkt er, während er schon auf der Rolltreppe steht, aber ansonsten scheint es nicht so ungewöhnlich zu sein, dein persönlicher Touch-Pen mit Charakterschrift-Funktion, sagt eine Stimme, kaum dass er die Bürowaren- oder Geschenkwaren- oder sonst eine Warenabteilung betritt, aber wenn man das, was er sucht, in einem gewöhnlichen Kaufhaus kaufen kann, denkt Schulz, dann kann es keine so ungewöhnliche Sache sein,

der Gedanke bringt ihn zum Schwitzen, trotz der beinahe arktischen Temperaturen von zwanzig Grad Celsius, kurz vor halb zehn, Coolpads in fünfhundert originellen Sonderformen, noch könnte er umkehren, unsere Geschenkidee: Desktop-Maskottchen *Kitty* mit Echtfell und tageszeitabhängiger Augenfarbe, noch könnte er, denkt Schulz, ein Taxi rufen, oder ist es Chinesisch, heute zum Angebotspreis, probehalber spricht er seine drei Silben in den Online-Übersetzer, echte Schokoladenweihnachtsmänner aus Deutschland, sagt die Stimme, der Übersetzer bittet um Wiederholung, klassische Gusseisenpfanne von Le Creuset für den unverwechselbaren Bratgenuss, *leider verstehe ich immer noch nicht,* sagt der Übersetzer, hol dir das große UNIVERSE-Softwarepaket für Küche und Haushalt, inklusive Haustier-Versorgung und Vorschlägen zur individuellen Freizeitgestaltung, sagt die Stimme, und der Übersetzer sagt *Dà yǔzhòu ruǎnjiàn chúfáng hé jiātíng*, und Schulz sagt Halt die Fresse, und der Online-Übersetzer sagt *Bì shàng nǐ degǒuzuǐ*, es folgt die Damenabteilung:

Pilotenstiefel von JOOOP! zur modischen Kurzburka, exzentrische Schnabelboots im Stil der französischen Revolution, CHANEL Heavy Damen Biker in black null eins mit passenden Overknees, lengthwise oder cross striped, ANITA, DAYDREAM, ESPRIT, scheintransparent oder mit blutigem Halloweenmuster, bewegliche Dummys werfen sich in hohlkreuzbetonte Posen, mit authentischen *combat traces*, Schulz geht leicht gekrümmt, mit aufregendem Pop-through-Abschluss und verführerischem Knistereffekt, er versucht, den Blick flach zu halten, Body-Skin in frei wählbaren Motiven auch nach eigenem Foto, CATERPILLA-Body mit kuschelweicher Stahlkettenimitation, Peek-a-Boo-Korsage im Schnürlook mit irgendwas, Panties mit *Gender-Confession-Brand*, heiße Einmal-Leggins zum Aufstreichen, *Naked-Lace, Push-Up*-Bandeau – erlebe die Aufhebung der Schwerkraft,

nur bei *AIMANT-Dessous Minneapolis Frankfurt Paris* bleibt er stehen und betrachtet den Fin-de-Siècle-Klassiker in schillerndem Brokat, das Dummy dreht sich um die eigene Achse, 90-60-90, auch die Beinlänge kommt ungefähr hin, Schulz spürt, wie sich etwas um seine Kehle legt, nostalgischer Taillenslip mit floralen Motiven, ein Ziehen im Unterleib, die Gesundheits-App piept, Stay-

Ups mit Spitzenborte, das Ganze mit Dienstfrisur, denkt Schulz,

aber niemals,

nie im Leben hätte sie,

denkt er, während sein Blick auf das Gesicht der Puppe trifft, die plötzlich *zurückschaut*,

was dazu führt, dass Schulz beinahe mit dem Ohrfeigengesicht zusammenstößt, das hinter ihm aufgetaucht ist und sich jetzt entschuldigt, worauf Schulz sich ebenfalls entschuldigt, worauf wiederum das Ohrfeigengesicht sich entschuldigt, worauf Schulz sich noch einmal entschuldigt, aber nicht wegen des Zusammenstoßes, sondern weil es bestimmt nicht *pisi* ist, bei rötlicher Schminke auf Höhe der Wangenknochen an Ohrfeigen zu denken, denkt Schulz, aber das Gesicht, bei dem er lieber nicht an Ohrfeigen denken möchte, wiederholt bereits, ohne das rötliche Wangenknochenlächeln zu verwackeln, ja, überhaupt ohne ein Zeichen von Verwunderung oder Beschämung, jene drei Silben, die gesagt zu haben sich Schulz nicht erinnert, und stößt dann zwischen den Zähnen hervor:

donnstairs,

vielleicht darf sie es einfach nicht zugeben, denkt Schulz, vielleicht darf sie nicht sagen, dass es etwas nicht gibt, vielleicht gebietet das die chinesische Höflichkeit: niemals nein sagen, zumal im YÚQŬYÚQIÚ, hier gibt es ALLES UND JEDES, denkt Schulz, während er in die

Herrenabteilung hinabfährt zu Business-Mode in Alabaster, Alpenweiß, Birkenweiß, Blütenweiß, Buttercreme, Elfenbein, Kreideweiß, Himmelweiß, Mehlweiß, Neonweiß, Salz-, Schnee- und Ultraweiß sowie zweihundertvierzig weiteren individuellen Weißtönen, sagt die Stimme, Schulz sieht sich nach einer Rolltreppe um, die ihn wieder nach oben bringen könnte, dein Flanellshirt in herbstlichem Marsala, er durchquert die Freizeitmode, mit Double-Button-Up-Kragen, dazu passend: basaltgrauer Raschelschal von HOMME und *self-lacing* Air-Sneakers von ASICS, wo ist denn hier die SCHEISS-ROLLTREPPE, authentische Glamour-Performance-Tights, kompatibel mit handelsüblicher Trainingssoftware von UNIVERSE, Schulz beschleunigt den Schritt, unikale Smart-Softshell-Jacke mit hundert Prozent One-Way-Klimatec-Sperre, kompatibel mit handelsüblicher Trainingssoftware von UNIVERSE, Schulz rennt durch die Sportabteilung, individuelle Laufbandanalyse sofort, dreifach Gel-Schichtung, Luftkissenwabenaufbau und auswechselbare Polyurethansohlen für alle Beläge, finde deinen ganz persönlichen Schuh, inklusive Abroll-Controller und elektronischem Schrittlängenoptimierungssystem, kompatibel mit handelsüblicher Trainingssoftware von UNIVERSE, die Gesundheits-App piept, es ist Reisezeit, nimm dir die Freiheit: Fünf-Sterne-Weekend-Trip mit Besichtigung Berlin, Paris, London oder: sieben

Tage altes Russland mit Besuch der Methanbrände über den ehemaligen Permafrostböden, Sonnenbesichtigungsflüge in die Antarktis gibt es zum Sonderpreis, auch Reisen in afrikanische Restweltstaaten werden angeboten, einschließlich Bewaffnung, Entourage und Helicopter-Rescue-Service, sowie Reisen zu zweitausend weiteren Zielen, HIER MUSS DOCH, VERDAMMT NOCH MAL, IRGENDWO EINE SCHEISSROLLTREPPE SEIN, dein First-Class Air-Travel-Trolley, dein Security-Bag, dein Trekking-Backpack für die xtreme Tour: Survival-Package mit Suizid-Lösung inklusive, Kohlenhydratpasten für sofortigen Leistungsabruf, hocheffektive Aufbaupräparate mit Zuwachsgarantie auch bei rein mentalem Training, biokompatibles Implantatgewebe zu Discountpreisen, einschließlich fachgerechter Implantation, Vertrag direkt hier im Kaufhaus, vier Wochen Widerrufsrecht, besonders günstig in dieser Woche: Komplettpaket *Perfect Face*, lass dir dein persönliches Angebot erstellen und gewinne eine Augenlidkorrektur im Wert von umgerechnet zweiundzwanzig NEURO und vierunddreißig Cent, sagt die Stimme, während Schulz erstaunt in das perfekte Gesicht schaut, das gerade in leicht überdimensionaler 3-D-Überblendung in seiner Glass erscheint, dieses Gesicht hat er schon einmal gesehen, und zwar vor kurzem,

weiß Schulz, aber schon nähern sich rötlich geschminkte Wangenknochen, bei denen er lieber nicht an Ohrfeigen denken möchte, auch nicht an scheinbare Ohrfeigen, denkt Schulz, und bevor er nach der Rolltreppe fragen kann, und zwar nach der Rolltreppe AUFWÄRTS, hat das Gesicht die drei Silben schon wiederholt, aber dieses Mal glaubt Schulz eine Regung in dem von Schminke geröteten Wangengesicht zu bemerken, ein Zittern, ein Zucken, eine Art Verlegenheit, oder ist es gar Scham,

fragt sich Schulz, während er, *donnstairs,* in die Technik-, Medien-, VR-Abteilung hinabfährt zu High-Level Smart-Glasses mit noch schnellerem Kohlenstoffprozessor, C3/D-Chip inklusive Sofort-Implantation, gestalte deine persönlichen Happy-Zustände, *Blue Water Revival, Deep Red* und *Flyaway* vorinstalliert, Tiefschlaffunktion und Super-Aktiv-Modus, zu Risiken und Nebenwirkungen siehe User Manual oder frag unsere freundlichen Kundenberaterinnen, man kann auch Software downloaden, während man einkauft,

es gibt *Real Maps* für den FX-Flugsimulator mit Echtzeit-Flugverkehr,

es gibt Zauberpulver für Super-Alice IV,

es gibt die neue XXL-Pumpgun für *NIGHTMARE. Stunde des Tötens,*

es gibt das supergünstige All-in-one-lifetime-Angebot inklusive Premium-Abo mit bis zu 25 GigaBit pro Sekunde Übertragungsrate, es gibt den all-kompatiblen, all-integrierbaren All-in-one-Microplayer für so gut wie kein Geld,

es gibt Home-Soundsysteme mit Ferrofluid-Technologie und individueller Personenverfolgung,

es gibt die absolut reale Hundeklingel mit zweiunddreißig vorinstallierten Stimmen,

es gibt zielprogrammierbare Drohnen mit bis zu zehn Kilogramm Nutzlast,

es gibt 3-D-Flachdrucker,

es gibt die Vier-Gigapixel-Minikamera mit Best-of-Funktion und Kinder-Fotografier-Sperre,

es gibt dein Super-3-D-Kino: 16 K, Super-Ultra HD, einhundertzehn Zoll mit Super-16-Kanal-Surroundsound,

es gibt deine *personal* Ganzkörper-Vollkontakt-Cyberkonsole mit vollrealistischer Temperatur- und Windemulation sowie vielen anderen geilen Second-Life-Features,

dieses Mal wiederholt das scheinbar gerötete Schamgesicht nicht einmal die Silben, bevor es sagt:

donnstairs,

dann setzt die musikalische Untermalung aus, die offenbar die ganze Zeit lief, und eine eher männliche, aber eindeutig synthetische Stimme weist Schulz darauf hin, dass in diesem Bereich die Altersbeschränkung gelte: Bitte präsentiere auf Verlangen deine *identity*, sagt die Stimme, während Schulz den Sicherheitsmann mit der Hollywood-Cop-Mütze passiert, der *exakt dasselbe* Gesicht hat, dieses perfekte, leicht künstlich aussehende Gesicht, jetzt fällt es ihm ein: der Service-Roboter, Schulz dreht sich, während er schon abwärts fährt, noch einmal um, Komplettpaket, vier Wochen Widerrufsfrist,

legen sie das alte Gesicht so lange in den Kühlschrank, fragt er sich und versucht, es komisch zu finden,

aber in Wirklichkeit findet er es nicht komisch, in Wirklichkeit ist ihm mulmig, als er die hell beleuchtete fünfte Etage betritt und die ergonomisch gestalteten Utensilien zur körperlichen Luststeigerung betrachtet, der stilvolle Paarvibrator mit App-Steuerung wird während des Akts getragen und hilft euch beim gleichzeitigen Erreichen des Höhepunkts, allerdings hat er sich beim Betreten von Erotikgeschäften oder Sexualleistungsbetrieben noch nie anders gefühlt als mulmig, Anal-Plug-in mit Geisha-Technologie, lautlos diskret mit fixierbarem Standfuß, anstatt sexuelle Lust zu empfinden wie jeder normale Mensch, DEEP IMPACT netzfähiger Masturbator, aber er fühlt sich wie, abwaschbar mit Vaginal-, Oral- und Anal-Modus, er fühlt sich wie, inklusive Stromversorgung und Powermat, er fühlt sich, er kann es nicht leugnen, wir empfehlen dazu Basic Gleitgel, Special Toy-Cleaner und Shower-Halterung, wie im Sexualethikunterricht von Frau Doktor Leim, Life-Dolls führen mit wippenden Oberweiten Cut-Out-Kombinationen in Latex und Leder vor, jetzt schwitzt er wieder, man kann auch das ganze Modell kaufen, vielleicht weil er spürt, dass sie ihn anschauen, mit Orgasmus-Darstellung in fünfunddreißig verschiedenen Stellungen, leistungsfähig, schlagfest, ökologisch und spritzwasserfest nach IP 44 (Europa), wähle aus vierhunderttausend Modellen weiblich, männlich, transsexuell oder gestalte deinen Partner frei, mache Liebe mit deiner Wunschperson, 3-D-Foto erforderlich, oder entscheide dich für preiswerten Sofort-Sex mit einem unserer Starmodelle in der Reality-Lounge,

donnstairs,

sagt das Schamgesicht, und noch auf der Rolltreppe hofft Schulz insgeheim auf – irgendetwas, er weiß es selbst nicht: auf etwas anderes, auf etwas, das nicht in hellen Gängen präsentiert, nicht von einer freundlichen Kaufhausstimme angepriesen wird, das nicht anatomisch geformt, nicht netzfähig, nicht abwaschbar ist,

aber auch in der nächsten Etage sind die Gänge taghell erleuchtet, auch hier stehen perfekte Modelle in Cut-Out-Kombinationen hinter großen Glasscheiben und in Showcases, auch hier verfügen sie über beängstigende Oberweiten, die sie durch rhythmische Bewegungen zum Schwingen bringen, und einen Augenblick kommt es Schulz seltsam vor, dass man reale Dinge kaufen kann für fiktives Geld, echten Sex, mit und ohne Kondom nach Sofort-HIV-Test, sagt die freundliche Stimme, Anal passiv / aktiv, Oralverkehr mA, Oralverkehr mV, die

Namen der Modelle stehen in leuchtender Schrift auf den Scheiben: Chen, Natascha, Mulai und Faki bieten Körperbesamung Gesichtsbesamung Dirty Speech (englisch, deutsch, polnisch, russisch, chinesisch), weiter hinten gibt es BDSM devot/dominant, es gibt Mehrpartnersex m/w/trans mit Ramosa und Viky, es gibt FAA FAP FF und FI es gibt NS und KV, es gibt DT und DDT, es gibt E6 und A2M, es gibt eigentlich alles: DFB, DDR, NPD, es gibt BDI, IWF, BWL, es gibt US und DE und FR und RU, es gibt CO2, H2O, NH3, SO2, es gibt praktisch das ganze Periodensystem: AL FE CU CA SI RA RE NA NB NI, es gibt auch NE und GA, und es gibt sogar KUSS: Körperkuss ab neunundzwanzig, Hodenkuss ab neunundneunzig, Zungenkuss ab einhundertneunundneunzig, Analkuss ab zweihundertneunundneunzig NEURO, nur das, was er sucht, gibt es angeblich

donnstairs, aber diesmal ist der Zugang versperrt, eine Tür, ein leuchtender Knopf, Fingerprintsensor, denkt Schulz, seine Kniekehlen sind weich, die Gesundheits-App spricht von echten Schokoladenweihnachtsmännern aus Deutschland, neben ihm erscheint ein gerötetes Schamgesicht, drückt den leuchtenden Knopf, die Tür öffnet sich, und Schulz betritt einen engen, hell beleuchteten, voll verspiegelten Fahrstuhl:

Willkommen beim Heiligen Weg, sagt die Stimme,

und der Fahrstuhl setzt sich mit einem kaum spürbaren Ruck in Bewegung.

13

Und dann ist er in einem Gang und es ist die siebente Etage des YÚQŬYÚQIÚ und alles sieht genauso aus wie in der sechsten Etage und der Gang ist erleuchtet und in den Schaufenstern stehen Modelle und eine Stimme sagt danke aber die Modelle bewegen sich nicht und die Stimme sagt für deine Bereitschaft und haben keine beängstigenden Oberweiten und die Stimme sagt einen Menschen zu erlösen und tragen keine Cut-Out-Kombinationen und die Stimme sagt wir garantieren und stehen stumm hinter Glas dass deine Spende nach Abzug von Verwaltungskosten und Steuern voll den Familien unserer Protagonisten zugutekommt und ein Protagonist kauert abgewandt in der Ecke und die Stimme sagt unsere Angebote stehen in voller Übereinstimmung und ein Protagonist liegt wie tot auf dem Boden und die Stimme sagt mit den gesetzlichen Grundlagen und ein älterer Mann mit schmalen Augen wie man sie manchmal bei Wanderarbeitern sieht hat sein Gesicht an die Scheibe gedrückt und die Stimme sagt auf der Basis rechtskräftiger Urteile und eine Frau mit kurzgeschorenen Haaren macht seltsame Zeichen und die Stimme sagt und dem persönlichen Wunsch unserer Protagonisten und alle sind hässlich den HEILIGEN WEG zu gehen alle sind abstoßend oder furchterregend oder wie es der Präsident der Weltfreihandelsgemeinschaft in seiner Rede anlässlich des zwanzigjährigen Bestehens des Großen Weltfreihandelsvertrags ausdrückte und jetzt ist die Stimme des Präsidenten zu hören eine Zelle ist leer und der Präsident sagt in Würde und Freiheit eine andere Zelle wird von zwei Männern mit Atemschutzmasken gereinigt der Präsident sagt in Einheit und Freiheit eine scheinbar Errötende bittet ihn ins Büro und der Präsident sagt und Gleichheit und eine scheinbar Verschämte bittet ihn Platz zu nehmen und der Präsident sagt vor dem Gesetz und eine schamhaft Erscheinende legt ein Dreizehn-Zoll-Tablet auf den Tisch und zeigt Polizeifotos und auf einem der Fotos ist der Mann mit den schmalen Augen zu sehen und der Übersetzer sagt *Kraft König kontextabhängig auch Name Li Wang* und der Präsident schweigt und die schamhaft Erscheinende legt ihren Finger darauf und sagt so etwas Ähnliches wie *yes* oder *this* und sie scheint so erregt als gäbe es sonst was zu sehen aber es gibt nicht sonst was zu sehen sondern nur das Gesicht des Wanderarbeiters *Li Wang* und der Übersetzer sagt *Haar hell*

Name kontextabhängig auch Name erfunden einundsechzig Jahre alt Beruf keine Information zwei Mal Schuld aufgrund Rauben und Töten und die scheinbar Verschämte serviert Orangensaft oder Möhrensaft und die scheinbar Erregte blättert um und die schamhaft Errötende serviert Kaffee mit/ohne Milch Soja Koffein und die Erregte zeigt ihm das Formular und Schulz sagt so etwas Ähnliches wie *this* und die Erregte sagt so etwas Ähnliches wie *yes* und die Verschämte beugt sich zu ihm und der Übersetzer sagt *A-Punkt Vollendung durch Schuss* auf den Beinen der Errötenden erscheint ein Streifen Spitzenborte und der Übersetzer sagt *B-Punkt Vollendung durch Hand* bei der Verschämten öffnet sich spaltbreit das Revers und der Übersetzer sagt *C-Punkt Vollendung durch Schwert* und sie nimmt seine Hand und der Übersetzer sagt *Triff deine Wahl* und Schulz wählt Orangensaft oder Möhrensaft oder Kaffee und die scheinbar Erregte sagt so etwas Ähnliches wie *this* und Schulz sagt so etwas Ähnliches wie *yes* und das Spiel ist beendet die scheinbar Verschämte gibt seinen Finger frei und die schamhaft Errötende öffnet die Tür und die scheinbar Erregte führt ihn in einen Bunker oder ein Bergwerk oder ein Parkhaus ein Auto fährt vor und die schamhaft Errötende setzt sich rechts neben ihn und die scheinbar Verschämte setzt sich links neben ihn oder umgekehrt oder die schamhaft Erregte sitzt neben dem Fahrer und er sitzt zwischen Spitzenborte oder Revers und die Tür schließt sich die Schranke geht hoch und der Fahrer fährt in den Tunnel und der Tunnel ist schwarz und der Fahrer fährt rechts oder links und sein linkes oder rechtes Knie berührt das rechte oder linke Knie der links oder rechts neben ihm Sitzenden oder umgekehrt oder der Fahrer hält vor einer beleuchteten Tür und die Tür öffnet sich und sie gehen durch einen Gang und der Gang ist schmal und die Mauern sind roh und der Raum ist hell und die Errötende zieht ihm die Schuhe aus und die Verschämte bittet ihn um seine Hosen und die Errötende reicht ihm ein schwarzes Kostüm und die Erregte sagt *yes* oder *this* und überreicht ihm das Schwert und das Schwert ist groß und schwer und leicht gebogen und die Erregte öffnet die Tür und Schulz geht durch Sand und der Sand ist weiß und in der Mitte steht so etwas Ähnliches wie ein Klotz und vor dem Klotz kniet so etwas Ähnliches wie der Wanderarbeiter mit den schmalen Augen und auf dem Klotz liegt so etwas Ähnliches wie der Kopf des Wanderarbeiters und die Erscheinenden sind auf einmal verschwunden und Schulz hört den Atem des Mannes und er riecht seinen Schweiß und der Schweiß riecht nach Schweiß und sein Atem klingt wie echter Atem und der Sand ist kühl und die Luft ist voller Staub und der Hackklotz ist schwarz und das Schwert ist schwer und das Töten ist leicht denkt Schulz aber in Wirklichkeit ist es ein Spiel und jetzt ist sein Gehirn wieder da es ist alles Simulation es ist gut simuliert der Staub ist gut simuliert der Geruch ist gut simuliert und der Sand an seinen Füßen ist kühl aber auch seine Füße sind simuliert denkt Schulz und seine Hände sind simuliert jetzt ist er nur noch Gehirn aber wo ist sein Körper wo sind seine Hände wo ist der Ausgang er hört seinen Atem falls das sein Atem er sieht seine Hände falls das seine Hände sieht seine Hände falls das seine Augen sieht seine Hände legen das Schwert in den Sand dann läuft er die Füße laufen die Augen suchen den Ausgang die Hände tasten sich an Mauern entlang er stürzt Treppen hinauf er stolpert durch Tunnel stürzt Treppen hinauf rennt stolpert stürzt Treppen rennt durch Röhren stürzt und sieht endlich das Licht am Ende des Tunnels

aber davor steht der Mann

mit dem perfekten Gesicht

und breitet die Arme aus

und Schulz weiß, was er sagen wird,

er sagt mit der Stimme des Basic-Input/Output-Systems:

identity please,

und Schulz holt aus,

seine mühsam trainierten Muskelgruppen kontrahieren, seine in langen Jahren an der Heavy-Grip-Fingerhantel ausgebildete Faust knallt in das Gesicht, klatscht in das Kaufhausgesicht, vier Wochen Widerrufsrecht, kracht in die Silikonfresse,

dann springt Schulz über die Schranke,

greift den Elektro-Roller,

und bevor er weiß, wie das Ding funktioniert, gibt er Gas

und rollt ins Freie.

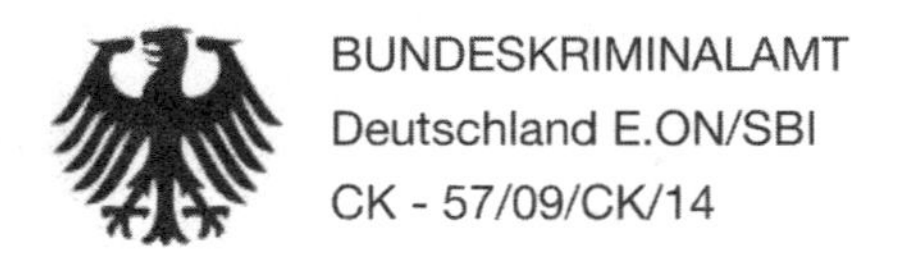

Berlin, 06.09.2055
SB A. Jungk
phon 4723

EUSAF, Ref C
Chausseestraße 42A
41109 Berlin
(übermittelt durch Kurier)
Fahndung Schulz, Nio (ID 78847714876)

Sehr geehrte Kollegen,
durch die HTUA-Behörden wurden heute, am 06.09., folgende ergänzende Informationen im Zusammenhang mit einem Amtshilfeersuchen an das BKA gesendet (Google-Übersetzung):

```
3. September Kaufhaus Mitarbeiter ALLES UND
JEDES wurde auf eine nicht identifizierte Per-
son Gebühren vorgelegt. Umfrage zeigt, dass
Einzelpersonen Abteilung HEILIGER WEG Kauf-
haus ALLES UND JEDES 10 Uhr Eingang. HEILIGER
WEG ist ein in HTUA China, MAT & T-Gruppe
und der National APOLOG- aktive NGO. HEILIGER
WEG half Sterblich Kandidaten ihr Geschäft zu
```

verkaufen auszuführen. Erträge fördern Überlebenden und Erben. Die Arbeiter, die die Ausführungsoptionen Li Wang von mehrfachen Mordes und Raub Überzeugung erhalten wollen. Diese Person kann als Nio Schulz, D/E.ON/SBI ID 78847714876 identifiziert werden. Allerdings geben die Quelle nicht die Ausführung, sondern die Rücknahme der Personaleingang. Sicherheit Menschen wurden verletzt. Dann wird für Mitarbeiter Elektroroller gestohlen. Sie hat auf der Flucht seit gewesen. Das Personal schwer beschädigt Glass gefunden wurde, die Person gesucht wird, ist wahrscheinlich die Eigenschaft.

Was soll der Schwachsinn?

Übersetzer beantragen!!!

D. Scheck

MkG

A. Jungk, InspektorX

EUSAF
European Security and
Anti-Terror Facilities

Berlin, 08.09.2055

Personen Daten Prüfung (P2)
AVA N/440513/6
Zielperson: Schulz, Nio

zu prüfende Person: **Schulz, Nio** (identisch mit Zielperson)

ID-Nummer: 78847714876
Geburtsdatum: 01.09.2016
Geburtsort: Schmölln, D/E.ON/SBI
Eltern: Schulz, Alma (Mutter), ID 70330312546 Staatsbrgsch.: D/E.ON/SBI; Umnitzer, Markus (Vater), ID 70487656789, Staatsbrgsch.: D/E.ON/SBI
Wohnort: Berlin
fam. Status: allein lebend
eingetragenes Geschlecht: männlich
Staatsbrgsch.: D/E.ON/SBI (keine weiteren Staatsbrgschen)
Tätigkeit: Associative Agent bei CETECH (Honorar Basis)

1. Kriminologische Prüfung der mitgeführten Gegenstände

Pers. Besitz der Zielperson ist von den HTUA-Behörden überführt worden, und eine Prüfung durch die Abteilung K2 hat stattgefunden.

- Der Umfang des mitgeführten Gepäcks lässt auf eine Kurzreise schließen.
- Es wurden keine Explosiv Stoffe oder andere Mittel sichergestellt, die auf Straftaten im Zusammenhang mit Verstößen gegen das EuGBIT hinweisen.
- Bei der durch die HTUA-Behörden aufgeführten «Rohr Protection» handelt es sich um Sonnen Milch. Unklarheiten der Übersetzung entstehen durch die Gleichheit der Begriffe «Rohr» und «Tube» im Chinesischen.
- Der Begriff «Zapfengold» konnte inhaltlich nicht geklärt werden.

Wieso nicht? D. Scheck

2. Ergebnisse der Wohnraum Durchsuchung D089384
Berlin, Thiemannstraße 20

Die Zielperson bewohnt eine 2 Zimmer Wohnung (55 m^2) in durchschnittlicher Wohnlage. Es wurden keine unmittelbaren Hinweise auf Straftaten im Zusammenhang mit Verstößen gegen das EuGBIT sichergestellt.

Es wurde ein Notebook 17" beschlagnahmt (nicht mehr funktionstüchtig). Der Inhalt der Festplatte brachte keine neuen Erkenntnisse, die über die Auswertung von externen Server-Daten hinausgehen.
Es fällt auf, dass in der Wohnung keine Nahrungsmittel Vorräte gefunden wurden. Das Bett der Zielperson wurde seit einiger Zeit nicht mehr frisch bezogen. Untersuchung ergab: genetisches Material der Zielperson (Haare; Schuppen; leichte Blut Spuren, ca. 3–4 Wochen; Sperma ca. 4–8 Wochen) sowie Verschmutzung durch Staub, Milben, Öl, Essen Reste (vermutlich Pizza).

3. Beziehungen zu Ralf Schönfelder alias Sissy Pink alias S. Sukagen

Die Geburtsorte der Zielperson und der Person Ralf Schönfelder alias Sissy Pink alias S. Sukagen konnten *nicht* als identisch bestätigt werden. Bei dem Geburtsort der Zielperson handelt es sich um Schmölln, Mecklenburg, während R. Schönfelder in Schmölln, Thüringen, geboren wurde.
Allerdings wurde durch eine Quelle beim HTUA Secret Service bekannt, dass eine Person der Identität Sissy Pink am gleichen Tag wie die Zielperson nach HTUA-China eingereist ist und sich zur selben Zeit wie die Zielperson im Hotel Home Inn Wú Chéng aufhielt.
Vom HTUA Secret Service wurde ein Mitarbeiter zur Per-

sonenverfolgung der Person abgestellt mit dem Ziel weiterführender Spurensicherung. Es gelang der Person Sissy Pink jedoch am 01.09. gegen 8 Uhr sich durch Flucht über eine Toilette der Verfolgung zu entziehen.

4. Rekonstruktion der Zeiteinheit X vor dem Verschwinden der Zielperson

Nach Rück Sprache mit den HTUA-Behörden und unter Einbeziehung eines Dolmetschers wurde der Inhalt der Mitteilung der HTUA-Behörden vom 06.09. wie folgt ermittelt:

Am 3. September hat ein Mitarbeiter des Kaufhauses YÚQŬYÚQIÚ Anzeige gegen eine unbekannte Person erstattet.
Die Ermittlungen ergaben, dass die Person gegen zehn Uhr die Abteilung SHINTO des Kaufhauses YÚQŬYÚQIÚ betrat.
SHINTO ist eine in HTUA-China, der MAT&T-Group und den APOLOG-Staaten agierende NGO. Sie hilft Menschen, die zum Tode verurteilt wurden, die eigene Hinrichtung gewerblich zu veräußern. Die Einnahmen kommen Hinterbliebenen und Erben zugute.
Die Person erwarb eine Option zur Hinrichtung des Hilfsarbeiters Li Wang, verurteilt wegen mehrfachen Raubmordes. Die Person konnte identifiziert werden als Nio Schulz, D/E.ON/SBI ID 78847714876.
Die Person führte die Hinrichtung jedoch nicht

aus, sondern entfernte sich über einen Personaleingang. Dabei verletzte die Person einen Wachmann.
Unmittelbar danach stahl die Person den Elektro Roller des Mitarbeiters. Sie befindet sich seitdem auf der Flucht.
Am Personal Eingang des Kaufhauses wurde eine stark beschädigte Glass aufgefunden, mutmaßlich Eigentum der gesuchten Person.

5. Assessment/Proceeding

Nach Einsicht in die Lebensumstände und Verhaltensweisen der Zielperson verdichtet sich der Eindruck eines anti-sozialen, dependenten, akut gewaltbereiten Charakters. Dieser Eindruck wird durch die Krankenakte der Zielperson gestützt (MAOA-CDH13-Mutation, siehe Anhang).
Diese Faktoren ergeben allerdings noch kein rezentes Straftatmotiv. Insbesondere stellt sich die Frage nach dem Motiv der Straftat der Zielperson, wie sie in der Mitteilung vom 06.09.2055 aufgeführt ist (Körperverletzung, Diebstahl eines Elektrorollers). Es muss davon ausgegangen werden, dass die Zielperson Grund hatte, sich der Kontrolle des o.g. Wachmanns zu entziehen und die Flucht zu ergreifen.
Ein Kaufhausdiebstahl kann ausgeschlossen werden. Ebenso kann der Weg zwischen Hotel und Kaufhaus lückenlos nachvollzogen werden.
Der einzige Zeitraum, in dem keine Datenspuren der Zielper-

son existieren, ist der Zeitraum vom Erwerb der Option zur Ausführung o. g. Hinrichtung bis zum Verlassen des Gebäudes. Hier bewegte sich die Zielperson außerhalb der Surveillance- und Telekommunikationssysteme. Es ist daher mit hoher Wahrscheinlichkeit davon auszugehen, dass in diesem Bereich eine Straftat ausgeübt oder vorbereitet wurde.
Vor diesem Hintergrund erscheint das Gesamt Verhalten der Zielperson konsistent. Es ist nicht zu erkennen, dass die Zielperson die Absicht hatte, den beruflichen Termin, zu dem sie vorgeblich angereist war, wahrzunehmen. Mit hoher Wahrscheinlichkeit hat die Zielperson ihr Verschwinden aus eigenem Antrieb und mit erheblicher krimineller Energie inszeniert, um die Ermittlungsbehörden auf eine falsche Spur zu leiten.
Die in Punkt 3 angeführte Tatsache, dass die Person Ralf Schönfelder alias Sissy Pink alias S. Sukagen sich zeitgleich im selben Hotel wie die Zielperson aufhielt, kann *nicht als zufällig angesehen werden.*

Folgende weiter führende Maßnahmen werden vorgeschlagen:
Einleitung einer P3 gegen die Zielperson mit den Schwerpunkten:

1. Nochmalige Vernehmung des verletzten Wachmanns sowie des Kaufhaus Personals unter Einbeziehung eines Dolmetschers.

2. Inhaltliche Prüfung der Kommunikationsdaten der Zielperson im Zeitraum X = 1 Jahr unter Einbeziehung sprachbasierter Dechiffrierungs und Muster Erkennungsverfahren.
3. Einsatz einer VZ-Mikro-Drohne im Umkreis des Bewegungsradius des gestohlenen Elektro Rollers (ohne Inkenntnis Setzung der HTUA-Behörden).

stattgegeben, D. Scheck

B. Köhler (AssistentX Referat C1)

ANHANG Krankenakte Schulz, Nio (Auszug)

Chronisch

- leichte Hypertonie, derzeit keine Behandlung
- Neigung zu Pityriasis rosea

Dermatologie

- 9/2049 Tinea pedis interdigitalis, Medikation: FungEx [K]

Innere Medizin

- 3/2051 exokrine Pankreasinsuffizienz
- 6/2053 Sjögren-Syndrom, Medikation: Pilocarpinhypochlorid

- 6/2053 Veranlagung zu Barrett-Ösophagus, Medikation: Riopan
- Leberwerte (Leberenzyme AST, ALT und GGT) sowie Konzentration von Bilirubin leicht gesteigert, vermutlich aufgrund verengter Gallenwege

Psychiatrie

- 10/2045 Patient klagt über Abhängigkeit von Neuro-Enhancern (MetaKin, Modafinil), entwickelt zugleich eine Abhängigkeit von Schlafmitteln (Melatonin-Präparate, Circadin); Empfehlung: Motivationsgruppe, Ausdauersport, bio-elektrische Konzentrationshilfen
- 10/2052 Patient klagt über unspezifisches Gefühl der Überlastung, generelle Unlust, Trägheit, Angstgefühle; Verdacht auf reaktive Depression, Medikation: Beta-Flux

Risiken

- hohes Risiko für: Bauchspeicheldrüsenkrebs; Depressionen; Alters-Diabetes
- mittleres Risiko für: Magenkrebs
- MAOA-CDH13-Mutation am V-Gen
- Lebenserwartung (geschätzt): 72 Jahre

14

Lange

fährt er geradeaus,

hält an Ampelkreuzungen,

fährt geradeaus,

anfangs wandert sein Blick noch manchmal in die obere rechte Ecke, aber es gibt keine Ecke, die Zeit ist verschwunden, der Posteingang ist verschwunden, das Navi, das kleine grüne Symbol, das anzeigt, dass die Gesundheits-App ordnungsgemäß funktioniert: alles weg,

manchmal zucken noch Bilder durch seinen Kopf: der Tunnel, das Licht, die Silikonfresse,

aber auch das vergeht,

eine Zeitlang beschäftigen ihn die Armaturen des Elektro-Rollers, er sieht nicht besonders scharf, rechts wird offenbar die Geschwindigkeit angezeigt, links die Ladeanzeige: im grünen Bereich,

er fährt ein paar kleine Schlangenlinien: Lenkung ausprobieren, er biegt einfach mal ab,

er fährt,

er spürt die Vibration des Elektromotors bis in die Hände,

nach einer Weile beginnt er zu hören,

die Welt zu hören,

nichts Besonderes, nichts, das er nicht schon einmal gehört hätte, trotzdem – liegt es an den fehlenden Bonephones? – erscheinen ihm die Geräusche besonders eindringlich:

das Jaulen der Großbusse,

das Stöhnen der Lastwagenbremsen,

das Gemurmel vor der bayrischen Bierkneipe,

die Musik, die aus Geschäften und Bistros herankommt – und wieder verschwindet,

das Klirren unsichtbarer Abrisshämmer,

das Quietschen der Baukräne,

die Stimmen der Händler, die auf der Straße Frösche und Schildkröten und Desinfektionsmittel verkaufen,

er bremst an der Ampel,

er fährt wieder an,

er befindet sich mitten unter Hunderten anderer Elektrorollerfahrer: ein Elektrorollerschwarm,

das gefällt ihm,

das könnte er posten, wenn er noch posten könnte: Elektrorollerschwarm in Wú Chéng und Nio Schulz mitten drin, als gehörte er dazu, als kennte er sich hier aus, als wüsste er, wohin,

er ertappt sich dabei, ein entsprechendes Gesicht zu machen, ein Normalgesicht, ein Ich-fahre-hier-jeden-Tag-Gesicht,

der Schwarm hält inne,

der Schwarm zieht wieder los,

der Schwarm zieht sich in die Länge, fällt auseinander, löst sich allmählich auf,

er hört das Singen der Reifen auf dem Asphalt,

er hört das gedämpfte Bummern von Bässen, das sich nähert und wieder entfernt,

er hört das Heulen einer fernen Maschine,

das Poltern eines Containers irgendwo,

das Brummen eines Flugzeugs am Himmel,

der Fahrtwind zaust seine Haare,

der Fahrtwind bläst ihm warm ins Gesicht,

plötzlich riecht es nach etwas, aber nach was, er kennt es,

er kommt nicht drauf,

er hält an der Bahnschranke,

er grüßt die Krähe, die einsam auf einem Strommast sitzt,

er hört den in Oktaven hochfahrenden Elektromotor der Bahn,

es riecht nach heißem Metall,

er fliegt über die flache Landschaft,

er fährt lange an grauen zweistöckigen Häusern vorbei,

er sieht Felder, die er für Reisfelder hält,

er sieht Arbeiter mit schmalen Augen am Straßenrand sitzen: stumm, mit Isokannen in der Hand,

später wird er von zwei brüllenden Riesenlastern überholt,

später sieht er eine alte Frau in einem Müllgebirge wühlen,

später rollt er die Straße hinab, die Landschaft ist hüglig,

weit in der Ferne: Berge, bläulich verschneit,

er rollt,

er schreit,

er kommt in ein Dorf mit einem einzigen Laden,

er hält seine Cash-Card hoch und macht ein Gesicht, das ausdrücken soll: Kann man damit bezahlen?

aber hier kann man nicht mit der Cash-Card bezahlen,

dennoch drückt ihm die Verkäuferin eine Flasche Wasser in die Hand und noch etwas, es sieht aus wie Nudeln, sie übergibt beides mit großem Ernst und einer kleinen Verbeugung, und Schulz ahmt ihre Verbeugung nach und sagt: Xièxiè, danke, das weiß er immerhin,

die Frau lächelt, ihre Zähne sind weiß, und ihre Augen sind schmal, die Zähne nicht hundertprozentig gerade, und auf einmal kapiert Schulz, warum die Leute hier draußen alle die schmalen Augen haben: echte Augen, denkt Schulz, echte chinesische Augen, ohne Lidkorrektur heute im Angebot,

Herrgott, er ist aber auch blöd,

am liebsten würde er ein Foto machen von dieser schönen, echten Chinesin, wenn er noch Fotos machen könnte, fraglich allerdings, ob das, was er gerade sieht, auf dem Foto zu sehen wäre: die Aura,

denkt Schulz, während er weiterfährt, während er Wasser trinkt, während er an den Nudeln knabbert, die roh sind, trotzdem ist er zufrieden,

der Roller hat einen doppelten Flaschenhalter unter dem Lenker: wie praktisch: er stellt abwechselnd Flasche und Nudeln ab,

er fährt, knabbert, trinkt,

er sieht seltsame kleine Bauten: kleine Tempel, Pagoden?,

eine Kettenbrücke führt über eine steinige Schlucht,

in einem verlassenen Dorf streunen Hunde umher,

drei riesenhafte Geier kauern mit halb ausgebreiteten Flügeln über etwas, das Schulz nicht erkennt,

als eine Yak-Herde die Straße überquert, muss er anhalten, warten: große, schwere Tiere, er riecht ihre Ausdünstungen, hört ihr dumpfes Getrappel auf dem Asphalt, ihr Grunzen und Schnauben, als er weiterfährt, spürt er seine feucht gewordenen Augen im Fahrtwind,

und obwohl er noch nie eine Yak-Herde gesehen hat, zumindest nicht *in echt*,

obwohl er noch nie Geier gesehen hat, zumindest nicht *in echt*,

noch nie eine Kettenbrücke,

noch nie ein Dorf, das nur noch von Hunden bewohnt wird,

obwohl er mit Sicherheit noch nie mit einem Elektroroller durch eine echte chinesische Landschaft gefahren ist, kommt ihm alles bekannt vor,

die Welt kommt ihm bekannt vor,

die Hügel kommen ihm bekannt vor,

die dicken roten Beeren am Straßenrand kommen ihm bekannt vor,

und als er anhält und die Beeren aus der Nähe betrachtet, weiß er woher: aus dem Supermarkt, Goji-Beeren, nicht gerade seine Lieblingsspeise, aber er probiert eine Beere, und sie ist köstlich, direkt vom Strauch,

Schulz futtert Goji-Beeren,

als Kind, fällt ihm ein, hat er Mirabellen gefuttert, direkt vom Baum,

als Kind ist er Achterbahn gefahren,

als Kind ist er einmal in eine Schafsherde geraten,

denkt Schulz, während er sich mit Goji-Beeren vollstopft, die hier im Überfluss wachsen, ein Angebot, dem seine Nachfrage niemals gerecht werden kann: wertlos, nach den Gesetzen des Marktes,

geschenkt,

denkt Schulz,

auch einen kleinen Bach gibt es hier, zum Auffüllen der Wasserflasche,

geschenkt,

und plötzlich empfindet er sogar die Luft als Geschenk,

und er atmet geschenkte Luft,

er ist ganz besoffen vor Freude,

dann überfällt ihn die Müdigkeit, er legt sich ins schüttere Gras, der Boden ist hart, aber warm, er schiebt sich die Plastikflasche unter den Kopf, schließt für einen Moment die Augen,

irgendwo in der Nähe gurren Tauben,

das überraschende Gugg zum Schluss jedes Satzes, nicht zu Beginn, nicht als Auftakt, wie man erwartet, nicht:

Gugg-Guh-Guh-Gu-Gugg,

sondern:

Guh-Guh-Gu-Gugg-Gugg,

so klingt ein voller Satz, man merkt es, wenn die Taube nach soundso vielen Sätzen eine Pause macht, auf Antwort wartet,

Guh-Guh-Gu-Gugg-Gugg,

er kennt die Taubensprache,

er belauscht jeden Morgen die Tauben,

er liegt im Bett und belauscht die Tauben im Mirabellenbaum vor dem Fenster,

draußen schon helllichter Tag,

Ferien,

Aufwachstimmung F1,

Scheiße, Termin um zehn Uhr, Schulz schreckt hoch, die Chinesen, das neue Produkt,

aber es gibt kein Produkt,

es gibt keine Chinesen,

es gibt keinen Termin,

der Himmel ist grau, es ist kühler geworden,

die Beerensträucher sind immer noch da,

nur der Roller ist weg,

DER ROLLER IST WEG,

er rennt zur Straße: kein Roller zu sehen,

der geklaute Roller geklaut,

Scheiße,

weiter zu Fuß,

barfuß: seine Schuhe hat er in einem früheren Leben verloren,

barfuß die Straße entlang

oder zurück,

aber wohin zurück,

Schulz stopft sich Beeren für unterwegs in die Taschen,

ein Schwarm Spatzen fliegt auf,

Schulz erschrickt,

oder sind es Stare,

er schaut dem Schwarm nach,

hört noch lange das raschelnde Flattern, wenn der Schwarm sich, abrupt die Flugbahn ändernd, zu flüchtigen Mustern verwebt,

bis er geräuschlos vom Himmel rieselt,

und da ist ein Feld,

und auf dem Feld ein Mann,

und der Mann trägt einen flachen Kegelhut, er schreitet über das Feld, greift in regelmäßigen Abständen in eine Schale, streut Saatgut mit immer gleicher Bewegung, nur als Schulz ihn grüßt, unterbricht er seine Bewegung, grüßt zurück

und sät weiter, als sei es ihm unmöglich, noch länger in der Bewegung innezuhalten, und Schulz geht neben ihm her, barfuß beide, dunkle Hornhautfüße neben seinen hellen europäischen Nacktfüßen,

er fragt ihn deutsch, englisch, mit Händen und Füßen, wohin die Straße führt,

Strasse wohin this road where town village

bis der Mann endlich anhält, ihn ansieht aus echten chinesischen Augen und sagt,

irgendwas,

und deutet in Richtung der Straße:

Geradeaus! Weiter! Geradeaus!,

grüßt noch einmal, nickend, während er schon wieder streut,

und Schulz geht weiter,

Schulz geht geradeaus,

ganz am Rand, denn die Straße ist von Schottersteinchen übersät, scharfkantig, unangenehm,

aber Schulz geht,

bergauf,

Hügel, Bäume,

jetzt nieselt es leicht: ist das schon der australische Regen?,

Schulz geht,

seine Sohlen schmerzen,

eine Zeitlang denkt er über Fußsohlen nach: über Hornhaut, Evolution, über die Erfindung des Schuhs,

und findet es rätselhaft: wieso wurde der Schuh überhaupt erfunden, wo doch die Menschen zu der Zeit, als es noch keinen Schuh gab, Hornhaut an ihren Füßen hatten, sodass die Erfindung des Schuhs gar nicht notwendig war,

das sind so Fragen,

eine Zeitlang denkt Schulz an Sabena: erleichtert,

an seine Chefin, die Sphinx,

an Jeffs grüne Dildozunge,

dann denkt er an nichts mehr,
er versucht, nicht auf die Steinchen zu treten,
er versucht, auf den Ballen zu gehen,
er versucht, den Fuß mit der Außenseite aufzusetzen,
er versucht irgendwann gar nichts mehr,
er geht einfach,
es tut einfach weh,
wahres Rotfuß-Laufen,
Schulz lacht,
es regnet,
er geht,
die Straße hat aufgehört,
irgendwann auch der Schmerz,
er kann ewig so weitergehen,
er geht ewig so weiter,
er hat noch Wasser,
er hat noch ein paar Goji-Beeren,
er hat eine Cash-Card
mit Überziehungskredit,
die Beeren hebt er für morgen auf,
morgen
ist auch noch ein Tag,
jetzt muss er schlafen,
Gott sei Dank hört der Regen gleich auf,
die Plastikflasche als Kopfkissen,
wie gut, wie bequem,

irgendwo gurren die Tauben,

er kennt sie,

er belauscht sie ja jeden Tag,

er liegt im Bett und belauscht die Tauben im Mirabellenbaum,

draußen schon helllichter Tag,

aber er muss nicht zur Schule,

auch wird er nicht, wie zu Hause, zum Frühstück gerufen,

er kann schlafen, schlafen,

Ferien,

die Tauben schweigen,

unten in der Küche klappert jemand mit dem Geschirr,

jetzt riecht es nach frisch gemähtem Gras,

und wenn man ganz still ist,

wenn man die Luft anhält,

dann hört man das leise Zing-Zing von Großvaters Sense.

粉